ビール職人の醸造《じょうぞう》と推理

エリー・アレグザンダー

アメリカ北西部のレブンワースは、ドイツのバイエルン地方に似た風景が広がる、ビールで有名な小さな町。町で一番のブルワリーを夫とその両親と一緒に切り盛りするわたしは、幸せな日々を過ごしていた——夫の浮気が発覚するまでは。わたしは家から夫を追い出し、町に新しくオープンするブルワリーで働くことにした。フルーティーながらもすっきりした後味のビールや、腕によりをかけたわたしの料理がうけて、開店初日は大成功！　しかし翌朝、店で死体を発見して——。愉快でおいしいビール・ミステリ登場！

登場人物

スローン・クラウス……ブルワリー〈デア・ケラー〉のビール職人
マック・クラウス……スローンの夫。〈デア・ケラー〉のビール職人
アレックス・クラウス……スローンとマックの息子
オットー・クラウス……マックの父。〈デア・ケラー〉のビール職人兼経営者
ウルスラ・クラウス……マックの母。〈デア・ケラー〉の経営者
ハンス・クラウス……マックの弟
ギャレット・ストロング……ブルワリー〈ニトロ〉の経営者
エイプリル・アブリン……観光協会の運営者兼不動産業者
ヴァン・ギーガー……ホップの生産者
エディ・デルーガ……ブルワリー〈ブルーインズ・ブルーイング〉のビール職人
ブルーイン・マスターソン……〈ブルーインズ・ブルーイング〉の経営者

ヘイリー………………………〈デア・ケラー〉のウェイトレス
マイヤーズ……………………警察署長

ビール職人の醸造《じょうぞう》と推理

エリー・アレグザンダー
越　智　睦　訳

創元推理文庫

DEATH ON TAP

by

Ellie Alexander

This book is published in Japan by TOKYO SOGENSHA Co., Ltd.

Published by arrangement with St. Martin's Press

through The English Agency (Japan) Ltd.

ビール職人の醸造《じょうぞう》と推理

ルートビア職人のルークとクラフトビール職人のゴーディに。ふたりの師匠に乾杯。

謝辞

　ワシントン州レブンワースとその住人の方々に心からお礼を申しあげます。町にわたしを招いていただいたこと、いつ終わるとも知れない質問に答え、秘密も明かしてくださったこと、そして、その魅力でわたしを虜《とりこ》にしてくれたことに、深く感謝いたします。おかげさまで滞在中は、アメリカ太平洋岸北西部のバイエルン地方を思う存分楽しめました。この小説が、アイディアを得た実在の町にきちんと敬意を表せていることを願っています。

　早い段階で原稿を読んでくれたエリン、ベス、イレイン、マリンダ、パムにも感謝を。完成前の原稿を読み、感想や意見を伝えてくれたことには、いくら感謝しても足りないわ。一杯おごらなくちゃね！　それから、忙しい執筆スケジュールの合間を縫ってわたしの本を読み、推薦文を書いてくれた作家のみんな。ケイト、シェリア、バーバラ、レスリー、メグ、シンディ、どうもありがとう。次のミステリ・コンベンションのお酒のお金はわたしに払わせて。

　そして最後に、すばらしいご支援をいただいたセント・マーチンズ・プレスの方々にもお礼を申しあげます。乾杯《プロースト》！

1

この先、わたしの脳裏に焼きついて消えなくなるのは、夫の丸出しのおしりではないだろう。そうではなく、店内に流れるリズミカルなドイツの民族音楽と、仕込槽から漂ってくる強く芳醇《ほうじゅん》な麦芽の香りのほうだ。

なんにせよ、パブになど来なければよかった。今日は休みだったのに、わたしは夏の終わりの日差しを楽しもうともせず、わざわざ目下開発中の新しいビールの試作に励んでいた。作業を始めて数分が経った頃、シナモンを用意し忘れたことに気がついた。マック——わたしの夫であり〈デア・ケラー〉（ドイツ語《ドイチュ》がむずかしかったら〈ザ・セラー〉でいいわよ、と義理の母はよく言っている）のビール職人——の姿はどこにもなかった。いつものことだけれど。

「オットー」わたしは、わが家の主《あるじ》であり、受賞歴もあるビール職人の義理の父に呼びかけた。「シナモンを買いに出かけたいの。麦汁《ばくじゅう》を見ててもらえる？　すぐ戻るから」

「ああ《ヤー》、スローン」高さ二メートルを超える銅製の仕込槽の向こうから、オットーが返事をした。「わかった。ビールとお留守番してるよ」

わたしは、レジから二十ドル札を一枚つかんでポケットに入れ、昼下がりのビールでくつろぐ常連客のあいだを通り抜けた。丸石敷きの歩道に出ると、田舎のさわやかな空気に迎えられた。フロント・ストリートを二ブロック早足で歩く。窓辺の赤いゼラニウムの鉢植えや、広場にある高さ四メートル半のカッコウ時計、古めかしい街灯が目に入った。大通り沿いには、お菓子の家みたいな三角屋根の建物が並んでいる。ステラーカケスが仲間の鳥とあいさつを交わす声に、思わず足を止めて空を見上げた。

周囲は見渡すかぎりの山だった。傾斜が緩やかな、千五百メートルから二千五百メートル級の山が多い。まるでわたしたちを見守ってくれている優しい番人みたい――その思いつきに、笑みがこぼれた。同時に気がついたが、秋の兆候がもう現れはじめている。少しまえまでは一面深緑色だった山腹に、今ではところどころ黄色やオレンジの葉をつけた木々が交じっていた。

フロント・ストリートを進むうちに、秋に向けて町民の準備も始まっていることがわかった。オクトーバーフェスト用の深紅の横断幕を設置している作業員がいる。小売店の店主たちも、華やかな葉飾りや黄色の電球で正面の窓を飾りつけていた。オクトーバーフェストはすぐそこまできている。まもなくお祭り気分の客で歩道は溢《あふ》れかえるだろう。なみなみ注がれたビールジョッキで乾杯したり、アコーディオンの音楽に合わせて踊ったりする酔っぱらい客で。この町では、食料品店までもがヨーロッパ風の店構えをしていた。アメリカの太平洋岸北西部と言われるより、ドイツのアルプスと言われるほうがしっくりきそうだ。小さなわが町にあるほかのすべてのものと同じく、今足を向けている食料品店もバイエルンの町を手本にしていた。

店内に入り、輸入物のチョコレートやクマの形をしたグミ、ザワークラウトが置かれた通路をいくつか通って、やっとシナモンを見つけた。すばやく会計をすませ、急いでパブへ引き返す。ビールの醸造《じょうぞう》は芸術であり科学だ。タイミングがものをいう。オットーがわたしの新作から目を離さずにいてくれることはわかっていたが、今回のビールは、数ヵ月実験を繰り返してやっとできた試作品だった。手抜かりがないようにしたい。

「何をそんなに急いでるの、スローン？」〈ナットクラッカー〉の店主が声をかけてきた。彼女はちょうど、小さなくるみ割り人形《ナットクラッカー》を窓辺に飾っていた。深緑色の革製半ズボン《レーダーホーゼン》を穿《は》き、ビールジョッキを手に持ったくるみ割り人形だ。

「あいにくビールは待ってくれないのよ」わたしはにっこり笑ってそのまま横を通りすぎた。

パブに戻ると、約束どおりオットーがわたしの麦汁をしっかり見張ってくれていた。ごわごわした白い髪の毛があらゆる方向にはねている。ビールを愛する陽気なおじいちゃん《オーパ》というより、マッドサイエンティストといった雰囲気だ。妻のウルスラが夫と肩を並べて立っていた。

「スローン、わたしたちもそろそろ出かけなくちゃ」ウルスラはそう言って、タイマーをわたしに渡した。「いいにおいがするわね」

彼女は背伸びをしてわたしの頬にキスをした。若い頃でも、百五十センチちょっとの背丈しかなかったにちがいない。加齢とともに背中は曲がり、歩き方も足をすって歩くようになっていた。ウルスラはわたしが知るたったひとりの母だ。彼女が老いるのを見るのはたまらなくつらい。観光客は、わたしたちを見ても、だれひとり家族だとは思わないだろう。オットーとウルスラはドイツ人らしい色白の肌をしており、背は低く、ふたりとも白髪だ。一方のわたしは、背が高くて唇はふっくらしており、髪は真っ黒。里親のひとりから以前聞いたことがある。わたしの産みの母はギリシャ人だと。それもそのはずだ。わたしの肌は太陽と相性がよく、十五分も外にいれば、ブラウンエールのような褐色になる。反対にマックは、ものの五分でやけどしたみたいになり、アンバーエールみたいな赤茶色になってしまう。

〝彼のおしり《アス》も、太陽とは長らくご無沙汰だったのね〟。メモを取りに事務所に行ってドアを開けた瞬間、わたしはまずそう思った。目のまえには、ジーンズを足首まで下げたマックがいた。そして、わたしの机に仰向けに寝ていたのは、最近〈デア・ケラー〉で採用したばかりの二十三歳のウェイトレスだった。

　わたしは思わず手を口にやった。買ってきた瓶が床に落ち、砕けたシナモンスティックがあちこちに散らばった。

「スローン！」マックが飛びあがり、勢いよく振り返った。「ちがうんだ」ジーンズを引っぱりあげ、咳払いをしている。

　何がちがうのだろう。わたしはどうすればいいのかわからなかった。そこで、エポキシ樹脂の床に散らばったシナモンを指差し、シャツから粉を払った。「これ、片づけといてよね」きびすを返し、落ち着きを保とうとしながらその場をあとにした。全速力で発酵槽《はっこうそう》に向かうと、麦汁のにおいに包まれた。いつもなら心が落ち着く香りも、今は吐き気を催すだけだった。

手が震えていた。今にも膝の力が抜けそうだ。わたしは発酵槽の下の階段の手すりをつかんだ。大騒ぎしちゃだめ、と自分に言い聞かせた。喉の奥から込みあげてくる気持ちの悪さを無視しようとする。

長年里親のもとで育ったせいで、大騒ぎしてもろくなことはないと学んでいた。そんなことをしても、夕食ももらえずに寝るはめになるか、家を追い出されるだけだ。何より、マックに満足感を与えるつもりはなかった。わたしは階段にぐったりと腰を下ろした。なんてばかな《ア》やつ《ス》だろう——ほんとうに。

マックが浮気をしているのではないかという予感は以前からなんとなくあったが、はっきりとした証拠があるわけではなかった。それがここへきて、よりによって二十三歳のウェイトレスとわたしの事務所で浮気するとは。こんなのはまったくの想定外だった。

2

アドレナリンが噴き出し、体が震えた。夫はどうしてわたしにこんな仕打ちができるのだろう? 十五年の結婚生活が水の泡だ。

暑かった。といっても、さっきブレンドしたオーガニックの麦芽を温めている百ガロンサイズの銅製タンクのせいではない。額に汗の玉が浮き、頬を流れた。それを手の甲で拭う。

これからどうしよう?

そのとき、ドアの閉まる音が聞こえ、さっきの〝尻軽ウェイトレス〟が慌ててパブのほうへ向かうのが見えた。ブロンドの長い髪がうしろに流れている。ジーンズはぴちぴちで、穿《は》いているというより、脚に直接色を塗ったかのようだ。

やれやれ。お若いこと。

わたしがあの浮気男と結婚したのもあれくらいの歳だったか。とはいえ、百パーセント彼女を責めることはできない。マックは強烈な魅力の持ち主だ。どこへ行っても、彼のベビーフェイスと思わせぶりな視線には女性の注目が集まる。長い結婚生活を経てそれには慣れていたが、だからといって、自分の夫にほかの女が色目を使うのを喜んでいるわけではない。

マックと、ドイツのビール職人である彼の家族から、わたしはすべてを教わった。マックの父のオットーは、一九七〇年代の初頭にドイツ流の技術を引っさげ、ワシントン州のレブンワースにやってきて、この町で初めてと言えるビール醸造所《じょうぞうじょ》兼パブをつくったのだった。彼と妻のウルスラは、ここで町おこしの機運が高まっていた当時、小さなテイスティング・ルームを始めた。ふたりの幼子《おさなご》を連れ、ドイツからレブンワースへ移住してきた彼らには、四十五平方メートルほどのみすぼらしいスペースを確保するのがやっとだった。けれども、それ以来家族一丸となって努力してきたおかげで、〈デア・ケラー〉は今や、海外から客が訪れ、受賞歴もある、ワシントン州でも一、二を争う大きなビール醸造所になっている。

クラフトビール業界でレブンワースを一躍有名にしたのはクラウス家だと、ビール愛好家たちは言う。クラウス家がビールの醸造を始めた当時から時代は大きく変わった。自分たちの町を観光地に変えるべく、レブンワースの町民はこれまで持てるすべてを注ぎ込んできたが、その努力が実ったのだ。わたしたちの小さな町は、今ではビールの観光地として有名になっている。独特の雰囲気が漂う通りには、毎年百万人の観光客が散策に訪れるほどだ。

ビールづくりは別に、わたしの目指していた道ではなかった。それに関して言えば、マックと恋に落ちる道も。すべては突然のできごとだった。高校を卒業するとわたしは、里親のもとを離れ、コミュニティ・カレッジに通いながら、生活費を稼ぐためにできるかぎりの仕事をした。里親の子供として生きるのと比べれば、一文無しでスタートするほうがはるかにましだった。

高校生のとき、家庭科の先生がわたしの料理の腕に可能性を見出した――同じ班になった態度の悪いフットボール部の生徒たちが引き立て役になってくれた、というのもあるのかもしれないけれど。とにかくその先生が、コミュニティ・カレッジで料理とレストラン経営を学ぶコースの奨学金を受けられるようわたしを推薦してくれた。授業料を払わなくてすむのはありがたかったが、それでも家賃と食費を賄《まかな》うのは大変だった。夜はウェイトレスとして働き、週末はレブンワースのファーマーズ・マーケットで露店の手伝いをして過ごした。クラウス夫妻と出会ったのはそのときだ。ふたりは市場の常連客で、店で使う新鮮な果物やハーブを仕入れにきていた。

「スローン。学校の勉強のほうはどうだい？」オットーがパイナップルセージの束を調べながら明るい笑みを浮かべた。「最近つくった料理について何か話してくれないか」

「オットー！」ウルスラが夫の体を優しく叩いた。「スローンは仕事中でしょ。邪魔しないの」

この露店を出している農家は、普段からわたしがつくったクッキーやお菓子を売らせてくれていた。里親の家を渡り歩いていたとき、料理はわたしにとって現実逃避であり、何かと重宝もするスキルだった。

わたしはクラウス夫妻にジャーマンチョコレートクッキーを渡した。

ウルスラは一口食べてにんまりした。「スローン、絶品だわ。でも面白いわね。アメリカのレシピなのに、名前に〝ジャーマン〟がついてるなんて。そういえば、うちのマックが来週、ドイツへの視察から戻ってくるの。今度ここへ連れてくるわね。いい《ヤー》？」

「もちろん」わたしは笑い声をあげ、カールした髪の毛を耳にかけた。クラウス夫妻は、わたしの働く露店に初めて立ち寄った日からずっと、長男とわたしをくっつけようとしていた。

「すごく会ってみたい」覚えていないが、そう答えたとき、わたしの顔は真っ赤だったはずだ。それまで、異性とのデートはあまり経験がなかったから。ひとつの場所に長くとどまることがなかったせいだ。

クラウス夫妻が息子たちについて話すのを聞くと、寂しい自分のアパートメントがいつもより余計にむなしく、冷たく感じられた。自分の両親を知らず、幼少期にどんな種類の安心感も得ることがなかったわたしには、今でも触ると痛い傷があった。クラウス夫妻に出会うまでは、そこにあることさえ気づかなかった傷だ。

クラウス夫妻は約束どおり、翌週マックを連れてきた。ファーマーズ・マーケットの売り子仲間たちは、彼のことをゴールデン・ボーイと呼んだ。マックの金髪は朝の光の中できらきら輝いているように見えた。身長は百八十センチ近くあり、両親と並ぶとよく目立った。にぎやかな市場にいる人々の目を釘付けにしていた。筋肉質の体からあふれ出る色気と自信。そんなゴールデン・ボーイに恋をするのは簡単だった。今になって思えば、わたしがほんとうに恋をしたのは彼の家族のほうだったかもしれない。けれども結局、一回目のデートが二回目のデートにつながり、やがて四ヵ月後、わたしは妊娠していた。

あれから十五年経った今、マックと結婚したことは後悔していない。息子のアレックスも、親ばかかもしれないが、申し分ないくらいすばらしい子供だと思っている。心に余裕があるときには、確かにマックのことも、いい父親だと認めないわけにいかなかった。だが今、燃えるように熱い頰にシナモンの香りが焼きつく中、ひとり息子の父親に対する温かい気持ちはこれっぽっちも湧いてこなかった。この店を出なければ、とわたしは思った。今すぐに。

3

ジーンズのおしりのポケットに手を突っ込んで携帯電話を取り出した。電話できる相手はひとりしかいない——ハンスだ。彼に電話しよう。彼ならどうすればいいか教えてくれるはずだ。指が激しく震えていたので、パスワードを入力できそうになかった。左手で右手の手首を固定し、ハンスに電話をかける。

呼び出し音が永遠に続きそうに思えた。

出て、出て。

「やあ、姉さん、元気？　どうしたの？　また仕込槽に問題でも起きた？」

「ハンス」わたしはひそひそ声で話した。「こっちに来て——早く！　マックが……マックがさっき……」

「待って、スローン、もっと大きい声で話して。全然聞こえないよ」

わたしはさっきより声を張った。「とにかく来てほしいの。今、醸造所《じょうぞうじょ》に来られる？」

「ちょっと待って」

ハンスが電動工具の電源を切るようスタッフたちに大声で指示する声が聞こえた。

「よし、これで聞こえるようになった。丸のこを使ってたんじゃ、なんにも聞こえないから。で、どうしたって？」

「ハンス」わたしは涙をこらえた。「マックが新人のウェイトレスと一緒にいるところを見ちゃったの」

「なんだって？」

そのとき、マックが事務所から出てきた。わたしはその場に凍りついた。胸に〈デア・ケラー〉のロゴが入ったオーダーメードの白いシャツのしわを伸ばしながら、醸造所の中をきょろきょろ見まわしている。わたしは発酵槽《はっこうそう》のうしろで身を低くした。

「スローン、姉さん、聞いてる？」ハンスの声が耳元で響いた。

「しーっ！　いいからちょっと待って。マックがわたしを捜してるみたい」

だれかいないか確かめようと、マックが首を伸ばしてブロンドの頭を動かしているのが見えた。わたしは、いつばれるかとひやひやした。今座っているアルミニウム製の階段は〈デア・ケラー〉に四つある発酵槽のうち、ひとつのてっぺんにある蓋につながっている。それぞれのタンクのあいだには足場が延びていた。装置の大半は自動化されているが、この蓋は、発酵槽にドライホップを加えるためのものだ。階段はしっかりしていたが、体の震えを止めなければ高価な銅製のタンクにぶつかってしまいそうで怖かった。

マックは最後にもう一度部屋を見まわして出ていった。

「大丈夫。もう行った」とわたしはハンスに告げた。

「スローン、今どこにいるんだ？」

「発酵槽の裏に隠れてるの」薄い色のついた天窓から光が差し込んでいた。わたしはそっちへ目をやった。数年前、この作業用スペースに天窓をつけようと言い出したのはウルスラだ。明かりを取り入れるという単純な工夫のおかげで、以前は暗くて冷たい感じのした倉庫が、今では明るく温かみのある醸造所に生まれ変わっている。

「えっ、どこに隠れてるって？」

「いいから、早く来て」

「そこから動かないで。すぐに見つけるから」

身動きひとつするつもりはなかった。音の響く醸造所は、グレープナッツ（アメリカで販売されているシリアル）の香りがした。新作が台無しだ。今頃使い物にならなくなっているだろう。

今日が瓶詰めの日でよかったとわたしは思った。醸造所のスタッフは道の反対側の瓶詰め工場に出払っている。〈デア・ケラー〉の業務は、四千五百平方メートルほどの倉庫用のスペースを使い、三つの建物の中でおこなわれていた。わたしが今隠れている建物には醸造所とパブが入っている。瓶詰めと発送作業用の建物は道の向こうだ。

醸造所の赤レンガ色のエポキシ樹脂の床が、窓から降り注ぐ日の光を反射していた。わたしは反対側の壁にずらりと並んだメダルや賞状に目をやった。〈デア・ケラー〉はこれまで国内外を問わず、ありとあらゆるビールの醸造コンテストで賞を獲得していた。壁にかかった金・銀・銅のメダルは、クラフトビールの世界で〈デア・ケラー〉が高く評価されていることの証《あかし》だ。

「スローン！」ハンスの声が聞こえた。「どこだい？」

「ここよ」わたしは階段から手を離さずに答えた。

ハンスがわたしを見つけるのに時間はかからなかった。彼は日に焼けた腕を伸ばし、わたしを床に下ろした。「ほら、姉さん。ビールでも飲もう」

わたしはその場に立ちすくみ、首を横に振った。「だめ。無理よ。今はだれにも会いたくない」

ハンスはわたしの腕を握る手に力を込めた。「だれもいないから大丈夫だ。マックも出ていった。お客さんもほとんどいないよ。常連客は何人かいるけど、みんな自分のビールに夢中で、姉さんになんて気づきもしないさ」ハンスはそう言うと、腰につけた工具用のベルトを動かして、色あせたカーハートのズボンのポケットに手を入れた。ハンカチからおがくずを払い、こっちに差し出す。琥珀《こはく》色の目でじっとわたしを見て、彼は言った。「これを使うといいよ。さあ、ビアガーデンに移動しよう」

わたしはハンカチを受け取って背筋を伸ばした。泣いていると思われたのだろうか？　そう感じながら、高さ六メートルの銅製タンクの横を通りすぎた。これはヨーロッパからの輸入品で、客に醸造所を案内するときの目玉のひとつだった。この派手な装置が見栄えをよくするためだけのものでないことを説明すると、ビール愛好家たちからはいつも感嘆の声があがる。ビールの味は、発酵槽の金属の種類、溶接のしかた、その形で大きく変わるのだ。

ハンスはわたしをパブへ連れていった。彼の言うとおりだった。ランチ客はもう帰っていた。常連客が何人かIBU（国際苦味単位のこと。ビールに疎《うと》い人のために言えば、ビールに含まれる苦味の度合い）についてカウンターで議論していたが、彼らとふたりのウェイトレスを除けば、店内は空《から》っぽだった。ウェイトレスはカウンターのうしろにぴかぴかのパイントグラスを並べていた。ふたりとも赤のディアンドル（ドイツの民族衣装）の上から黒と黄色と白のチェックのエプロンをつけている。この古めかしいパブには、国旗や旗飾りから、クラウス家のお宝である年代物の陶製ビールジョッキにいたるまで、そこかしこにドイツの記念品が置かれていた。早足で横を通りすぎるとき、ウェイター――こちらも民族衣装《トラハテン》の赤いチェックのシャツに黒のサスペンダーをつけている――と目が合い、手を振ってきた。

〈デア・ケラー〉の〝ビアガルテン〟はパブの脇にあった。テラス席へ通じるドアを開けると、ピクニックテーブルには客がひとりもいなかったので、わたしは安堵《あんど》のため息をついた。空はよく晴れているものの、空気はひんやりしていた。もう少しで季節の変わり目のにおいが感じられそうだ。レブンワースの自慢は、年間三百日晴天に恵まれることだ。わたしたちも、天候が許すかぎり、テラス席のビアガーデンは客に開放している。春と夏のあいだは、わたし自身にとってもお気に入りの場所だった。通りと店のあいだに柵があり、そこをホップの蔓《つる》が這っていた。去年の夏、ハンスがホップ用に支柱を設置してくれていた。ホップは麻のひもに蔓をしっかり絡ませ、太陽に向かってその腕を伸ばしている。葉のあいだからもれる光のおかげで、ビアガーデンはすてきな雰囲気に包まれていた。

わたしはドアから一番離れた席を選び、ひょろ長い脚を椅子の下にしまった。〈デア・ケラー〉のロゴが入ったピューター製のビールジョッキをふたつ持って、ハンスは戻ってきた。ひとつをわたしのまえに置いたあと、思案顔で、シーダー材でできたホップの支柱を見ている。支柱は修理が必要そうだった。わたしは、ジョッキに入った温かみのある赤いビールに目をやった。賞を取ったこともあるうちのドッペルボックだ。

ドッペルボックは、わたしたちが醸造している中で一番強いビールだった。だが、重めのビールにしては驚くほど飲みやすい。麦芽の味が濃く、苦味はほとんど感じないビールだ。一般的に、ビールはアルコール度数が五パーセントから六パーセントくらいだが、うちのドッペルボックはそれが十パーセントときている。一杯飲めば、飲み慣れない人は頭がくらくらしはじめる。しかしわたしはそうではないし、それに今は、強いお酒が必要だった。

「ありがとう。いいチョイスね」わたしは無理に笑みを浮かべた。

ハンスは工具ベルトをはずしてテーブルの上に置いた。色あせた紺の野球帽をかぶり直している。そのつばをわたしのビールジョッキに向けて言った。「ゆっくり飲むといい。気持ちが落ち着くよ」

ハンスはマックの八歳下だ。仕事に対する姿勢と精神年齢からすれば、そういうふうには全然見えないけれど。マックと結婚したとき、ハンスはまだ十代で、やせっぽちの少年だった。それ以来、わたしにとっては、人生初の弟としてそばにいてくれている。

〈デア・ケラー〉のロゴ（ドイツ国旗を振っている二頭のライオン）が入った特注のビールジョッキにまず鼻を近づけてから、わたしは一口飲んだ。長年の習慣はなかなか抜けないものだ。このビールはもう千回くらい飲んでいる。レシピは昔から変わっていないものの、飲むたびにいつもちがう味が口の中に残るビールだった。今日感じたのは、こくのある香ばしい風味の中から現れる、ほんのりとしたあめ菓子《タフィー》の味だ。一口飲んでわかった。ハンスは今のわたしに何が必要か心得ている。喉を通る濃い琥珀色の液体は黄金の味がした。すぐにアルコールが効いてきたらいいのに、とわたしは思った。さっきこの目で見たものを忘れさせてくれたらいいのに。

「さあ、話を聞かせてくれる？　それとも、いつもみたいに、こっちからひとつずつ情報を引き出さないといけないかな？」ハンスはまだ自分のビールに口をつけていなかった。

「どういうこと？」

彼はビールジョッキを持ちあげたが、また気が変わったかのようにテーブルの上に置いた。

「ほら、姉さんってあんまりあけっぴろげな人間じゃないだろ。姉さんのことは大好きだし、あけっぴろげじゃない理由もそりゃ、わかるけど……」ハンスの声がだんだん小さくなった。

わたしはもう一口ビールを勢いよく飲んだが、手の震えに負け、テーブルにビールをこぼしてしまった。ハンスはそれに気づいたが、何も言わなかった。黙ってナプキンでテーブルを拭き、わたしの次のことばを待っている。

「どこから始めればいいのやら」わたしは冷たいジョッキをつかんで言った。

「それなら、初めから話すのはどう？」ハンスはビールの染みた紙ナプキンをテーブルの隅に押しやった。

彼の兄が〝尻軽ウェイトレス〟――わたしの中ではこの先ずっとこの呼び名だろう――と一発やっているところを見たという不愉快な情報を伝えるのに時間はかからなかった。ハンスにそのときの状況を伝えおえると、彼はしばらく黙って座っていた。わたしのビールはほぼ空だった。一方、ハンスのジョッキはまだいっぱいだ。残り四分の一のビールほど我慢ならないものはない。ビールはきんきんに冷やし、炭酸が抜けていないものが一番だ。だがどうしても、最後にはぬるんだビールが少し残ってしまう。わたしは自分のジョッキをつかんで、残りをホップの蔓に捨てた。

「それ、飲む？」わたしはハンスに訊いた。

ハンスは首を横に振り、手つかずのビールをわたしに差し出した。

「家まで車で送ってくれる？」

ハンスは腕を伸ばし、近くのホップをいくつか摘《つ》んだ。そのひとつを指でいじりながらうなずいたあと、わたしのほうへホップを放った。わたしはその香りを吸い込んだ。ホップの香りのおかげで心拍数がもとに戻った。ホップはリラックス効果があることで知られている。緊張をほぐすため、わたしも夜、枕の下にホップを入れて眠ることがときどきあった。

ハンスは残りのホップを手で握りつぶし、それを土に撒いた。「マックが自分の兄貴だってことがときどき信じられなくなるよ」そう言うと、彼はまたホップを摘み、両手ですりつぶした。「でも、誤解しないでほしい。兄さんがやったことを許すつもりはないけど、彼が姉さんを愛してるのは知ってるから」

わたしもハンスに倣って手でホップをもんだ。「あれが、愛してる人に対してすることかしら」ホップから染み出した油が指についた。

「それで、これからどうするつもり？」

「わからない。髪形を変えるべき？　でも、彼もあの女にそんなに熱を上げてるなら、ふたりで一緒に暮らすつもりなのかもしれないわね」

ハンスは何か言いたそうだったが、わたしは彼の話を遮った。

「ああ、どうしよう！　アレックスがいるのに。なんて説明したらいいの？　こんな話をしたらショックを受けるに決まってる。それに――あなたのご両親は？　町の人は？　もう最悪！　わたしったら、町じゅうの笑いものになるじゃない。そうでしょ？　もしかして、もうすでにそうなってるとか？　マックが浮気してたことは、みんなもう気づいてるの？」

ハンスはテーブルの向こうから腕を伸ばしてわたしの手を握った。「落ち着いて。深呼吸するんだ」

わたしはゆっくり息を吸った。

「そう、それでいい」ハンスは工具ベルトからドライバーを取り出し、緩くなっていたピクニックテーブルのねじを締めた。「だれひとり知るもんか。それに、これから先もみんなが知ることはない」

ハンスのビールを飲み干したあと、わたしは弟に連れられるまま、彼のジープに向かった。けれども、ハンスのことばは信じていなかった。秘密になどしておけるはずがない。こんな小さな町は、すぐにひとつの話題で持ちきりになるに決まっている――わたしの話題で。

4

三週間経っても、マックへの怒りはおさまっていなかった。それどころか、ひどくなっていた。夫を家から追い出し、自分でも認めたくはないが、相当な時間ベッドルームに引きこもったあと、わたしはようやく決意した。妻に惨《みじ》めな思いをさせたと夫を満足させてなるものかと。惨めな思いをするのはあっちのほうだ。だから、ハンスから様子をうかがう電話がかかってきて、この町に新しくオープンする小さなビール醸造所《ナノブルワリー》が従業員を募集していると知ったとき、わたしはその機会に飛びついた。町のみんながどう思おうと関係ない。

　それから数日のあいだ、レブンワース一新しい酒場であり、わたしの臨時の職場でもある〈ニトロ〉について、できるかぎり調査した。大人になってからずっと、わたしはクラウス家と一緒に〈デア・ケラー〉で働いてきた。そんな家族から巣立つのだと思うと、わくわくすると同時に少し怖くなった。出勤初日に覚えた胃のむかつきがその証拠だった。朝のコーヒーにもほとんど口をつけられず、服も最低五回は着替えた。

　〝肩の力を抜くのよ、スローン〟とわたしは自分に言い聞かせ、ようやく黒のペンシルスカートとチャコールグレーのブラウスに落ち着いた。髪はきっちりポニーテールにまとめた。少なくとも今は、いつもの天然パーマも言うことを聞いてくれている。そう確認できてほっとした。

わたしの髪は量が多いので縮れがちで、うしろで束ねようとしてもうまくまとまらないことが多いのだ。

暖炉の上のカッコウ時計に目をやり、廊下の向こうに呼びかけた。「アレックス、荷物を持って。そろそろ行くわよ」

十年前、マックと一緒にこのファームハウスを買ったとき、果てしなく広がる庭に夫はまず惚れ込んだ。ここは町の広場から数分の距離にある、数千坪の土地に立つ家だ。家を囲むバックポーチのドアを開けて、この広々とした土地を紹介されたとたん、マックはよだれを垂らさんばかりに喜んでいた。わたしには、ブラックベリーの低木と蔦《つた》が生い茂る、このだだっ広い土地を自分たちのものにするなどとんでもないプロジェクトのように感じられたものだが、マックにはそうではなかったらしい。

「ホップを植えたらって考えてみてくれよ、ベイビー」マックはそのとき、わたしの肩をぎゅっとつかんで言った。「この土地をならして一面にスマラクト種のホップを植えるんだ」トレードマークの笑みを不動産業者に振りまき、彼は息をのんだ。「抜群の日当たりですね！」

マックが不動産業者と一緒に草のはびこる庭を探索しているあいだ、わたしはひとりで家の中を歩いてまわった。マックが裏庭なら、わたしの担当はキッチンだ。梁《はり》がむき出しになった高い天井に、下目板張りの壁、れんが造りの暖炉、パンを焼ける薪窯《まきがま》。わたしが惚れ込んだのは、この魅力的な温かい雰囲気だった。それに、何十年ものあいだ、おなかを空かせた農夫や家族に温かい食事を出してきたキッチンでこれから自分も料理をつくれるのだと思うとわくわくした。

わたしは数年かけてここを自分のキッチンにした。温かみを感じるバタークリーム色のペンキで壁を塗り、農場風の素朴なアイテムで部屋を飾った。昔のブリキ製のミルク缶や古板でできた写真立てを置き、時代を感じさせる枝編みのかごには、アイロンがけした布巾や袋入りの小麦粉を入れた。もともと使われていたように家を改造することがわたしの使命になった。

補修した堅木張りの床を走ってくるアレックスの足音が聞こえ、わたしはわれに返った。この家はこれからどうしよう？　ささやかなホップ農場と百坪ほどある家は、わたしとアレックスふたりで住むには広すぎる。

今はそのことを考えている場合ではない、とわたしは思い直した。早くアレックスを学校に送り届け、自分も新しい職場に向かわなければ。冷蔵庫からヨーグルトを取り出し、キッチンの調理台のボウルからリンゴをひとつつかんだ。

「準備はできてる？」わたしはキッチンに入ってきたアレックスに声をかけた。寝癖の残る、息子のウェーブのかかったとび色の髪をくしゃくしゃにする。

アレックスは冗談半分にわたしの手を払いのけ、ショルダーバッグを肩にかけ直した。泥のついたサッカーシューズが調理台に当たる。「それ、いつになったらやめてくれるんだよ、母さん？　ぼくはもう子供じゃないのに」

「わかってるわ」わたしはヨーグルトとリンゴをバッグに入れ、玄関のドアを開けた。「ほら先に出て、大男さん」

ここ数ヵ月で、アレックスは急激に背が伸びていた。息子と目を合わすのに見上げなければならないというのは妙な気分だった。「急がないと。初日に遅れたくないのよ」

「遅刻したことなんて今までにあったっけ?」アレックスはそう言うと、急いで外に出て黒のメルセデスに向かった。メルセデスはマックからの記念日のプレゼントだった（というより、埋め合わせのプレゼントというべきか）。高級車はわたしの好みではなく、マックの趣味だ。彼は去年の記念日に町じゅうの人を招待して盛大なパーティーを開き、大きな赤のリボンがついたメルセデスでわたしを驚かせたのだった。個人的には、ハンスが乗っているおんぼろのジープをくれたほうがうれしかったのだけれど。

アレックスはボストンバッグとバックパックを後部座席に放り、助手席に長い脚をしまった。ひょろ長いところはまちがいなくわたし似だ。「母さん、遅刻のことは心配しなくていいから、カーリーの家で降ろしてよ。そこから歩いていく」

「ほんと？　カーリーとは最近うまくいってないのかと思ってたけど」

わたしはミラーを調整し、ラジオのスイッチを入れるのに忙しくしていた。目を合わさずにいるかぎり、アレックスは学校や友人関係について（それから、最近ではガールフレンド事情について）あれこれ話をしてくれる。移動中の車内は、動くカウンセリングルームといったところだ。

「いや、そうでもないよ。まあ、つきあってはいるっていうか」そうつぶやく息子は、サイドミラーで顔を見られていることを知らない。

〝かわいい子〟。胸に熱いものが込みあげてきそうになった。アレックスはマックの筋肉質なところとわたしのオリーブ色の肌をしっかり受け継いでいる。淡いブルーの目には、ところどころ金色の斑点《はんてん》が浮かんでいた。成熟しつつあるその顔には、腕に抱いていた赤ん坊の頃の面影がまだあったが、確実に大人の顔へと変貌を遂げはじめている。時というのは残酷な生き物だ。別に、となりで生意気な口を利く子供と今すぐ交換してほしいというわけではなかったが、ときどき赤ちゃんの頃のすべすべの肌とぷっくりした小さな脚がたまらなく恋しくなるのも事実だった。

このティーンエイジャーのくつろいだ態度からは、マックとのことで動揺しているそぶりは微塵《みじん》も感じられなかった。だが、わたしもばかではない。さっきからアレックスが襟足《えりあし》の毛をねじっているのは知っている。よちよち歩きの小さな頃から消えない、不安を感じたときの癖だ。自分の気持ちを吐き出してもらうには、こっちからゆっくりと慎重に歩み寄るしかないだろう。急《せ》かす必要はない。

カーリーの家の敷地に車を停めると、アレックスは運転席に身を乗り出してわたしの頬にキスした。「愛してるよ、母さん。仕事がうまくいくといいね。母さんなら、絶対に大丈夫だから」

そのとおりだといいのだが。

5

町の中心部へ続く一車線の道路に入った。〈ニトロ〉は、町の広場に近い便利な場所にある。亜麻色の日の光が山に当たっていた。山々が雪に覆われると、この町も自然のレジャーを楽しむ観光客でにぎわうだろう。毎冬、わが太平洋岸北西部のアルプスには、スキー客や雪靴を履いた観光客がどっと押し寄せる。本場のアルプスを見習い、レブンワースもスパイシーなホットワインやたき火、そり、クリスマス・マーケットといった呼び物で寒い時期の観光客をもてなしていた。華やかな電飾のついた天蓋《てんがい》の下で、子供たちがそりで遊んだり温かいココアを飲んだりする一方、大人たちは、ヴァイナハツマン（サンタクロースのことだ）の役を演じ、袋いっぱいに手作りのおもちゃやチョコレートを買い込む。冬のレブンワースは夢の国に変貌する。だが、今はわたしも、町の本来の美しさを堪能することにした。付近に広がる有機農場や、豊かに実ったリンゴと洋ナシの果樹園のまえを通りすぎる。家族経営の小さなブドウ園には、枝もたわわに房をつけたブドウの木が何列にも並んでいた。

わたしは車を走らせつつ、〈ニトロ〉について調べた情報を頭の中で復習した。飲食スペースと醸造《じょうぞう》設備を備えたこの新しい酒場は、レブンワース初のナノブルワリーになる予定だった。ビール醸造所の規模はビールの製造量によって決まる。ナノブルワリーは昨今、猛烈な勢いで太平洋岸北西部に増えていた。どのくらいの量を製造すればナノブルワリーに分類されるのかについては、ビール業界でも意見の分かれるところだ。

〈デア・ケラー〉では、毎年一万五千バレルほどのビールを製造しており、マイクロブルワリーに分類される。ちなみに、大手――全国の食料品店で販売されるような手軽な缶ビールのメーカーなど――は年間二百万バレル以上を生産している。ナノブルワリーはマイクロブルワリーよりさらに製造量が少ないわけだが、そのおかげで、新しい味や原料を自由に試せるメリットがあった。

レブンワースでは最近みんな、〈ニトロ〉のオーナーのギャレット・ストロングが醸造するビールを早く飲みたいと話していた。

ハンスの口利きもあり、ギャレットはろくに調べもせず、わたしを雇ってくれた。こちらは事前の情報収集で知ったのだが、ギャレットは十年ほど、シアトルでエンジニアとして働くかたわらビールの自家醸造《ホーム・ブルーイング》に精を出していたという。大叔母のテスが去年の秋に亡くなった際、フロント・ストリートから少し離れた場所にある歴史的な建物を相続し、ここ数ヵ月ほどそこの改装を進めてきたらしい。ギャレットについては二、三うわさを耳にしていたが、本人はこの町に来て以来ずっと人付き合いを避けていることもあり、そのせいで余計に人々の憶測を呼んでいた。

「ギャレットとは気が合うと思うよ、姉さん」わたしの家のバックポーチで、ハンスはセッションエールの瓶の蓋を開けながらそう言った。「マーケティングと料理とインテリアに関してアドバイスをくれる人を探してるらしい。なんというか、頭でっかちなタイプだけど、彼も〝鼻〟だけは持ってる」

〝鼻〟を持っている、というのは、クラウス家で頻繁に取りあげられる議論のテーマだった。オットーは〝鼻〟を持っているが、息子はふたりとも持っていない。ハンスにとって、それは別に問題ではなかった。彼が好む仕事は、ハンマーやのみを使うほうだったから。だが、マックはこれまで味覚を磨こうと懸命に努力してきた。ビールの講座からドイツへの研修旅行にいたるまで、何年もかけて〝鼻〟を身につけようと頑張ってきた。しかし、どれもうまくいかなかった。

　とはいえ、誤解しないでほしい——クラウス家の男たちはみんな、ビールのことをよくわかっている。兄弟はふたりとも、開こうと思えば、ビールの醸造工程に関する大学レベルの講座だって開けるのだ。だが、一杯のビールに含まれるユニークな原材料やホップの種類を嗅ぎ分ける能力は、生まれつき持っているか、持っていないかのどちらかだ。教えられて身につくものではない。

「そこのところ、姉さんは専門だろ?」ハンスはわたしを冷やかした。

　オットーの息子はふたりとも父親の優れた嗅覚を受け継いでいなかったため、オットーはわたしに目をつけていた。すばらしい鼻を持っていると確信し、わたしの面倒をよくみてくれたのだ。「スローン、やっぱりだ。おまえにはある。〝鼻〟が具《そな》わっているよ」それがほんとうかどうかはわからなかったが、オットーの指導を受けて働くのは楽しかった。

だが、それも今となっては状況が変わってしまった。町の中心部を車で走りながらそのことを実感した。車はフロント・ストリートを折れ、九丁目通りに入った。〈ニトロ〉はコマーシャル・ストリートのメインエリアから二ブロックの距離に位置している。近くにはウォーターフロント・パーク、それからワナッチー川とその向こうのブラックバード島に沿って走る、草木の生い茂った遊歩道があった。わたしは、空いた駐車スペースに車を入れ、しばしのあいだ、穏やかな川のせせらぎに耳を澄まし、川のほとりで魚が跳ねるのを眺めた。川の向こうの山にはシロイワヤギがおり、レブンワースの小さなゴルフコースで草を食《は》んでいた。

〝ええい、当たって砕けろ〟。わたしはそう決心して〝鼻〟から空気を吸い込み、〈ニトロ〉のドアを開けた。

「おはようございます」店に入るなり呼びかけた。その声は真っ白な壁に反響した。ハイヒールがセメントの床に当たって音を立てた。

店内をじっくり観察した。とはいえ、〈デア・ケラー〉と比べるのは気の毒だった。オットーとウルスラがテイスティング・ルームと小さな貯蔵室から始めた事業は今や、倉庫と瓶詰め工場、麦の貯蔵室、発送センター、レストラン、テイスティング・ルームを備えた、二ブロックにわたる一大ビール会社に成長している。

一見したところ、〈ニトロ〉はどちらかといえば、クラウス夫妻が店を始めた頃の質素な雰囲気に近い感じがした。店内は、四百五十平方メートルほどのスペースで、天井は七メートルくらいの高さがある。セメントの壁はまばゆいばかりの白で塗られていた。床から天井まですべてが真っ白だ。この単調なインテリアに彩《いろど》りを添えているのは、ビールの種類を紹介したチャートに、元素の周期表、ビールを発酵《はっこう》させる製法がのったポスターくらいのものだった。

〝よっぽど理科が好きな人なのね〟。

テイスティング・ルームと奥の醸造用のスペースを隔てるカウンターのまえに、バースツールとテーブルが何脚か置かれていた。プラスティックフィルムで包まれたパイントグラスの箱が、開封されないままカウンターに放置されている。わたしは、アンティーク調の木でできた長さ六メートルほどのカウンターの横をまわり、醸造所に足を踏み入れた。

清潔さに関しては、ギャレットに合格点をあげられる。仕込槽から貯酒槽まで、ステンレスのタンクがぴかぴかに磨かれていた。その点は好ましかった。衛生面をおろそかにする醸造業者ほど眉をひそめたくなるものはない。高品質のクラフトビールをつくるには、清潔な環境があってこそだ——そのことは、世間に評価されているビール職人ならだれもが知っている。

背後から咳払いが聞こえ、わたしはびっくりした。「スローンだね」醸造所の奥にある、壁に囲まれた小さなオフィスから、ギャレット・ストロングが姿を現した。身長は優に百八十センチを超えていそうで、バスケットボール選手と大学教授を足して二で割ったような体格だ。ヒッコリー色の目の片方に黒髪がかかっていた。

ギャレットはその髪を、化学の実験で使うような額のゴーグルのうしろにやり、わたしに手を差し出した。「スローンという名前の人に会うのは初めてだよ」

わたしはその手を握った。「わたしもギャレットという名前の人に会うのは初めて」肩をすくめてウィンクをする。「これでおあいこね」

ギャレットは相好を崩し、首を反《そ》らして笑った。手を離し、ジーンズのポケットに両手を突っ込む。「なんだか見覚えのある顔だな。どこかで会ったっけ？」

「ないと思うわ」とわたしは答えた。スカートと上品なブラウスを着てきた自分が妙に浮いているように感じられた。

ギャレットは額のゴーグルをかけ直し、顔をしかめてわたしをまじまじと見た。「ほんとに？　やっぱりどこかで見た顔のような気がするんだけど。どうもそんな気がしてならない」

わたしは肩をすくめた。「会うのは今日が初めてよ。〈デア・ケラー〉のウェブサイトか何かでわたしの顔写真を見たんじゃない？」

ギャレットは人差し指をあごに当てて考え込んでいた。納得していない様子だ。けれども、やがてその手を下ろし、醸造所のほうを身振りで示した。「で、ここをどう思う？　大叔母のテスが使ってた頃、来たことは？」

「ええ、あるわ」わたしは喉をごくりとさせ、どうにかこうにかうなずいた。手が触れたとき、一瞬電気が走ったような気がしたのはわたしだけだろうか？　いや、たぶん気のせいだ。マックを家から追い出したことで——もちろんそれは納得のうえでだが——このところ落ち着かず、神経がぴりぴりしていたから。

「その頃とは変わってるよね？」ギャレットは両腕を広げて、目がくらむほど真っ白な貯蔵室を披露した。

「古い宿泊施設みたいには全然見えない」わたしが前回ここに足を踏み入れたときは、まったくちがう雰囲気だった。その頃、このレストランにはビニール製のボックス席が置かれ、壁は板張りで、レースのカーテンがかかっていた。ここの改装にギャレットはかなりお金を使ったにちがいない。それでもって、白いペンキはお買い得だとでも言われたのだろう。

「なかなか慣れない作業だったよ」ギャレットは照れくさそうな笑みを浮かべた。「中を案内しようか？」

「ええ」わたしは親指を立てて賛成し、彼についてオフィスに向かった。彼はポケットから鍵の束を取り出してドアの錠を開けた。

「シアトル出身っていうのはほんとなのね」わたしは冗談交じりに言った。「このあたりじゃ、だれも鍵なんてかけないもの」

レブンワースでは家に鍵をかけたりしない。泥棒の話など聞いたことがなかった。今までに経験した唯一の〝強盗〟は、わたしの庭で育ちすぎたルバーブを隣人が〝盗み〟、そのあと家に〝押し入った〟挙句、できたてのルバーブパイをキッチンのカウンターにふたつ置いていったことくらいだ。

ギャレットは片方の眉を吊りあげた。「えっ？　まあね」

彼の本心は読めなかった。相手がどういう人物なのか言い当てるのは、わたしにとって第六感のようなもので、次々に変わる里親を注意深く観察しながら何年も過ごすうちに身につけてきたサバイバル術だった。けれど、ギャレットの顔からはどんな表情も読み取れなかった。

彼のオフィスは、わたしの自宅の掃除道具入れと比べても大差ない大きさだった。その狭いスペースに、机と回転椅子がふたつずつ、それに、ファイルキャビネットとプリンターが押し込められていた。白い壁は書き物――レシピや製法、わたしには理解できない数学の方程式――で埋め尽くされている。

わたしは、ドアフレームの上に取りつけられたひもの先のペンを指差した。「壁に直接書き込むの？　確か、そんなことをしたらだめだって、学校で教えられたような気がするけど」

ギャレットは指を舐め、壁に書かれたオレンジ色の文字を拭き取った。「塗ったところがホワイトボードになる特別な塗料を使ってるんだ。会社で働いていたときから抜けない数少ない癖のひとつでね。ぼくにとっては、考えごとは広い空間でやるほうがやりやすいんだ」

考えごとは広い空間でやるほうがいい――深いことばだ。その哲学はもしかしたら、わたしのケースにも当てはまるかもしれない。マックとのあいだに起きたことを整理するには広いスペースが必要だ。

だが、ギャレットにはこう言った。「賢いやり方ね。気に入ったわ」

「ここにあるものはなんでも好きに使ってくれていいよ。確かにちょっと手狭だけど、一緒にここにいることになる時間はそんなに多くないと思うから」そう言ったあと、ギャレットは、机の上に放置されていた、開封済みの三つのドリトスに目をやった。ほんの少し顔を赤らめ、ファイルキャビネットの一番上にそれをしまう。「すまない。新しいレシピを研究したり開発したりするときはついお菓子を食べたくなってしまって」

「謝らなくて大丈夫よ。でも、あまりその辺に放置しないほうがいいかも——わたしも深刻なドリトス中毒だから。一袋空けるなんて絶対にないとは約束できない」〝とくに今は〟とわたしは思った。〝これから数日を乗り切るにはドリトスくらいじゃ足りないかもしれないけど〟。小さな町での暮らしについてひとつ言えるのは、ギャレットの店のグランドオープンにはまちがいなく町民全員が顔を見せるということだ。マックがあの女と一緒にいるところをこの目で見てからというもの、わたしは奇跡的にみんなのまえから姿をくらませていた。だが、グランドオープンとなれば話は別だ。町民に加えてクラウス夫妻もここへ足を運ぶだろう。そんな彼らと顔を合わせる準備ができているかと訊かれれば、正直自信がない。

「ハンスが言ってた。きみとぼくは共通点が多いって。でも、ドリトスはほんとにうまいよね」そう言ったあと、ギャレットは唇を引き結び、眉間《みけん》にしわを寄せた。「ドリトスならいくら食べてくれてもかまわないけど、真面目な話、ここを出るときは必ず鍵をかけるようにしてほしいんだ。醸造所の中で作業するときもね。ここはぼくにとって研究室のようなものだから、だれにも立ち入ってもらいたくなくて」

「わかった」わたしは、彼と同じくらい真剣な顔つきになっていることを祈りながらうなずいた。

「それじゃあ、ほかを案内しようか？」ギャレットはわたしのためにドアを開けた。

彼に続いてオフィスを出ながら、うしろの壁のレシピをちらりと見た。ビール職人ならだれでも自分のつくったレシピを大事にしたいと思うのは知っている。けれども、これは極端すぎる気がした。人口が二千人ほどしかいない小さな町で、所有者以外だれも出入りできないような建物のオフィスを完全に封鎖するとは。

わたしはギャレットのあとをついてまわった。新しいことを始めるわくわく感と、自分が知っている唯一の家族を置き去りにしてきたという不安な気持ちを同じくらい胸いっぱいに抱えながら。

6

「グランドオープンは明日の予定よね?」貯酒槽から味見用のビールをスポイトで吸いあげながら、わたしは訊いた。ステンレスのタンクに反射して、長いスポイトに入った液体がちらちら光っている。それを口に含み、金色のエールを舌の上で転がしてから飲み込んだ。「ドライホッピングした?」

ギャレットは小さく口笛を吹いた。「驚いたよ。きみの鼻はすばらしいとハンスから聞いてはいたけど」彼はわたしをタンクの横に呼び、のぞき窓を開けた。「ほら、見てくれ」ビールの上にホップが浮いており、海面のアシカのように上下していた。

通常、ホップは麦汁《ばくじゅう》を煮沸《しゃふつ》する段階で加えられる。ドライホッピングはユニークな製法で、ホップのフレッシュな風味と香りをビールに染み込ませるためのものだ。煮沸段階で投入するホップとはちがって、ドライホッピングでは、ビールを数日間発酵《はっこう》させたあとに新鮮なホップが加えられる。味のちがいは明白だ。

「しっかりした苦味があるわね」浮かんだホップを近くで見ようと、わたしはギャレットに味見用のビールを渡した。

「でも、苦すぎることはないだろ?」とギャレットは言った。「ホップを漬け込む時間については、研究に研究を重ねてきたんだ。前回のは長く浸しすぎて、味が全然気に入らなかった。口はつけたけど、最後まで飲みきれなかったというか」

ギャレットが話しているのは、醸造業者《じょうぞうぎょうしゃ》のあいだの秘密の決まりごとだった。味がどうあれ、ビールを注いだら全部飲み切らなければならない。それが暗黙のルールだ。わたしもこのルールのおかげで長年、飲用に適さないビールに幾度となく耐えてきた。のぞき窓を閉め、階段を下りる。「もう一口飲んでもいい?」

ギャレットは味見用のビールをわたしに差し出した。

二口目はしばらく舌の上に置いておいた。〈デア・ケラー〉で醸造所のツアーを開いていたとき、客に味見してもらう瞬間がとくに好きだった。どんな味がするか、クイズを出すのだ。みんなが最初に気づくのは、ビールに炭酸が入っていない点だった。炭酸を入れる作業は醸造工程の最後だ。泡や炭酸がなくても、一度濾過《ろか》してしまえば、ビールは驚くほどおいしい液体になる。イギリスやフランスの農場でつくられるビールは、炭酸を入れないまま客に出されることも多い。

ギャレットのビールは最初、舌にグレープフルーツやオレンジのようなシトラスの風味を強く感じた。苦すぎることはなく、それでいてホップの香りが豊かで、後口がさわやかなビールだ。

「すごくすっきりしてる」とわたしはギャレットに言った。「フルーツの味が前面に出てるのに、後味は残らない。すばらしいわ」

ギャレットは笑みを隠した。「ありがとう。このレシピは数年かけて改良してきたものなんだ。ホップはもう一回加える予定だよ」

「頑張ったわね。こんなにおいしいビールにはなかなかお目にかかれない。それってすごいことよ。名前は何にするつもり?」

「シトラスIPAだ」

「ほんとに?」わたしは眉を吊りあげた。

「ああ」ギャレットはきょとんとした顔をしている。「どうして?」

どうりでわたしの手助けがいるとハンスが言ったわけだ。

「こんなにおいしいビールにはそれにふさわしい名前をつけなくちゃ」わたしは指につけた結婚指輪をひねった。どうしてまだはずしていなかったのだろう。

「そんなことは考えてもみなかった」ギャレットはゴーグルを取って、レンズをシャツで拭いた。

「わたしを雇ったのはそのためでしょ。一緒に考えましょうよ」

ギャレットはまたゴーグルをつけ、輝く銀色のタンクの上にのぼって、のぞき窓から中をのぞいた。「もう一回ホップを加えれば、あとは樽に詰めるだけだ」

「料理のほうは？」

「料理？」わたしが外国語でも話しているかのような顔をして、ギャレットはこっちを見た。

「ほら、パブで出す料理よ。ビールと一緒に何を出したらいいかしら？」

ギャレットは階段を下り、ゴーグルを額に押しあげた。黒髪が少しカールしている。「その話を持ち出してくれてよかった。きみは料理名人だと聞いてるから、料理はきみに任せようかな。ぼくが考えるバーの食事といったら、プレッツェルとかナッツとかチップスくらいのものだから。でも、それじゃあだめだよね。アルコールを出す店として、州の法令に違反することになる」

プレッツェルとナッツも、スポーツバーで出すなら問題ないが、新しいビール醸造所をオープンするなら、まちがいなくもっと上品な料理が必要だ。それに、ギャレットの言うことも正しい。わたしたちのリカーライセンスでは、客に小皿料理を提供しなければならなかった。とはいえ、醸造と料理の腕を見込んでギャレットがわたしを雇ってくれたのだとしても、自分がこれから厨房の責任者として働くのか、それとも単にアイディアを出すだけの存在なのかは、ハンスから聞いていなかった。そこで、今は慎重に進めることにした。「ビールのおつまみに、何か考えてるメニューはある？」

「たとえばどんな？」

「そうね、わたしはシンプルなパブの食事がいいかなと思う——全然手が込んだものじゃなくていいの。家でいくつかアイディアを用意してきたんだけど、まずはあなたのビールがどんな味か確かめたくて。そうすれば、それぞれのビールに合った料理を用意できるでしょ」

ギャレットは目にかかった髪を払いのけた。「すばらしい。ドリトスを置くだけよりずっといいね」

「あら、ドリトスももちろん置くわよ」わたしはほほ笑み、醸造所を見渡した。真っ白い壁に囲まれた洞窟のようなスペースを見ると、にぎやかなパブというより清潔な研究室に感じられる。一方、〈ニトロ〉の外壁は、レブンワースの牧歌的な雰囲気と調和していた。チョコレート色のバルコニーととんがり屋根、それにライオンの頭の彫刻は、そのまま残されている。町の条例では、中心部にある建物はすべてドイツ風の外観にしないといけないと決められていた。だが、建物の中に関しては、完全にオーナーの裁量に任せられている。どうやらギャレットは、ここを改装する際、ドイツの流れを汲んだものは一切取り入れないことに決めたらしい。店内でバロック音楽が流れていたり、壁一面に紋章やくるみ割り人形が飾られていたりしないのはありがたかったが、それでも、この冷たい空間は近寄りがたすぎた。

ギャレットの気分を害さないよう、わたしは慎重にことばを選んだ。「店内にもう少し温かみを加えてもいいかもしれない。あの梁《はり》に電球をつけたひもを巻きつけるのはどう？　あなたはドイツのテーマに沿って店内を飾るつもりはないのよね。真面目な話、わたしもレーダーホーゼンはこの町でもう一生分見てきた。けど、やっぱりもう少し色味は必要だと思う」

ギャレットは頭を掻いた。「ほこりをかぶった大叔母の飾り物を全部取り払ったと知ったら、町のみんなは怒るかな？　壁一面にドイツのがらくたが飾られてたんだ」

「ようこそレブンワースへ」わたしはウィンクをした。「でも、大丈夫。その点は心配する必要はないんじゃないかしら。むしろ、自分らしさを出してよかったと思う。だってこの店は別にフロント・ストリートにあるわけでもないし。ほら、あそこだと、観光客を喜ばせるためにどの店もそれらしく飾り立てなくちゃいけないと考えてる風変わりな人が何人かいるから。電球をつけて、壁にポスターでも飾れば、多少居心地のいい雰囲気になると思うわ」

　ギャレットはうなずいた。「確かに」

「ここが宿泊施設だった頃の写真や家族写真は残ってない？　そういうのがあれば、テスに敬意を表した飾り物を用意できると思うんだけど」

「いいね」ギャレットは目を輝かせた。「額入りの写真なら上の階にたんまりある。あとで持ってくるよ」そう言ったあと、彼は下唇を噛《か》んだ。「きみの負担にならないかな？」

「全然。こういうプロジェクトは大好きなの」とわたしは言った。そのことばはほんとうだった。とはいえ、期待されすぎても困る。グランドオープンに向け、洗練されたメニューを考えたうえで内装を一新するには、あと二十四時間もなかった。

　早速仕事に取りかからなければ。

7

ギャレットはその後、午過《ひるす》ぎまでわたしに〈ニトロ〉の業務を説明してまわった。長期的な計画では、テイスティング・ルームを本格的なパブと瓶詰め工場に改造する予定だという。

ランチのあと、今日はこのくらいにしようと提案されたので、わたしは家に帰ってメニューの考案にいそしむことにした。フロント・ストリートを車で走るのは実に爽快《そうかい》だった。町の中心部にある木造の休憩所のまえを通りすぎる。赤と白の花飾りで覆われたビヤ樽が両側に置かれていた。道沿いには、アーチ状の玄関や小さな塔、屋上庭園を備えた店が多く、化粧漆喰《しっくい》が塗られた三階建ての三角屋根の建物には、こげ茶色の木材が壁にあしらわれ、華やかな花の鉢植えがふんだんに飾られていた。あちこちで、ドイツとアメリカの国旗が窓に掲げられている。

遠回りをして果樹園とブドウ園のまえを通った。空は澄んだ青で、ところどころ薄い雲が浮かんでいた。マウンテン・ホーム・ロードに入り、丘をのぼってわが家へ向かう。世紀の変わり目頃に改築した自宅とホップ農場に続く私道に近づくといつも、わたしは心の中で感謝のことばをつぶやかずにいられなかった。こんな玄関ポーチの広い、有機農場付きの板張りの家に住めるなど、子供の頃には想像すらしていなかった。だが、今日は郵便受けのまえに車を停めながら悲しみに襲われた。マックの軽率な行動のせいで、わたしが今まで苦労してつくりあげてきた家と安定した生活が危険にさらされている。

その思いはとりあえず脇へ押しやり、目のまえの仕事——料理——に集中することにした。この苦難を乗り切りたいなら（なんとしても乗り切るつもりだが）、一方の足をもう一方の足のまえに出しつづけるしかない。今までそうしてきたように。わたしは、鍵のかかっていないドアを開け、耳が痛くなるほど静かな家の中に足を踏み入れた。〝集中しなさい、スローン〟。そう自分に言い聞かせ、料理本をしまってある年代物の棚を調べる。うちにある料理本の数ときたら、『ホーダーズ』（通称〝ごみ屋敷〟に住む人々に密着したアメリカのテレビ番組）で充分取りあげてもらえそうなほどだ。キッチンのカウンターで〝シトラス〟と心の中で唱えつつページをめくった。〝シトラスＩＰＡとは何が合うだろう？〟そのとき、思いついた。ビールの味を引き立たせるだけのおつまみをつくるなんてもったいないではないか。ビールそのものを使った料理をつくるのだ。

そう決意し、今朝仕事場に穿《は》いていったスカートを脱いだ。プロらしい雰囲気を印象づけようと選んだものだったが、ギャレットのラフな格好からすれば、わたしも着替えたほうがよさそうだ。そこで、ジーンズとお気に入りのＴシャツを引っぱり出してきた。Ｔシャツには〝本物の女はビールを飲む〟というロゴが入っている。

次に、業務用の冷蔵庫と冷凍庫の中身をチェックした。どうして業務用の冷蔵庫が家にあるかというと、マックがガレージにどうしても置きたいと主張したからだ。マックは日頃から人を家に呼ぶのが好きで、冷蔵庫の中にはつねに食材がぎっしり詰まっていた。妻のわたしとしては、いつマックから電話がかかってきて、地元の販売業者や新たな取引先を招いて家で食事をしたいと言われるかわからなかったけれど。そんなときは、慌てて料理を用意するはめになった。

冷蔵庫から、袋入りのオレンジとレモン、新鮮なコリアンダー、レッドオニオンをふたつ、有機鶏の胸肉を取り出した。これでおいしい串焼きとケーキがつくれるだろう。あとはビールだ。わたしは〈デア・ケラー〉の空《から》のビール容器《グラウラー》を持ってサンダルを履き、車に向かった。〈ニトロ〉までは五分もかからなかった。午後の日差しがワナッチー川の穏やかな川面に当たり、きらきら輝いていた。今はちょうどお祭りとお祭りの狭間なので、コマーシャル・ストリートの駐車場はがら空きだった。収入源を観光に頼っている小さな町は代償もそれなりに大きい。オクトーバーフェストの期間中は、レブンワースの人口は三倍に膨れあがる。広場のテントがビール愛好家たちでいっぱいになったり、パブや店に客がぞろぞろ入ってきたりするのは、ビジネスを経営するうえでは喜ばしいことだが、地元民にとっては、日常生活を送るのが不可能に近い状態になるという支障があった。数週間もすれば、町の中心部やビアホールから一キロ圏内に駐車スペースを見つけるのは至難の業《わざ》になるだろう。

〝今のうちに満喫しておかなくちゃ〟。わたしはそう思い、〈ニトロ〉のまえの駐車スペースに車を入れた。縁石に車を寄せていると、マックの真っ黄色のハマーが近くに停まっているのに気がついた。胃がひっくり返りそうになった。こんなところでいったい何をしているのだろう？

マックが〝尻軽ウェイトレス〟と一緒にいるところを見て以来、彼はこれまで想像力に欠ける謝罪法をいろいろと試してきていた。花やチョコレートを送ってきたり、玄関のまえに手紙を残したり。どれもすぐにごみ箱行きだった。今までのところ、そんな彼を避けることには思いのほか成功していた。これほど小さな町では、偉業とも言えるかもしれない。

彼がどうして〈ニトロ〉に来ているのか、その理由はわからなかった。でも、一刻も早くここから追い出さなければ。

「ギャレット、戻ったわよ」わたしは存在しない自信を振りかざしてドアを押し開けた。

怒った声が奥の部屋から聞こえてきた。

「好きにしろ。こんないい申し出、この先もうないんじゃないか」マックが何やらわめいている。「あとで考え直すはめになっても知らないぞ。大金だぜ。おれが帰れば、おれにしろ、ほかのだれにしろ、もうオファーは来ない。それだけは言えるな」

ギャレットがなんと答えたのかは聞こえなかった。

どんな内容にしろ、その返答は、マックには素直に受け入れられなかったらしい。オフィスのドアが大きな音を立てて閉まり、マックが勢いよくこっちに歩いてきた。

はたと足を止め、彼は言った。「スローン、ベイビー、何をしてるんだ?」仕立てのいい淡いブルーのシャツのしわを伸ばし、彼はもう一歩こっちに近づいた。

わたしは一歩うしろに下がった。「ここで働いてるのよ」

マックはうしろをちらりと振り返った。「そうらしいな」あきれたように目をぐるりと回し、またわたしとの距離を詰める。高価なコロンと、息に混じったビールの饐《す》えたにおいがした。

「聞いてくれ、スローン、あんな素人のところで働く必要はない。あんなの、ただの気取り屋の自家醸造者《ホーム・ブルワー》にすぎないじゃないか。絶対、自分が何をしてるかもわかってないって」

「そこまでにして」わたしは空いた手で彼を制し、もう一方の手でビール容器《グラウラー》を振った。「でも彼は、わたしが今まで口にした中でもかなり質のいいビールをつくってるわよ。正直、あなたのビールよりおいしかった。自分が何をしてるかは、彼ははっきりわかってるはず」

マックは怒りで顔を紅潮させたが、目は冷静だった。「たったひとつうまいビールをつくったからって、それだけじゃ、経営は立ち行かないさ」シャツの三つ目のボタンが今にもはち切れそうだった。苛立《いらだ》っているせいか、それとも飲みすぎたせいか、それはわからない。

あのせり出した腹に〝尻軽ウェイトレス〟はどんな魅力を感じたのだろう。「ねえ、こっちはこんなことをしてる暇はないのよ」わたしはそう言ってビール容器《グラウラー》を握りしめた。「こんなふうにこそこそ嗅ぎまわるなんて、いったいどういうつもりなのか知らないけど、ここから出ていって――今すぐ!」

「嗅ぎまわる?」マックは興奮気味に言った。「おれは嗅ぎまわったりなんかしてないよ。仕事で来ただけだ」

「どっちでもいい。けど、その仕事とやらはもう終わったんでしょ。それなら、とっとと帰って」わたしはドアを指差した。

「少し話せないか?」彼はじりじりとこっちに近づき、空色の目を丸くして子犬のような表情を浮かべた。「きみがいなくて寂しいんだ」

全身の筋肉が硬直した。「帰って」

「わかった、わかったよ。出ていくから。でも、あきらめたわけじゃない。今までおれたちはうまくやってきたじゃないか、ベイビー」

わたしは大声で言ってやりたかった。あの女と寝ると決めたときに、今まで築いてきたものを全部ぶち壊しにしたのはそっちではないかと。だが、そうはせず、鼻から息を吸い込んで黙った。

マックはうなだれてドアに向かおうとしたが、そのとき、わたしの足元に目を留めたらしい。

「おれのお気に入りの色だね」

わたしはもともと女性らしいタイプではなかった。ばっちりメイクをするというのは性に合わない。というより正直に言うと、ビール醸造所《じょうぞうじょ》兼パブで一日じゅう働いていれば、そこまでする価値がないのだ。でも、ひとつだけどうしてもやめられないことがあった。フットネイルだ。自宅のバスルームの引き出しには、ペディキュア用のマニキュアがぎっしり詰まっている。

マックがドアを閉めて出ていくと、わたしは自分の足の爪に視線を落とした。青みがかった濃い灰色のネイルは自分でもお気に入りの色だった。だが、今日からはちがう。家に帰ったら真っ先にあのマニキュアをごみ箱に捨てようと思った。

「スローン、大丈夫かい?」ギャレットの低い声が沈黙を破った。

いつからそこにいたのだろう?

「大丈夫よ」わたしはビール容器《グラウラー》を脇に挟んで蓋を開けようとした。「IPAを少しもらいにきたの。メニューをひとつ思いついたから」

　蓋はびくともしなかった。

「ごめんなさい。夫……というか、マックのことだけど」わたしはギャレットと目を合わさないようにしながら言った。「あの人がどんなもめごとを起こすつもりだったのかは知らないけど、わたしとは一切関係がないから。あんなことは二度とないって約束する」

　ギャレットはわたしのビール容器《グラウラー》に手を伸ばし、ひとひねりで蓋を開けた。「きみのことで来たわけじゃなかったみたいだよ」

　わたしたちはバーのカウンターへ移動した。

「そのTシャツ、いいね」とギャレットは言った。「うちでも売るべきかも。ほら、〝本物の女は〈ニトロ〉を飲む〟とか。どう?」

「賛成。リストに追加しておくわ」わたしはそう言って、結婚指輪をくるくる回した。今夜こそ、洗剤を使って取らなくては。「マックの目的はいったい何だったの?」

　ギャレットはビール容器《グラウラー》にIPAを注ぐのに集中していた。注ぎおえると、蓋をしっかり閉めてわたしに渡した。「このレシピがほしかったみたいだ。売り物じゃないってはっきり伝えといたよ」

「あなたのレシピをお金で買おうとしたってこと?」

　ギャレットは肩をすくめ、ビールの注ぎ口を指でいじった。「でも、売り物じゃないからね」

　醸造業者というのはたいてい自分のレシピを大事にしている。これからそれで自分の身を立てようというときならなおさらだ。「ただの好奇心から聞くんだけど、マックはいくら払うって言ってきたの？」

マックは妙なところで節約するタイプの男だった。高性能なハマーやデザイナーズブランドのシャツには惜しみなくお金を投じるのに、〈デア・ケラー〉で使う良質な材料や設備に関しては、やけに財布のひもが固くなる。

「関係ないよ。さっきも言ったように、ぼくのレシピは売り物じゃない」

ガラス製のビール容器《グラウラー》が結露しはじめ、わたしはシャツで手を拭った。「賢い選択だわ」マックが〈ニトロ〉のレシピと引き換えにいくら払うと申し出てきたのかを知ることができるなら何を差し出してもかまわなかったが、早々に話を切りあげたがっているギャレットの様子からも、それ以上訊いても無駄だとはっきりわかった。

「ビールをありがとう」わたしはビール容器《グラウラー》の取っ手に指を通した。「また家に帰って料理を仕上げるわ。それじゃあ、また明日」

ギャレットはゴーグルをかけた。「ぼくは研究室に戻るよ。そういえば、古い写真を出しておいた。カウンターの箱に入ってるから」

「ばっちりね！　何ができそうか、明日見てみる」

ギャレットは指を二本立てて手を振った。

家に帰るとまず、わたしは結婚指輪をはずして靴下の引き出しにしまった。そのあと、バッハを大音量で流し、キッチンでレッドオニオンを小さめの角切りにし、コリアンダーをみじん切りにした。鶏の胸肉を慎重に細長くカットしたあと、フォークで穴を開ける。シトラスIPAにタマネギ、コリアンダー、オリーブオイル、塩コショウを混ぜ、その中に鶏肉を浸した。ひと晩漬け込むつもりだった。これで肉にビールのマリネ液が染み込むはずだ。

次に、カップケーキの主な材料――バターと卵とバターミルク――を混ぜはじめた。どうしてもマックのことが頭から離れなかった。ほんとうのところ、彼は〈ニトロ〉で何をしていたのだろう？ ギャレットの言うとおり、本気で彼のレシピを買い取るつもりだったのか？ それともわたしを偵察しにきていた？

彼のせいでうじうじするのはやめにしようとわたしは決意した。これはわたしにとって大事な仕事だ。あんな男のせいで台無しにされてたまるものか。マックには引っ込んでおいてもらわないといけない。幸い、料理は怒りをしずめてくれた。シトラスIPAをぐいっと飲み、残りをボウルに注いだ。ちょうどよい具合に泡が立った。それを手でかき混ぜ、指で一口味見する。

ビール・カップケーキだ。おいしい。オレンジとレモンの皮をすりおろしてボウルに加え、果実を半分に切って果汁を絞った。オレンジとレモンがビールのシトラスの香りを引き出してくれればと思った。レモン果汁のついた指をうっかり舐めてしまい、唇がきゅっとすぼまった《パカーアップ》。

“パカーアップIPAだ”。ビールの名前はパカーアップIPAにしよう。

バニラエッセンスをほんの少し加えたあと、小指を浸してまた味見した。パカーアップIPA（ギャレットがこの名前を気に入ってくれるといいけど）と新鮮なオレンジとレモンの風味がバターを含んだ生地《きじ》と見事にマッチしていた。

ギャレットはどういう経緯でこの町に来たのだろう？　ハンスからはあまり詳しい話は聞いていなかった。今日会ったかぎりでは、ギャレットは個人情報を自ら進んで明かすタイプには見えなかった。わたしだって、人のことは言えない。胸の内を心にしまっておきたくなる気持ちはよくわかっている。

ハンスによると、ギャレットは大叔母のテスから〈ニトロ〉の建物を相続してすぐにソフトウェア・エンジニアとしての仕事を辞めたらしい。レブンワースの町おこしに携わったひとりであるテス・ストロングは、去年の秋に亡くなっていた。鋭い知性の持ち主だったテスは、九十七歳でこの世を去り、全財産をギャレットに遺した。うわさでは、ギャレットは一度も現地に足を運ぶことなく、会社勤めのキャリアを捨て、相続した建物をビール醸造所に改築しようと決めたという。彼にはほかに家族はいないのだろうか？

長年の生活でわたしは学んでいた。自分から注意をそらす一番簡単な方法は、だれか別の人に注意を向けることだと。質問をかわす術なら身につけていた。だれかに自分のことを訊かれたときには、すぐに相手の話になるよう誘導した。一緒に働いていれば、そのうちわかるだろう。ギャレットが長期にわたってここに留まるつもりなのか、それとも小銭を稼いだらすぐにいなくなるつもりなのか。といっても、ビールの醸造は、手っ取り早くお金を稼ぐには向かない仕事だ。実際、小さなビール醸造所の多くは、従業員の給料と経費を払えるだけの稼ぎしか得ていない。ビールの醸造とはすなわちライフスタイルなのだ。ギャレットがそのライフスタイルに向いているのかそうでないのかは、まだわからなかった。

8

翌朝、日も昇るまえから、窓の外でフィンチがさえずる声に目を覚ました。わたしはどんな季節でも、窓を開けたままにして眠るのが好きだった。新鮮な空気を感じ、アイシクル・クリークの穏やかなせせらぎを聞くと心が安らぐ。最近の記憶では初めて、今日は高まる期待とともに目を覚ました。〝アレックスも、登校初日はこんな気分なのね〟。そう思いながら、頭の中で今日やるべきことを整理した。〈ニトロ〉の開店前に、料理を揃え、テーブルと椅子をセットし、明るい電気とろうそくで店内に華やかさを加えないといけない。それから、グラス類が揃っているかも確認し、請求書や支払い方法についてもギャレットに訊いてみなくては。店内のスペースや設備の使い方にも詳しくなり、ギャレットのビールひとつひとつにしゃれた名前をつける必要もある。

そんな目も回る日のどこかでどうにか時間を見つけて、ハンスとも話をするつもりだった。彼にしか頼めない用事がある——マックを〈ニトロ〉から遠ざけておくことだ。はるか遠くに。

掛け布団をはがし、ベッドから出た。マックの側はもう何週間も手つかずのままで、そこを見ると否応なく、人生の重荷を意識させられた。ため息をつき、スウェットを頭からかぶる。

もこもこのスリッパに足を通し、廊下を歩いてキッチンに向かった。無意識のうちに、アレックスの部屋のまえで足を止め、中をのぞいた。息子はいないのだと理解するまでに少し時間がかかった。ゆうべはマックのホテルに泊まっていたのだ。マックのことがどれほど頭にきていようと、アレックスのためには、父と子の関係を続けさせるしかない。たとえそれがマックと親権を共有することになるとしても。息子を〝共有〟するという考えには、いつになっても慣れないだろう。

アレックスがいないと、家が空《から》っぽに感じられ、寂しかった。堅木の床を歩くごとに、床がきしむ音が増幅しているように感じられた。指輪をはずしてすっきりした薬指さえ、目を向けるとどうしても思い出してしまう。今まで頑張って築きあげてきたものがすべて台無しになってしまったのだと。〈ニトロ〉のグランドオープンに向けて、やらなければならないことが多いのはせめてもの救いだった。正気を保つには、忙しくしているのが一番だ。

わたしはキッチンに入った。コーヒーポットの電源を入れ、冷蔵庫を開けてバターとクリームチーズを取り出す。カウンターでひと晩寝かせておいたビール・カップケーキは冷めている。「新作の試食タイム」とわたしはだれにともなくつぶやき、ラップをはがして一口分を口に放り込んだ。驚いたことにビールの風味が残っており、ほのかだが、舌にぴりっとした味わいを感じた。

出来に満足し、バターとクリームチーズ、少量のビール、すりおろしたばかりのオレンジの皮を混ぜた。クリーム色のフロスティングを角が立つまでしっかり混ぜる。味見して笑みを浮かべた。気まぐれでつくったカップケーキだが、われながら上出来だ。ビール・カップケーキにビール味のフロスティング――パブの新規オープンにはうってつけの一品だ。ギャレットも気に入ってくれるだろう。

ブラック・コーヒーを淹《い》れ、カップケーキにフロスティングを塗った。大きな銀の皿にカップケーキをのせると、わたしは次の作業に取りかかった。マリネ液につけた鶏肉を冷蔵庫から取り出し、慎重に木の串に刺す。串焼きは温かい状態で客に出したいので、あとで焼くために、そのままラップで包んでまた冷蔵庫にしまった。

マリネ液は昨日、これとは別にサラダのドレッシング用にも取ってあった。レタスとトマト、タマネギ、きゅうりを切って大きな木のボウルに入れ、フェタチーズとオリーブを散らす。マリネ液の容器の蓋を開けると、極上の香りがした。そこに、オリーブオイルとバルサミコ酢を少し加える。容器を勢いよく振ってオイルと酢を乳化させたあと、味見した。すごくおいしい。

普段から朝食はあまりとっていなかった。アレックスにはそれについていつもがみがみ言われている。キッチンのカウンターを見まわすと、バナナが目に入った。〝これを食べたらアレックスも喜ぶかも。メールでも送って、ちゃんと一日のスタートを切ったと伝えようかな〟。そう思い、カッコウ時計に目をやった。そろそろ起きて登校の支度をしている時間だろう。

食べかけのバナナの写真を携帯電話で撮り、息子にメッセージを送った。〝すごい？　出勤前に朝食を食べてるのよ〟

すぐに携帯電話が鳴った。〝いいじゃん、母さん。コーヒーもけっこう飲んだ？〟

〝まだまだ！　ところで、今夜は来てくれる？〟レブンワースのパブは、ドイツと同じく、家族連れの客が来ることを想定してつくられている。大人がスタウトを飲んでいるあいだ、子供たちがドイツ風の温かいプレッツェルを食べたり、ルートビア・フロートを飲んだりしている姿がこの町ではけっこう見られる。ワシントン州の法律でも、料理をきちんと提供し、バーとダイニングエリアのあいだに壁や仕切りが設けられているかぎり、未成年者もバーに出入りしていいことになっていた。ギャレットは賢明にも家族連れ向けのパブとして〈ニトロ〉を登録している。

〝うん、行くよ〟。

〝じゃあ、また夜に。愛してるわ。学校、楽しんでね！〟

〝ぼくも愛してる。じゃあね〟。

グランドオープンに息子が来てくれるとなれば心強い。それはハンスも同じだ。わたしは彼にもメールを送った。

〝今夜は来る？　顔を見せてくれるとうれしいわ。くれぐれもお兄さんは来させないようにね。いい？〟

数分後、ハンスから返事がきた。〝必ず顔を出すよ。今日は姉さんにとって大事な日だからね。マックのことは任せてくれ〟。

問題が片づいたところで、わたしは急いでシャワーを浴びた。〈デア・ケラー〉で働いていたときは、服装のことを考える必要がなかった。クローゼットには〈デア・ケラー〉のスウェットやTシャツ、野球帽がぎっしり入っている。けれど、〈ニトロ〉のグランドオープンには、ジーンズよりきちんとした服が必要な気がした。

クローゼットの奥に赤のカクテルドレスを見つけた。とはいえ、こんな服を着て醸造所《じょうぞうじょ》で一日じゅう働くわけにはいかない。そこで、とりあえずジーンズを穿《は》いて、ナス色のスクープネックのTシャツを着た。紫は、夏のあいだに自然に焼けたブロンズ色の肌を引き立たせてくれる。髪はポニーテールに結《ゆ》い、靴は黒のサンダルを選んでボストンバッグに入れた。カクテルドレスにはあとで着替えればいい。今はとにかく動きやすい格好にしよう。

車に食べ物をのせ、町の中心部に向かった。

「あら、スローン！　今日から仕事？」グランドオープン用の食べ物と赤のドレスの入った箱を持って、アルプスのスキー小屋のような図書館のまえを通りかかると、町の司書が声をかけてきた。

「今夜、パブのグランドオープンなの。ぜひ寄ってね！」

「ええ、行かせてもらうわ。町のみんなもね！」彼女は手を振り、また植木箱に入った鮮やかな赤のゼラニウムに水をやりはじめた。

レブンワースに住んでいると、ときどき昔の時代に戻ったような気分になる。荷馬車や屋外の浴場といったものはもちろんないけれど。ここの魅力に心を奪われずにいるのは不可能だった。バイエルン風の建築物の込み入った細部から、高くそびえる山々や太平洋岸北西部特有の気さくな雰囲気にいたるまで、レブンワースはあらゆる人を惹きつけてやまない。

ここが鉱物と木材の町だった頃、〈ニトロ〉の建物には売春宿が入っていた。だが、ほかの建物と同じく、一九六〇年代にドイツ風の山小屋に生まれ変わった。ギャレットの大叔母は、一階で繁盛したレストランを経営し、上の階で朝食付きのホテルを切り盛りしていたのだが、五年ほどまえに健康を害した。それ以来、〈ニトロ〉の建物は使われていなかった。

その場所をふたたび使える状態にするには、ギャレットも一階の改築に相当なお金を注ぎ込んだにちがいない。とはいえ、わたしの知るかぎり、上の階の客室にはまだ手をつけていなかった。本人は今、ゲスト用のスイートルームのひとつに寝泊まりしている。それを除けば、このだだっ広い建物は空っぽだ。ファームハウスに息子とふたりというのも同じくらい寂しいけど。

「おはよう！」食べ物の入った箱を落とさないようにしながら、わたしは空いた手でドアを開けた。

店に入ってドアを閉めた。「わたし——スローンよ。ちょっと早く着いちゃった！」

返事はなかった。ギャレットはまだ寝ているのだろう。

箱の重さで腕の筋肉がぴくぴくしはじめた。急いでオフィスのまえに行き、コンクリートの床に箱を置く。腰をかがめて箱から鍵を取り出そうとしていると、うっかりドアを蹴ってしまった。意外なことに、ドアはそのまま開いた。ギャレットは戸締りに関してあれほどうるさく言っていたのに、施錠されていないとは驚きだ。

〝でも、彼の言うことは正しかったかも〟。オフィスの中を見るなりそう思った。書類が床に散乱しており、まるでだれかが鍵を押し当てたかのように、ファイルキャビネットは疵《きず》でいっぱいだった。オフィスは荒らされていた。

どこからともなく大きな物音が聞こえた。

わたしは慌てて醸造所に飛び出した。「ギャレット?」

「スローン?」

振り返ると、ギャレットがうしろに立っていた。髪が乱れており、シャツの裾がズボンからはみ出している。今起きたばかりのようだった。ズボンはいかにもパジャマといった感じだ。

「オフィスが」わたしは興奮してまくし立てた。「だれかが中を調べたみたい」開いたドアを指差した。

ギャレットは背筋をぴんと伸ばした。「なんだって?」急いでオフィスの中に移動している。

戸口で足を止めるなり、彼が肩を落としたのがわかった。

「何かなくなってるものはある?」

ギャレットは四つん這いになり、メモやチャート、判別不能な落書きの紙を集めはじめた。

「わからない」首を振っている。「でも、だいたい想像はつくよ」

「ビールのレシピ?」わたしも手伝おうと身をかがめた。

紙の束をわたしに渡して、ギャレットはうなずいた。「こうなると思ったんだ」

そう言われても、どこか腑に落ちなかった。どうしてギャレットのオフィスをあさってまでビールのレシピを手に入れようとする人がいるのだろう?「パソコンに保存してないの?」

とわたしは尋ねた。

ギャレットは指の関節を鳴らした。「もちろんしてるさ。けど、今は別のだれかの手に渡ってるわけだ。そいつがぼくのビールをつくるのを阻止することはできない」

「警察に通報する?」わたしはそう言って、机に紙の束を置いた。こんな事態に遭遇したのは初めてだった。この町で起きた、最近の記憶で一番の騒ぎといえば、去年、行方不明になった町長の猫を捜しまわったことくらいだ。

「いや、通報しなくていい」

どうして警察に連絡しないのだろう? 鍵を閉めることにあれほどこだわっていたというのに、その反応には正直、混乱させられた。わたしは言った。「わかった。でも、ほんとうに大丈夫?」

「ああ」その声は沈んでいた。

「ここはわたしが片づけるわ。グランドオープン用の料理は厨房に置いておきましょうか?」ギャレットは散らかった床から目を離して立ちあがった。「ああ、料理か。そうしてくれると助かるよ。何を持ってきてくれたんだい?」

わたしは箱の中身を彼に見せた。

「町じゅうの人が来そうって感じだな」

「その心づもりよ」

ギャレットは軽々と箱を持って、旧式の厨房に運んだ。わたしは彼のあとからついていった。

彼は茶色いカウンターに箱を置いた。「すごくいいにおいがする。メニューは何?」

昨夜考案したメニューを伝えると、ギャレットは口笛を吹いた。「参ったな。これじゃあ、ぼくのプレッツェルがかすんでしまう。そんなに手間じゃなかったのならいいんだけど」

「全然」わたしはそう言って、彼の賛辞を払いのけるように手を振った。「もともと料理は好きだから」

さっきの散らかった書類について、どういうふうに質問を切り出せばいいのかわからなかった。そこで、プラスティック容器の蓋を開けて中身をかき混ぜ、サラダのドレッシングを確認しているふりをしながら言った。「ねえ、ビールのレシピのことだけど。ちょっと妙じゃ――」

話の途中で甲高い声がした。「ねえ、だれかいる?」

この声はどこにいてもわかる――エイプリル・アブリンだ。困った。エイプリル・アブリンにだけは会いたくなかった。

「奥にいるよ」とギャレットが答えた。口を塞《ふさ》ぐ暇もなく、彼はそのままパブのほうに歩いていった。

わたしはぶんぶん頭を振り、隠れる場所を探した。エイプリルはレブンワースの観光協会の運営者で、町のゴシップを隅々まで探り出すことで悪名高い。マックと仲たがいしてからは、まだ会っていなかった。今一番顔を合わせたくない人物だ。だが、発酵槽《はっこうそう》の中に飛び込む以外、隠れる場所はどこにもなかった。嫌でも彼女のまえに出ていくしかないだろう。エイプリルのヒールがコンクリートの床に当たる音がした。わたしはできるかぎりゆっくりした足取りでパブに向かった。

「おはよう《グーテン・モルゲン》!」エイプリルは厚塗りの化粧に見合う、大げさな笑みを浮かべた。「エイプリルよ。あなたがギャレットね」そう言うと、彼女はドイツの民族衣装である、フリルのついたピンクと緑のチェックスカートを軽く持ちあげ、膝を曲げてお辞儀をした。「あら、実物は案外ハンサムじゃない」

ギャレットは居心地が悪そうだった。

わたしはあきれて目をぐるりと回した。エイプリルはこの町で、自分が本物のドイツの村に住んでいると思い込んでいるただひとりの住民だ。ほかのみんなは（正真正銘のドイツ人であるわたしの義理の両親も含めて）、お祭りや特別なイベントでもないかぎり、ドイツの民族衣装を着たりしない。

エイプリルはこっちに歩み寄り、そばかすの散った細い腕をわたしの肩に回してきた。片腕でわたしを抱き寄せながら、うそっぽい同情心をにじませた声で言う。「スローン、元気にしてた? マックのことは聞いたわ」あまりに大きなささやき声に、ギャレットは顔を背けた。

「困ったらだれを頼りにすればいいかはわかってるでしょ。というか、今までずっと気づかなくてごめんなさいね。彼がちょっかいを出してくるのも、別に大したことじゃないと思ってたの。だめね。あなたに警告すべきだったわ」そう言って、彼女は自分の頬を叩いた。

わたしはパンチを食らわせてやりたい衝動を抑えながら、しかめ面《つら》をしてエイプリルの手を肩から下ろした。「ありがとう、エイプリル」

「ギャレット、あなたの話に戻るけど」エイプリルは急に愛嬌を振りまいて、長いつけまつげをぱちぱちさせた。前かがみになり、ワンサイズ小さな衣装に押し込んだ豊かな胸をこれでもかというほど見せている。「電話したのにずっと出てくれなかったじゃない。ここ数週間、つかまえようと必死だったのよ。今夜のグランド・パルタイ——ご存知だと思うけど、ドイツ語でパーティーの意味よ——のまえにどうしてもちょっと寄りたくて」

エイプリルの歯には、リンゴ飴のような赤い口紅がべっとりついていた。わたしはそれに気づいたが、何も言わなかった。エイプリルは四十歳をとうに過ぎているにもかかわらず、こっちがぞっとするほどの厚化粧をしたり、不格好なヘア・エクステンションをつけたりして、消えゆく若さにしがみついている。ドイツ語の〝パルタイ〟はパーティーの意味ではなく、政党のほうを意味するのだということも、わたしはあえて指摘しなかった。

エイプリルはぺちゃくちゃとしゃべりつづけた。「今じゃ町は、あなたの話題で持ちきりよ。わたしはこの町の連絡係として、大都市から引っ越してきてここを……このパブを開いたいきさつについて知る必要があるの。もちろん、ドイツの伝統にのっとってここを経営していくつもりよね?」彼女はそこでことばを切り、飾り気のない真っ白な壁をじっと見た。「あらまあ、想像以上にひどいわ。昔とは様子が変わったっていううわさは耳にしてたけど、やっぱりバイエルン地方のパブらしく見えるよう、わたしたちが手を貸さなくちゃいけないみたいね」

ギャレットはエイプリルの話に口を挟めずにいた。エイプリルは一瞬黙って息を吸い込んだあと、また話しはじめた。「うわさでは、マック・クラウスと張り合おうと躍起になってるとか？　新しいビアホールをオープンしたり、彼の奥さんを盗んだりして。だれかさんは相当怒ってるんじゃないかしら」そう言って、彼女は笑い声をあげた。その鼻にかかった声に、わたしは思わず耳を塞ぎたくなった。

この場に残ってギャレットがエイプリルにどう対処するのかを見ていたい気持ちもあったが、わたしにはやらなければならない仕事がある。「それじゃあ、あとはふたりでよろしく」そう言うなり、うしろに下がった。「会えてよかったわ、エイプリル」

「あっ」エイプリルは胸に手をやった。「お大事にね、スローン。今じゃみんなが――町じゅうのみんなが――あなたのことをうわさしてるから。みんな、ほんとにお気の毒だって言ってる」

わたしはエイプリルに聞こえないよう悪態をつきながら背を向け、そそくさとオフィスに向かった。

散らかった部屋をもとどおりにするのにさほど時間はかからなかった。ときが経つのも忘れ、わたしは書類をより分けた。ファイル・フォルダーがぱんぱんになるまでメモ書きを詰め込むのが、ギャレットの整理術のようだった。ここを荒らすのはさぞかし簡単な作業だったにちがいない。

それにしても、こんなことをしたのはだれだろう？　また、ギャレットはなぜ警察に通報しないのか？

そう思いながらも、この機会に、ギャレットのメモ書きやレシピ、請求書を種類別にファイルキャビネットに片づけた。部屋が見苦しくない状態になったところで、今度は、店内をグランドオープン向けに装飾する作業に取りかかった。ギャレットは多くの時間を頭の中で過ごしているタイプに見えるが、ここを改築した彼の仕事ぶりには、素直に感心せざるをえなかった。〈ニトロ〉の店内に足を踏み入れると、客は、梁《はり》がむき出しになった天井とコンクリートの床に迎えられることになる。ギャレットの大叔母のレストランで使われていた昔風のビニール製のボックス席や椅子はすっかり取り除かれ、今では、手前にダイニングテーブルが、そして奥に、バー用の脚の長いテーブルとスツールが置かれていた。未成年者が食事をとれるダイニングエリアとバーエリアとを分ける仕切りも、部屋の端から端まできっちり延びている。

わたしはストリングライトで天井と正面の窓を飾り、小さなろうそくをそれぞれのテーブルに置いた。ギャレットがカウンターに持ってきていた写真の箱は宝の山だった。わざわざ全部調べなくても、テスと一緒に写ったギャレットの子供の頃の写真や、ここが宿泊施設だった頃の全盛期の白黒写真、何年にもわたってここで開かれてきたパーティーやイベントの写真がすぐに見つかった。額に入れて飾ると、部屋に温かみが加わり、〈ニトロ〉のルーツがそれとなく客に伝わるようになった。

ギャレットは、日替わりで提供されるビールのメニューを書く場所として、長さ三メートルのホワイトボードをカウンターの奥に設置していた。ビールはしばらく三種類のみ提供する予定なので、スペースがだいぶ余りそうだった。そこで、わたしはホワイトボードにそれぞれのビールの説明書きを加え、食べ物のメニューも書いた。そのとき、思いがけず、箱の底からアイシクル・クリークの写真を見つけた。アイシクル・クリークは、ジョセフィン湖から流れ出て、カスケード山脈を通り、ここレブンワースのワナッチー川に注いでいる小さな川だ。マグネットをふたつ使ってその写真をホワイトボードに固定し、その下にハンスの口からたびたび聞かれることば――〝歴史はビールの川に乗って流れつづける〟――を引用した。

わたしは一歩下がって全体の出来を確認した。いわば新旧の融合だ。ギャレットも気に入ってくれるだろう。

それが終わると、外に目を向けた。建物のまえには、錬鉄《れんてつ》製の門に囲まれた小さなパティオがあった。厨房の横の物置スペースから、パティオ用の椅子を引っぱり出してくる。雑巾でしっかり拭くと、見ちがえるほどきれいになった。

電気のコンセントをつないで今までの成果を確認していると、いきなり男性の声がしてびっくりした。「ギャレットはいるかい？」

振り返ると、泥がこびりついた膝丈の長靴を履いた男が立っていた。つなぎの作業服も土まみれだ。

「奥にいるわ。何かご用かしら？　わたしはスローンよ。ギャレットの店の新しい醸造スタッフで、ただひとりの従業員」

「ヴァン・ギーガー、ホップの生産者だ」彼は両腕に抱えたホップの箱を持ち替えた。「握手できたらいいんだが、あいにくこんな状態で」

「そうみたいね。どこかに置く？」わたしは空いたビストロテーブルを指差した。

彼は持っていた箱を置いた。「すまない、汚れてて」そう言いながら、シャツの袖をはたいている。「あんたに渡しとけばいいかな。特別な届け物なんだ」

わたしは箱を開けた。かぐわしい緑のホップでいっぱいだった。真っ先に気づいたのは紛れもない苦い香り。その奥から、ほのかにレモンとマンダリンのにおいがする。「シトラスの風味が印象的ね。でも、見たことがないホップだわ。何かをかけ合わせた新しいホップなの？」

「ああ。どうしてわかったんだい？」

「〈デア・ケラー〉よ」とわたしは答えた。「ビールに関して知ってることは全部、レブンワース初のビール職人から学んだの」

相手はわずかに首を横に振った。「というと、どういうことかな？」

「〈デア・ケラー〉を知らないの？」ショックだった。ホップの生産に携わる人ならだれでも〈デア・ケラー〉のことは知っていると思っていたのに。

「あっ、わかった。もしかして、ワナッチー（ワシントン州の都市）で取引してた店かな？」

「えっ？」わたしは眉をひそめた。「この町で一番大きなビール醸造所よ。あなた、レブンワースにはあまりなじみがないのね」

「ああ、あの〈デア・ケラー〉か。今思い出した。でも、あそこはもう別のホップ生産者と契約してるから。おれは商売を小さく始めようと思ってるんだ。おたくらみたいなところから」

「それはいいアイディアだわ」わたしはホップの実を指で揉んでレモンの香りを吸い込んだ。

「農場はこの近く？」

「そうだ。ちなみに、このホップを使ってるのはおたくだけだぜ」彼は自分が持ってきた箱を身振りで示した。「ギャレットはうちと独占契約を結ぶ予定なんだ。これはおれが実験的につくってる品種なんだけど。彼に渡しといてくれるかい？　まだトラックに大量の届け物があるから」

「もちろん。でも、本人と話したいなら呼んでくるわよ。今夜のグランドオープンに向けて準備してるところなの。よかったら、ぜひあなたも来て」

「ああ、できたら寄らせてもらおうかな。けど、ギャレットの手は煩《わずら》わせないでくれ。契約の件については明日また話すと伝えてほしい。もし顔を出せなくても、今夜の成功は祈ってるよ」

彼は手を振って去っていった。わたしは、カウンターの下の冷蔵庫を整理し、シトラス風味のホップが入った箱を入れるスペースを空けた。鮮度と香りを保つには、ホップは冷やしておく必要がある。その作業を終えると、またグランドオープンの準備に意識を戻した。折り畳み式の長いテーブルに白のテーブルクロスを敷いて、ビール・カップケーキを置く。その上からラップをかけた。そして、厨房に急ぎ、グリルに火をつけた。コリアンダーの香りがすぐ厨房に充満した。このにおいと同じくらい串焼きの味がおいしければ、客を満足させられるだろう。鶏肉がほどよい具合に焼きあがると、大量の調理器具の中から保温用のウォーミングトレイを見つけた。心の中でメモする――次は厨房の中を片づけること。

バーエリアに戻ると、串焼きとサラダをカップケーキの横に並べ、室内を見まわした。なかなかの仕上がりだ。店内は電球の明かりで生き生きと輝いているうえに、すっかりパブのにおいがした。

腕時計を見ると、三時四十五分だった。今から着替えをして、気合いを入れなければ。大勢の客を迎える時間だ。「ねえ、ギャレット」わたしはオフィスのドアをノックして言った。「準備は整ったわ。ちょっと出てきて確認してもらえる？」

ギャレットはゴーグルをはずして目をこすった。「ああ、もちろん」

彼はすばやくノートパソコンを閉じ、らせん綴《と》じのノートと一緒に机の一番下の引き出しにしまった。引き出しの鍵を閉め、わたしのあとについてバーエリアへ出てくる。

「おお！」店内を見るなり、彼は声をあげた。「すごいな。さっきまでと同じ場所とは思えない」

「どういたしまして。もし満足してもらえたなら、店を開けるまえにさっと着替えてくるけど」

「満足したどころじゃないよ。手元にあったものがこんなに見ちがえるなんて信じられない」

「もとのよさを生かせるよう、ほんのちょっと手を加えただけよ。わたしを雇ったのはそのためでしょ？」

「そうだった」ギャレットは半ば呆然とした様子でうなずいた。「写真がすごくいいね。きみは天才だよ。おかげで、部屋に一体感が生まれた。それに、ビールの名前と、あの名言――すばらしい！」

「気に入ってくれた？」わたしは下唇を噛《か》んだ。

彼は唇をすぼめた。「そうだな。ひとつ足りないものがある」

「何？」

ギャレットの目がきらりと光った。「ドリトスだ」

わたしは笑い声をあげた。「そっか。用意するわね。でも、そのまえに着替えなくちゃ。五分後にここで。そしたら、初めてのお客さまを一緒にお迎えしましょう」

9

化粧室で赤のカクテルドレスに着替えた。子供の頃は、スーツケースひとつに収まるほどの持ち物しかなかった。昔の癖はなかなか抜けないものだ。最近でも、流行《はや》り廃《すた》りに影響されない服を買うことのほうが多い。たとえば、この赤いドレスのような。実際、このドレスは、何年もまえに買ったのに、時代遅れには全然見えなかった。丈はちょうど膝上で、わたしの華奢《きゃしゃ》な腰にぴったりフィットしている。鏡で自分の姿を確認しながら、わたしはため息をついた。目の周りにはしわが寄り、額にもくっきりと線が入っている。そろそろイメージチェンジをする頃合いかもしれない。そう思いつつ、唇に赤のリップグロスを塗り、カールした黒髪をふんわりと肩に垂らした。マックはどうして浮気相手にわざわざ二十代の女を選んだのだろう？確かに世間ではよくある話だが、それでは、額の細い線も大きな溝のように感じてしまうではないか。

今夜は、マックの浮気現場を目撃して以来、町じゅうの人と交流する初めての機会だった。エイプリル・アブリンのおかげでわかっていた。だれも口に出してはっきりとは言わないものの、みんな状況を充分認識していることは。

頑張るしかないわよ、と自分に言い聞かせ、わたしは服の入ったバッグをオフィスに置いてパブに向かった。バーエリアに入ったとたん、人々の話し声に迎えられた。この町に関して言えることがもうひとつある。それは、みんないつも行動が早いということだ。

うれしいことに、最初の客は家族の面々だった。クラウス家——オットーとウルスラとハンスとアレックス——がカウンターの近くに立っていた。喜びに胸が弾み、頬が熱くなった。彼らが来たことには驚かなかった。オットーとウルスラは、つねにレブンワースのビール業界を支えたいという気持ちでおり、新しいビール醸造所《じょうぞうじょ》がオープンすると、いつも真っ先に経営者を歓迎する。だが、マックとわたしの今の状況からすれば、彼らがここにいることにはそれ以上の意味があった。

ウルスラはわたしをぎゅっと抱きしめた。「すごくきれい。輝いてるように見えるわ、スローン」変化の激しい気候に合わせて、ウルスラは黒のロングスカートとケーブルニットのセーターを着ていた。カスケード山脈に近いため、レブンワースは太陽が沈むと気温がぐっと下がる傾向がある。とくに秋の今は。「それに、すごくいいにおいがする。今日は料理も出るのね」

オットーがわたしの肩を叩いた。「ウルスラの言うとおりだよ。ここのビールのおかげか、今日は一段ときれいだ」笑うと、頬の染みが全部一緒くたになった。「おまえが新しいことに挑戦するのはすごくうれしいよ。でも、うちにはすぐ戻ってくるんだろう？」

ハンスと目が合った。彼はふたりにどこまで話しているのだろう。

「もちろん」わたしはふたりを抱きしめた。「今日は来てくれてありがとう。ギャレットのビールはみんなも気に入るはずよ。ドイツ風のビールとはこれまた一味ちがったビールなの」

ウルスラは写真を見ようと壁に近づいた。「スローン、あなたが全部飾ったの？　すばらしいわ」

「なかなかの出来でしょ？　あなたも知ってる顔が多くいるんじゃないかしら。どれもテスが遺した古い写真だから」

ウルスラはほほ笑んだが、写真を見ているうちに、懐かしがっているような、悲しんでいるような、どこか寂しげな表情を浮かべた。わたしが〈デア・ケラー〉を出たことを嘆いているのだろうか？　それとも、過去を思い出しているだけ？　首から下げたチェーンについた老眼鏡を鼻の先にかけ、彼女は壁にもう一歩近づいた。一枚の写真が彼女の視線をとらえていた。ウルスラは指でその額縁をなぞり、わたしのほうを向いた。一瞬、泣き出すのかと思ったが、そのかわりに、老眼鏡をはずして次の写真に移った。

アレックスがわたしの肩を軽く拳《こぶし》で叩いた。「うん、母さん、きれいだ。おばさんにしてはね」彼の目はいたずらっぽく笑っていた。今日はこの場にふさわしく、目の色と同じ淡いブルーのシャツを着ている。「いい店だね。ドイツっぽくないっていうか。中を案内してくれる？」

「もう、この子ったら」わたしは手を伸ばして息子の髪をくしゃくしゃにした。アレックスには逃げられたものの、わたしはそのままみんなを連れて発酵槽《はっこうそう》のほうに移動した。ハンスがわたしの横に並び、体を寄せてきた。肌にこびりついた木のつや出し剤のにおいがする。もちろん、彼もシャワーを浴びて着替えていた。今日はジーンズとカーキのシャツを着ている。足元はラフティングシューズだ。「なかなかやるね、姉さん」

「どういう意味?」

ハンスは口の端を片方だけ上げて笑った。「すごくきれいだよ。兄さんが見たら、まじで後悔するんじゃないかな」

「彼は来ないわよね?」自分でも声が引きつるのがわかった。「遠ざけておくって約束してくれたでしょ?」

「まあまあ、落ち着いて」ハンスはわたしの肩をぎゅっとつかみ、わたしの顔から髪の毛を払いのけた。「兄さんは来ないよ。でも、姉さんがきれいだって言ったのはほんとだ。これで町のみんなに伝わるんじゃない? 姉さんが元気にやってるってことが」

「そうね」わたしはため息をついた。「ごめん、ちょっとぴりぴりしてるみたい」

「わかるよ」ハンスは共感を込めた笑みを浮かべた。「ひとついいことを教えてあげる。マックとヘイリーのことが頭に浮かびそうになったら、古いことわざを思い出すといいんじゃないかな。ほら、昔から言うだろ。美しいかどうかは飲み手《ビア・ホルダー》、じゃなかった、見る人《ビホルダー》によって決まるって」彼はウィンクをして、さらに続けた。「姉さんは本物の美しさが内側からも外側からもあふれ出てるよ」

「ハンスって最高」わたしも冗談めかして笑ったが、ハンスが一瞬、物思いに沈んだ目をしたような気がした。

クラウス家を連れて店内を案内したあとで戻ると、ギャレットがカウンターの向こうから必死の形相でこっちを見てきた。わたしはビールを求めて並んだ大勢の客のあいだを縫って進んだ。店内は混み合っていた。硬直状態のギャレットの顔を見て、思わずくすりと笑ってしまった。

「助けが必要?」ビールを注ぐ手伝いをしようと、わたしはカウンターの向こうにまわった。

「どうしてみんな、こんなに早く来るんだ?」とギャレットは小声で言った。

わたしは肩をすくめ、パイントグラスを手に取った。「この町の習慣みたいなものよ」人口二千人ほどの小さな町では、何か新しいことが起きたり新顔が現れたりするたびに、町民が大挙して押し寄せる。

ギャレットは顔をしかめたが、そのとき初めてわたしの変化に気づいたようだった。「すごくきれいだよ、スローン」声が少しばかりうわずっているように感じられた。

「ありがとう」とわたしは返した。頰が火照《ほて》るのがわかった。「あなたも似合ってる」ギャレットも着替えていた。ぱりっとした白のドレスシャツを着ており、黒い髪とくすんだ茶色の目が引き立っている。彼の手のグラスからあふれ出しているビールを指差し、わたしは言った。

「注ぎすぎじゃない?」

ギャレットはわたしから視線をはずし、注ぎ口の取っ手をもとに戻して、手についた泡を払った。そのあいだ、わたしが客の応対を引き継いだ。「何になさいます？　今夜は三種類のビールを用意しています。パカーアップIPA――シトラスの風味とホップの香りが豊かなできたてのIPAに、チェリー・コーディアル――濃厚で甘みのあるブラックチェリー・スタウトに、ボトル・ブロンド――夏向きのライト・エールがありますが」

「お勧めは？」

わたしはパカーアップIPAを勧めたが、ギャレットのビールはどれも賞が取れるほどおいしかった。まだ新人なのに、見事な芸当だ。

非の打ちどころのないビールを注ぐこつは、グラスの持ち方にある。わたしは泡が立ちすぎないようパイントグラスを傾け、注ぎ口の下で構えた。ビールはゆっくり注がなければならない。半分ほど注いだところで一分休ませたあと、最後はクリーミーな泡が立つよう仕上げた。

客にグラスを渡したとき、入口のドアが大きく開き、エディ・デルーガがつかつかと入ってきた。町の郊外に位置する、レブンワースに以前からあるビアホールのひとつ、〈ブルーインズ・ブルーイング〉のビール職人だ。

エディは強引に列の一番前に割り込み、タトゥーの入ったやせた腕をカウンターにのせた。

「全部ひとつずつくれ」

わたしはギャレットのほうを向いた。「エディにはもう会った？」

ギャレットは首を横に振った。シャツの袖をまくりあげて片手を差し出している。「ギャレット・ストロングだ」

「そう聞いてるよ」差し出された手をエディは無視した。「何をぐずぐずしてるんだ、スローン？　冷えたのがほしいんだ」

「やめろって、エディ」明るい声がした。テディベアのようなビール腹をした、がっしりした体つきの白髪交じりの男がエディのうしろに現れ、彼の肩をさすった。エディの上司のブルーインだ。ドイツ国旗のついた深緑色のフェルト帽をかぶっている。

エディはうなった。わたしはパカーアップIPAを彼に渡した。

彼はグラスに鼻を近づけた。

「スローン、会えてうれしいよ！　元気そうじゃないか！」ブルーインはわたしの手をつかみ、指先が白くなるほど強く握った。次に、ギャレットのほうを向いた。「あんたがうわさの風雲児だな。〈ブルーインズ・ブルーイング〉のブルーイン・マスターソンだ。よろしく」

彼は威勢よくギャレットと握手した。ギャレットは唖然《あぜん》とした顔でこっちを見ていた。

わたしはブルーインにパカーアップIPAを注ぎながら、ギャレットに彼を紹介した。「ブルーインは町の向こうで〈ブルーインズ・ブルーイング〉を経営してるの。エディはそこの醸造責任者よ。ふたりともこの町の古株なの」

「〈デア・ケラー〉とはしばらく友好的なライバル関係が続いてるんだよな、スローン？」ブルーインはパカーアップIPAをごくごく飲んだ。

エディは自分のビールをじっと見ていた。天井のひもから吊りさげられた裸電球にグラスをかざし、太陽の輝きのようなビールを揺らしている。ふたりは面白い組み合わせだった。赤ら顔のでっぷりしたブルーインと、ロックスターのようながりがりの体にタトゥーを入れたエディ。

「へえ、ホップの後味がいいね」ブルーインはギャレットにそう言ったあと、わたしのほうを向いた。「ライバル店で働いてるとは、マックもさぞかしおかんむりじゃないのか?」ブルーインは笑い声をあげ、残りのビールをぐいっと一気に飲み干した。その拍子に、帽子が落ちる。

わたしは何も言わずにブルーインの帽子を拾った。ブルーインは、礼のかわりに帽子を少し持ちあげてからかぶり直した。

「それでエディ、どう思う?」エディがようやくビールに口をつけるのを見て、ブルーインは言った。

エディは口の中で音を立ててビールを飲んだ。「悪くない」そう言うや、まだたっぷり残ったグラスをカウンターに置いた。「まあ、大したことはないけど」

ブルーインはすぐさまエディのグラスをつかんだ。「もう飲まないなら、おれがいただくよ」ふっくらした頬が深紅色に染まっている。

「ドライホッピングしてるのか?」エディは指の関節を鳴らしながら言った。すべての指にごつごつした指輪をはめている。リブ編みの白いタンクトップには、ベティ・ペイジ風の衣装を着た胸の豊かな女性のイラストが入っていた。ズボンは黒のスキニーパンツを穿《は》いている。ポケットやベルト通しから、チェーンがじゃらじゃら下がっていた。

ギャレットはなんと答えてよいかわからないようだった。わたしは小さくうなずき、エディが悪い人ではないことを目で伝えた。

「ああ、少しね」とギャレットは言って、味見用にブラックチェリー・スタウトの入ったグラスを差し出した。「でも、これはちがう」

エディとギャレットがぎこちなく仕事の話をしている横で、ブルーインは、カウンターに身を乗り出した。わたしの手をそっと叩き、ろれつの怪しい口調で言う。「なあ、スローン。もしここでうまくいかなくても、おれのところできみを雇う準備はいつでもできてるからな。覚えといてくれよ」

〈ニトロ〉に来るまえに二、三杯引っかけてきたにちがいない。

酔いに任せたものでも、彼の気遣いはうれしかった。わたしは言った。「ありがとう、ブルーイン」

彼は最後の一口を飲み干してグラスをわたしに渡した。「おかわりだ、スローン」

わたしは唇をぎゅっと結んだ。「悪いけど、ブルーイン。これ以上はだめ」ギャレットと目が合った。どこからどう見てもすでに酔っぱらっている客にこれ以上ビールを売るわけにはいかない。ギャレットは眉をひそめていた。わたしは、ここは任せて、と言うふうに彼に視線を送った。〈デア・ケラー〉の店頭で何年も接客していれば、だれがお酒を飲みすぎているかはひと目でわかる。提供するお酒の量に関してミスは許されないし、ブルーインのあしらい方なら心得ていた。

ブルーインは空《から》のパイントグラスをわたしに向けて振った。「頼むよ、スローン。おれは大丈夫だ。あと一杯だから」

コーヒーを出そうとしたとき、ホップ生産者のヴァンが人混みを押し分けてカウンターに近づいてきた。つなぎの作業服はまだホップを収穫した際の土で汚れている。

「あら、来てくれたのね」とわたしは言った。

ヴァンはブルーインをちらりと見たあと、うしろのホワイトボードのメニューに目をやった。「もちろんだよ。スローンだっけ？　何を飲めばいい？」

「どれもおいしいけど、おたくのホップを使ってるのはパカーアップＩＰＡだから、まずはそれを試してほしいわ」わたしはそう言って、髪を耳にかけた。髪を下ろすのには慣れていなかった。しょっちゅう顔に垂れてくる。

「おたくのホップだって？」エディがギャレットとの会話を中断して話に割り込んだ。「そりゃあどういう意味だ、おい？」

どうしてそんなに大げさに反応するのだろう？　ヴァンはエディにも独占契約を約束していたのだろうか？

そう思ったのもつかのま、わたしは顔を上げるという失態を犯してしまった。マックがこっちへ歩いてくるところだった。あろうことか、あの女を連れて。

10

ギャレットは、長い行列をさばくのに気を取られていて、わたしが動揺したのには気づいていなかった。マックはこんなところで何をしているのだろう？　ハンスはどこ？　ありえない。今夜だけはやめて。

わたしはそう思いながらギャレットの肩を叩いた。「厨房にちょっとものを取りにいってくる。すぐ戻るわ」

ギャレットは親指を立てた。ところが、厨房へ避難するまえに、マックとばっちり目が合ってしまった。

最悪。

ブルーインは大量のビールを飲んでいるせいで、わたしの顔にははっきり表れていたはずのパニックには気づいていなかった。一方のエディは、ワシのような黒い目でわたしをじっと見たあと、ゆっくり振り返って、わたしの視線の先にあるものを目にした。

勢いよくうしろを向き、胸を突き出している。「あの男好きがいったいここで何をしてるんだ？」エディは店内にいる全員に聞こえるほど大きな声で言った。

マックは足を止め、自分のことかどうか確認せんばかりに店内を見まわした。エディは〝尻軽ウェイトレス〟にじっと視線を据えている。

悪夢でも見ているような気分だった。わけがわからない。エディはどうしてわたしの肩を持つのだろう? エディとは今まで何度か会っているが、観光を推進する地元の醸造業者《じょうぞうぎょうしゃ》の集まりのほか、お祭りやイベントのときだけだ。決してそれ以上のつきあいはなかった。

騒がしかった店内が不気味なほど静かになった。話し声はやみ、グラスが当たる音も消えている。エディはまだ抜け目なく女に目を光らせていた。「ああいうふしだらな女はほんとに嫌だよ」

ギャレットは何が起きているのか訊きたそうな顔でこっちを見た。わたしは手を振って彼を無視し、カウンターの反対側に移動した。ヘイリーとは目を合わさないようにしながら、つかつかとマックに歩み寄り、高級なシャツの袖を引っぱって通路のほうへ連れていく。

「こんなところで何をしてるのよ?」わたしはマックを非難した。口からつばが飛び、完璧に手入れされた彼の顔についた。

「まあまあ、落ち着いてくれ、ベイビー」マックは両手を上げ、猫を撫でるようなしぐさをした。「きみと商売敵《がたき》の成功を祈りにきただけだよ」

「彼女と一緒に?」

「だれと?」

「マック、とぼけないで」わたしは両手を腰に当てた。「だれのことを話してるかははっきりわかってるでしょ。ここへ連れてくるなんてほんとに信じられない――それもこんな日に。品がないわ。普段から品位に欠けるあなただけど」

「だれ、ヘイリーのことか?」とマックは言った。「今夜はやけにセクシーじゃないか、スローン」

「あの女の名前を口に出さないで」わたしは腕組みをした。

「ちがうよ!」マックはそう否定したあと、こっちに近づいて低い声で言った。「彼女はおれが連れてきたわけじゃない。勝手についてきたんだ。おれはまちがいを犯したけど、これだけは誓って言える。彼女は連れてきてない。むしろこっちが逃げようとしてるくらいなんだ」

そのとき、エディの声が店内に響き、わたしとマックは同時に振り返った。「図太い神経をしてるんだな、ここへ顔を出すとは。このうそつき女め」

わたしは何が起きているのか確かめようと、マックをその場に置き去りにして戸口へ向かった。

ギャレットとふらついたブルーインが、ふたりがかりでエディの体を押さえているところだった。エディはふたりを振りほどこうと必死でもがいている。その姿はまるでビール瓶のようだった。炭酸が多すぎて、今にも蓋が吹き飛びそうになっているビール瓶。

ヘイリー――〝尻軽ウェイトレス〟――は、火のついていないたばこを口にくわえていた。力いっぱい胸を突き出しているエディに委縮したのか、じりじりとドアのほうへあとずさっている。

「そうだ。そのまま帰れ。おまえにここにいてほしいと思うやつなんてひとりもいないんだよ」エディは野次を飛ばした。最初のパンチをお見舞いしようと待ちかまえているボクサーのようなその態度に、わたしは面食らった。どうしてエディは急にわたしの味方になったのだろう？　それとも、別の事情でもあるのだろうか？　彼もあの女とはひと悶着《もんちゃく》あった？　ふたりのあいだにはきっと何かあるにちがいない。

ヘイリーがパブをあとにすると、ブルーインはエディを引き留めようとしたが、あいにく手を振り払われた。その拍子にバランスを崩してふらついた。客は息をのんだが、ギャレットが空いた手でブルーインを支えた。ここ何年かで一番大きなレブンワースの事件だった。店内にいる全員がこのできごとに目を奪われていた。

「ほっといてくれ。あんたのお説教は要らない」エディは陰険な目つきでギャレットをにらんだあと、店から出ていった。

「ガールフレンドを追いかけたほうがいいんじゃない？」とわたしはマックに言った。「エディが彼女に追いついたら厄介でしょ。なんだかひどく怒ってるみたいだったから」

マックは何か言おうとしたが、口をつぐんだ。急いでドアから出ていく。「ガールフレンドじゃないからな！」

まったく。平和なグランドオープンが台無しだ。

わたしは一息ついてから、ドレスのしわを伸ばしてゆっくりカウンターに戻り、ギャレットに声をかけた。「さっきの件だけど、ほんとにごめんなさい」

客はおのおの会話を再開していたが、先ほどまでとは様子が変わっていた。みんな、興奮して夢中でしゃべっている。この先何週間もこの話題が続くのだろう。その話題の中心に、どうしてわたしがいなくてはいけないのか？

「なんのこと？」ギャレットはとぼけた。

「さっきのはたぶんわたしのせいだと思うから」

そのとき、頬杖をつき、だれも聞いていない音楽に合わせて体を揺らしていたブルーインがけらけら笑った。「きみのせいだって？　何を言ってるんだ、スローン？」彼はハエを叩こうとするかのように手を上げ、その瞬間、スツールから落っこちそうになった。

ギャレットはカウンター越しに彼を支えた。「まあ、落ち着いて」

ブルーインはギャレットにウィンクをして、ふらつく足で立ちあがった。「スローン、ともかくおれがした話は覚えといてくれよ。エディのことは心配するな。おれに任せといてくれ」

ブルーインは歩き出した拍子につんのめったが、客のひとりに支えられて出口まで行った。帽子を傾けたまま、千鳥足《ちどりあし》で帰っていく。

「で、結局なんだったの？」わたしはギャレットに注意を戻した。

「大したことじゃないさ」ギャレットはビールを注いでいて、顔を上げなかった。

それ以降は何事もなく夜が過ぎた。午前零時をまわった頃、ようやく最後の客を帰らせてドアを閉めた。わたしは椅子に座り込んだ。ギャレットがグラスをふたつ持ってきてくれた。

「乾杯！」彼は掲げたグラスをわたしに渡した。

「お祝いしてもいいのかしら」グラスを受け取りながら、わたしはホップの香りを吸い込んだ。

ゆっくり一口飲む。

「今夜はなんとか持ちこたえた。そうだろ？」

「そうね」わたしは笑い声をあげた。「ねえ、この惨状を見てよ」

空《から》のパイントグラスや紙皿でテーブルとカウンターが散らかっていた。用意していた料理もきれいに片づき、ろうそくも燃え尽きている。

「このままにしておこう」とギャレットは言った。「明日片づけるってことで。いい？」

「賛成」わたしはIPAを味わった。「だけど、こんな機会を与えてもらったことには感謝しなくちゃいけないわ。もしわたしをクビにするつもりだとしても、しょうがないと思ってるから」

「どうしてぼくがきみをクビにしなきゃいけない？」ギャレットは空いた椅子に長い脚をのせ、シャツの袖をまくりあげた。意外にも腕はそばかすだらけだ。

「ほら、マックのことよ」わたしは髪の毛を指に巻きつけた。「あんな騒ぎになっちゃってごめんなさい。この町はこれから何週間もこの話題で持ちきりだと思う」

「望むところだ」ギャレットはにやりと笑った。「その話をするために、みんなまたここへ戻ってきてくれる」

わたしは弱々しい笑みを浮かべた。

彼は改まった口調で言った。「スローン、気に病む必要はないよ。きみがいなければ、今日こんなふうにはできなかった。初日にしては大成功だったと思う。さあ、家に帰ってゆっくり休むといい」

そう言うのは簡単だ。町じゅうの人がうわさするのはギャレットのことではないのだから。

11

翌朝、鳥のさえずりをよそに眠りつづけていたわたしは、目覚まし時計の鳴り響く音で目を覚ました。スイッチを切っておくべきだった。ギャレットは十時よりまえには出勤しなくていいと言っていたが、一度目が覚めると、ふたたび眠れる可能性はほとんどなかった。こうなったら、早く後片付けに取りかかったほうがいい。

濃いコーヒーを淹《い》れ、ゆっくりシャワーを浴びたあと、ジーンズと薄手のフランネルシャツを着て、ゴム製の長靴を履いた。誇りある醸造家《じょうぞうか》なら、長靴なしに働くことはないだろう。ビールづくりでは、しょっちゅうホースで水をかけて床を洗わなくてはいけないからだ。醸造所で働くスタッフがどうして胴長《どうなが》や長靴を身につけているのか、その理由は〈デア・ケラー〉で働きはじめてすぐに気がついた。丈夫な防水用の装具がなければ、ジーンズがびしょびしょになってしまうのだ。わたしは、髪を二本の三つ編みに結《ゆ》い、体にエネルギーをみなぎらせて車で〈ニトロ〉に向かった。ビールを醸造するのが待ちきれなかった。

薄い雲間から日の光が差していた。夜明けまえから吊りかごの花に水をやったり丸石敷きの道を清掃したりしている作業員を除けば、通りには人っ子ひとりいなかった。早々と〈ニトロ〉に着いたので、ギャレットはまだ起こさなかった。ゆうべはわたしと同じですぐ寝入ったにちがいない。入口に鍵をかけるのも忘れていた。

薄暗い店内に目を慣らした。こぼれたビールと料理の食べ残しのにおいがする。男子学生の社交パーティーが終わったあとはきっとこんなありさまだろう。店内の様子がどこかおかしいように感じられたが、わたしはとくに気にせず、小さな木製のブラインドを開けた。隙間から光が差し込み、室内がぼんやりと明るくなった。宙を舞うちりの粒子まで見える。

汚れた皿と空いたグラスを厨房に運んだ。食器洗い機はひと昔前のもののようで、どこに洗剤を入れるのか把握するのに三十分もかかった。ようやく音を立てて動き出したのはいいが、あまりに音が大きすぎて、ギャレットを起こしてしまいそうだった。次に、カウンターを拭き、家から持ってきた食器類を片づけた。

突然、大きな音がした。わたしは飛びあがり、小さく悲鳴をあげた。食器洗い機の中で鍋でも落ちたのだろうか？

食器洗い機を開けたとたん、熱い蒸気に襲われた。心のなかでつぶやく――正常に動いているだけましか。

顔についた水滴を拭い、中をのぞいた。何も壊れてはいないようだった。幸運を祈って閉め、もう一度スイッチを入れる。

ドスン！　また音がした。バーエリアのほうだろうか？

急いでそっちに向かった。長靴が床に当たってきゅっきゅっと鳴った。ドアが大きく開いていた。スポットライトのように朝の光が店内に差し込んでいる。どうして開いているのだろう？　ここへ来たとき、きちんと閉めたのは覚えていた。ギャレットが起きたのだろうか？　二階から物音は聞こえなかったが。

「ギャレット？」わたしは振り返って呼びかけた。

返事はない。

入口のドアを閉めて鍵をかけたあと、店内をもとどおりにする作業に取りかかった。水と漂白剤を混ぜたものでカウンターを拭きながら、その下にある冷蔵庫のガラス扉を開ける。昨日ヴァンが配達してきたホップの箱がまだそこにあった。

いけない！　ギャレットに伝えるのを忘れていた。昨日、発酵槽《はっこうそう》に投入する予定だったはずだ。発酵槽にはドライホッピング用の小さな蓋がついている。わたしのせいでビールを台無しにしたくなかった。店内の嫌なにおいはもう消えていたので、わたしはホップの箱を持って、醸造所のタンクに向かった。

奥へ急いでいると、足で何かを蹴飛ばした。片手で箱を抱えて腰を曲げ、それが何か確かめる。

〝なんでこれがこんなところにあるの？〟。空いた手でマックのライターを拾いながら、わたしはそう思った。高価なライナーに刻印されたM・Kのイニシャルは、見まちがえようがなかった。マックはギャレットのタンクの周りをこそこそ嗅ぎまわっていたのだろうか？

ライターをそのまま床に放り、わたしはホップの箱を両手で持って、蓋に続く足場の階段をのぼった。足場に箱を置いて、上についているステンレスの丸い蓋を引っぱった。だが、びくともしない。

妙だ。

掛け金を調べた。ハンマーか何かで強く叩かれたような跡があった。それに、真新しいタンクの側面に残った大きなへこみや引っかいたような疵《きず》。〝これは交換しないといけないわね〟。まだ保証期間内のはずだ。片手で階段の手すりを握ったまま、もう一方の手で全体重をかけて銀色の掛け金を引っぱった。三回目でようやくはずれ、その拍子にバランスを崩しそうになった。体勢を立て直し、足元に置いていたホップの箱を持ちあげる。

豊かなシトラスの香りが鼻を刺激した。クローバーとはちみつ、フルーツ、ほのかなスパイスの香りを吸い込む。自分がかけ合わせたホップにこれほど厚みのある風味を持たせられるとは、ヴァンも大したものだ。

香りの強いホップを手ですくってもう一度においを嗅いだ。その香りに、昨夜の記憶がよみがえった。せっかくのグランドオープンが台無しになったのは全部マックのせいだ。彼があの女と一緒に店内をうろついたり、エディが妙な行動を取ったりしたせいで、レブンワースがしばらく〈ニトロ〉のグランドオープンの話題で持ちきりになるのはまちがいなかった。うわさ話は店の経営にとって追い風となると、ギャレットは考えているようだが、果たしてそれはどうだろうか。最初から地元民を味方につけられなければ、ギャレットはこの町のビール業界で地位を確立するのに苦しい闘いを強《し》いられることになる。大叔母のテスが経営していたドイツ風の宿泊施設の名残《なごり》をすべて取り払い、無菌のビール研究室のような雰囲気で店内を統一したことからすれば、観光客の入りは期待できそうにない。ライバルと張り合いたければ、ギャレットはこの町で一番のビールをつくるしかないだろう。

上階《うえ》でドアが閉まる音がし、わたしはびくっとした。ホップを少し足場に落としてしまった。

〝集中しなさい、スローン〟と自分に言い聞かせ、ホップを投入するため発酵槽の中に手を入れた。

恐ろしいことに、タンクの中に何かが入っていた。これは何？　二度まばたきし、顔を近づけた。目にしているものを頭で理解したとたん、わたしは叫び声をあげていた。夜驚症だった幼い頃のアレックスも顔負けの大声を。タンクの中には、ビール以外のものが入っていた。浮かんでいるのはまぎれもなく、ビールと死で膨れあがったエディの顔だった。

12

その瞬間、仰向けざまにひっくり返りそうになった。足場についた手すりをつかんで息を整える。ゆうべはビールを飲みすぎただろうか？　とはいえ、二日酔いの症状はまったくなかった。今見たものは幻覚ではない——そのことは心の奥底で充分理解している。にもかかわらず、エディの体が発酵槽《はっこうそう》の中にあるという事実はどうしても頭が受け付けなかった。

逃げ出したい衝動を抑え、わたしはもう一度発酵槽の蓋をつかんで確認した。まちがいない。エディだ。そして、まちがいなく死んでいる。胃が重く沈んだ。ホップの香りで急に吐き気を催した。

どうすればいい？　こんなことはありえない。悪夢でも見ているのだろうか？

もう一度確認しようと、片目をつぶってタンクの中をのぞいた。やはりまちがいない。死んでいる。

〝動くのよ、スローン〟。わたしは震える脚に命じ、階段を下りた。安定した地面に着くや、オフィスに駆け込み、九一一に電話をかけた。応答したオペレーターも、発酵槽の中に人の死体が浮いているという事実を理解するのにわたしと同じくらい苦労しているようだった。これはレブンワースで起こるような事件ではない。

ここから動かず、警察を待つよう指示された。そこでわたしは、狭いオフィスの中を行ったり来たりした。いったいだれがこんなことをしたのだろう？　だれの手も借りずにエディがひとりであの中に入ったとは思えない。いや、その可能性もあるだろうか？　ゆうべのできごとをひとつひとつ思い返した。ギャレットと一緒に店を閉めたあと、エディはここへ戻ってきた？　でも、どうして？　昨日オフィスが荒らされた件と何か関係あるのか？　もしかしたらギャレットは、レシピ以外にも何か大事なものをあそこに隠していたのかもしれない。

今すぐギャレットを起こしたほうがいいだろうか？　何しろここは彼のパブなのだ。彼には知る権利がある。

起こすべきかどうか結論を出すまえに、入口のほうで大きな声がした。「警察です」わたしはオフィスのドアを閉め、慌ててバーエリアへ向かった。

「スローン、ここで何をしてるの？」マイヤーズ署長が驚いた顔で言った。カーキ色の制服と茶色のネクタイのせいで、警察官というよりむしろ森林警備隊のメンバーのように見える。とはいえ、胸に留められた星形の金色のバッジが、そうではないとはっきり物語っていた。

「エディを見つけたの！」とわたしはとっさに答えた。もう少し冷静になったほうがいいだろうか？「彼が――というか、彼の死体がタンクの中にあって」

「案内して」ありがたいことに、マイヤーズ署長はわざわざわたしを慰めて時間を無駄にしたりしなかった。大きな体で決然と歩く彼女を、わたしは醸造所《じょうぞうじょ》の奥へ案内し、階段を指差した。

「あそこよ」コンクリートの床に棒立ちになって、わたしは言った。

マイヤーズ署長は、ウエストの血流が止まりそうなほどベルトをきつく締めていたにもかかわらず、やすやすと階段をのぼった。蓋を開け、エディの死体をひと目見たあと、小声でつぶやく。「確かに死んでるわね、これは」彼女はベルトのバックルから無線機を取り出した。「こちらマイヤーズ。シェラン郡の本部に連絡してちょうだい。それから検死官を寄越《よこ》してくれると助かるわ」

マイヤーズ署長は無線機をベルトにしまい、ポケットからスパイラルノートを取り出した。鋼《はがね》のように冷たい目でこっちを見る。「ここで起きたことについて、順を追って説明してもらえる、スローン?」

わたしはまず、ここに来たときに鍵がかかっていなかったことから話した。

マイヤーズ署長は人差し指を立ててわたしの話を遮った。「つまり、普段はそうじゃなかったってことね」

「ええ。ギャレットはレブンワースに来たばかりで、どこもかしこも鍵をかけないと気がすまないみたいだったから」

「なるほど」彼女はメモを取り、わたしの次のことばを待った。

今朝ここに到着してからの話をすべて伝えおえると、マイヤーズ署長は眉をひそめて訊いた。

「当の死んだ本人に、最後に会ったのはいつ?」

わたしと同じく、マイヤーズ署長もエディとは顔見知りだった。彼女はこの町のことばで言う〝古顔〟だ。レブンワースで育ち、小さな警察組織の責任者としてここ十五年ほど働いている。普段の仕事は、違法駐車をした人や公共の場で立ち小便をした人に出頭命令を出すことくらいだった。オクトーバーフェストでバス何台分もの酔っぱらった男子学生が町に流れ込んでくる時期はとくに、そういう仕事で忙しくなる。

「うちのグランドオープンでゆうべここに来てたときに会ったわ」わたしはバーエリアのほうを指差した。

わたしの一瞬のためらいに気づいたにちがいない。マイヤーズ署長はわたしの視線を追って尋ねた。「そのとき、何か変わったことでも?」

「なんだかいつもと様子がちがってて」わたしは、エディがヘイリーに暴言を吐き、ブルーインがそんな彼をなだめようとしていたことを説明した。

一連の質問が終わった頃、ギャレットが上階《うえ》から下りてきた。なんとなく昨日より疲れているように見える。服も着替えずにそのまま寝たのだろうか？　ひょっとして、わたしが帰ったあと、もっとお酒を飲んだ？

「どうしたんだい？」血走った目をこすりながら、彼はもごもご言った。

「ギャレット、こちら、マイヤーズ警察署長よ」とわたしは紹介した。「ちょっとした事故があって、来てくれてるの」

ギャレットはさらに強く目をこすり、背筋を伸ばした。「そうだったのか。おはようございます、署長。でも、事故ってどんな？」

マイヤーズ署長は一歩前に出て、自分のうしろを指差した。「おたくの発酵槽で人が死んでるの」

「なんだって？」彼はぼさぼさ頭をかきあげて、わたしの顔をじっと見た。「何かのたちの悪い冗談だよね？　どっきりとか？　〝ようこそレブンワースへ。まんまと騙されたわね〟なんて言うんじゃないだろうな？」

わたしは首を横に振った。

ギャレットの顔から血の気が引いた。「えっ？　人が死んでる？」彼は発酵槽のほうへ近づいた。

マイヤーズ警察署長はがっしりした腕を出して彼を止めた。「下がって。近づいてもらっちゃ困るわ。犯罪現場だから」

ギャレットは信じられないというような顔をして、乱れた髪をまたかきあげた。「待ってください。犯罪現場ってどういうことですか？　さっきは事故って言っていませんでしたっけ？」

「わたしが確認したときは、事故には思えなかったわ。この大きさのタンクに偶然落ちる人がそれほど多いとは思えないもの」マイヤーズ署長は怖い顔をして言った。「昨夜何があったか、話を聞かせて」

ギャレットはゆうべのできごとについて、ほとんどわたしと同じ説明をした。マイヤーズ署長はそのあいだ、何度かメモを取っていた。「昨夜、何か物音はした？」

「いいえ。とくに何も。スローンが帰って店を閉めたあと、ぼくもすぐ眠りについたもので。ここ数週間、いろいろと準備しなきゃならないことが多くて、疲れが溜まってたんです。睡眠薬を飲んだら、そのままぐっすりでした」

そういうことなら、彼のだらしのない服装と血走った目も説明がつく。とはいえ、ギャレットはなんとなく、睡眠薬を飲むタイプには見えなかった。

「それは何時だった？」とマイヤーズ警察署長は確認した。

「たぶん一時頃だったと思います」

「ふたりとも、ゆうべ帰るまえにここの設備は点検した？」

わたしはギャレットの顔を見て肩をすくめた。「わたしはしなかったわ」

「ぼくも」

「ここで待っててもらえる？　検死官が到着するまで、もう少し見てまわりたいの」

わたしたちはうなずき、マイヤーズ署長が醸造所の中を熱心に調べるのを見守った。だが、彼女が腰をかがめてマックのライターを拾ったとき、わたしの息は止まりそうになった。どうしてあのとき、捨てずに持っておかなかったのだろう？

「これはふたりのどちらかの？」マイヤーズ署長は振り返って訊いた。

ギャレットとわたしは同時に首を振った。マックのだと正直に打ち明けるべきだろうか？

マイヤーズ署長はライターを握った手をまえに出した。「このイニシャルは知ってる」そう言って、わたしのほうを向いた。「マックはゆうべここに来たの？」

「ええ」わたしは答えた。「バーのほうにね。でも、ここまで奥には入らなかったわ。一昨日の午後は別だけど」

マイヤーズ署長はぶつぶつ何かつぶやき、ライターを証拠品用のビニール袋に入れた。「うわさでは、あなたがここで働いてるのを彼はよく思ってないらしいわね。〈デア・ケラー〉を出て、ライバル店で働いてるのを」

マイヤーズ署長は何を言おうとしているのだろうか？　マックがエディの死に関与しているとでも？　いや、それはありえない。マックは確かに、浮気するようなろくでもない男だが、人を殺すような人間ではなかった。いや、ひょっとしてそうなのだろうか？　夫のほんとうの姿をわたしはどこまで知っている？　あんなことをされたあとでは、彼という人間を自分がどこまで理解しているのかわからなかった。

「怒るのはあの人の勝手よ」とわたしは言った。「でも、この町のことはあなたもよく知ってるでしょ。何か新しいことが起きたり新しい人が来たりすると、みんな大げさにうわさするの。ばかみたいに大騒ぎするじゃない。それに、〈デア・ケラー〉とこの店はライバル同士とは言えないんじゃないかしら。だって、ここの製造量はあそこと比べれば微々たるものだもの」

マイヤーズ署長はふさふさした眉毛を片方だけ吊りあげ、鋭い目つきでこっちを見た。「マックにとって、自分のライバル店が開店してすぐ休業状態になれば、うれしくないはずはないわよね？」

「休業状態？」ギャレットが口を挟んだ。「ここをしばらく閉鎖しなきゃならないってことですか？」

マイヤーズ署長はステンレスのタンクのほうにあごをしゃくった。「正直、あのビールを飲みたがる人はそんなにいないんじゃないかしら。ひとまず、検死官が来たらすぐ死体を運び出すけど、またいつ開店許可を出せるかはわからない。今日の午後かもしれないし、一日か二日あとの可能性もある。すべては検死官の判断と、クリーニングにどれくらい時間がかかるか次第ね」

「わかりました」ギャレットは長いため息をついた。その気持ちは痛いほどわかる。ゆうべのグランドオープンがそこそこうまくいき、これから自分たちのビールの評判が町じゅうに広がりそうだというときに、しばらく店を閉めなければならないのだから当然だ。やる気をそがれるだろう。また、エディの死もまちがいなく〈ニトロ〉に暗い影を落とすはずだ。

「大丈夫よ」わたしはギャレットを励まそうとした。「あなたのビールはみんな気に入ってたもの。ほんの数日待たなくちゃいけなくたって、だれもわたしたちを見限ったりしないわ」

彼は形だけの笑みを浮かべた。「ああ。きみの言うとおりだといいな。でも、あのビールは全部処分しなきゃならない。また一から醸造となると、しばらく時間がかかるだろう」そう言ったあと、彼は信じられないという顔で目を見開いた。「いや、ほんとにそれだけの話か？人ひとり、うちのタンクで殺されたのに、そこからどうやって立ち直ったらいいんだ？」

確かに彼の言うとおりだ。タンク内のビールをつくり直すとなれば、数週間かかるだろう。もちろん、クリーニングにも時間がかかる。そもそも、あの発酵槽はまた使えるのか？新しいタンクを用意するとなれば、いったいどれくらいの時間と費用がかかる？ギャレットの頭の中も同じ疑問が渦巻いているはずだった。エディの死体が〈ニトロ〉で見つかったといううわさが広まれば、店の経営には決してプラスにならない。わたしたちは、始まりもしないうちから終わってしまったのだろうか？

13

まもなく検死官が到着した。マイヤーズ警察署長の計らいで、わたしたちはエディの死体を運び出す作業を目《ま》の当たりにしなくてすむよう、バーエリアで待たせてもらえることになった。わたしは小さく安堵《あんど》のため息をつき、ギャレットのあとについてバーエリアへ向かった。

「ほんとにどうかしてる」とギャレットは言って、わたしのためにスツールを引いた。目の下の皮膚が疲れでたるんでいる。それとも、普段からこうなのだろうか？　「きれいに片づいてるね。もう掃除してくれたのかい？」

「ええ、そうよ」わたしは、手を伸ばして彼の乱れた髪を撫でつけたい衝動を抑えた。「でも、わかるわ。これが現実に起きたことだなんて信じられないものね。まるで悪夢を見てるみたい」

ギャレットはわたしのとなりのスツールに腰かけ、ぼんやりとカウンターを手でこすった。

「あるいは、もっとひどいか」

「もっとひどい？」カウンターから木のつや出し剤のにおいがした。

「警察署長の口ぶりでは、だれかがぼくを陥《おとしい》れるためにやったことだと思ってるみたいだった。そんなふうに感じなかったかい？」ギャレットはこめかみをさすってまた髪をかきあげた。ぴりぴりしているときの癖なのだろう。

「きっとあらゆる可能性を考えてるのよ。ただ捜査の手順に沿ってるだけなんじゃないかしら」わたしはことばを切り、彼を見た。「でも、どうしてだれかがあなたの邪魔をしようなんて思うの?」

ギャレットは肩をすくめ、スツールをうしろに押しやった。カウンターの向こうへまわって布巾を取り、すでにぴかぴかのビールの注ぎ口を拭きはじめる。「じっとしていられない。何かしてないと」

彼はわたしの質問には答えなかった。プラチナの注ぎ口をいそいそと拭くその姿を、わたしは眺めた。「そういえばあなた、睡眠薬を飲むタイプだったのね。意外だったわ」

彼は一瞬手を止めたが、すぐにまた注ぎ口をこすりはじめた。「ああ。まあ、会社員時代は今とは全然ちがってたからね」

話の続きを待ったが、ギャレットはそのまま手を動かすだけだった。わたしは塩味の落花生を手に取り、苦労して殻をむいた。この殻と同じく、ギャレットの殻も相当割るのがむずかしそうだ。わたし自身のことは別にして、感情やことばを内に秘めたがる人にわたしは慣れていない。ギャレットの秘密主義には、興味をそそられると同時にもどかしく感じた。

「コーヒーでも飲む?」きれいに布巾を畳んでシンクの横に置きながら、ギャレットは訊いた。

「いいわね。お願い」

彼は業務用のコーヒーメーカーをカウンターに置いていた。賢い選択だ。ビール以外の飲み物がほしい客にとってありがたいだけでなく、飲みすぎた客の酔いを醒ますのにも、この機械は重宝する。ビールよりワインを好む客のために、この店には、ヤキマ・ヴァレーのワインもわずかながら揃えてあった。ヤキマ・ヴァレーのワイナリーは、賞も獲得する見事なワインの生産地として世界じゅうに知られている。かつては農村地帯として低迷していたこの地域は、ここ三十年で様変わりしていた。あるときワインの醸造業者《じょうぞうぎょうしゃ》がブドウの木を植えたところ、豊かな土壌とワシントン州東部の恵まれた日差しのおかげで、世界的に有名なワインの産地へと急成長したのだった。この地域には、五十を超えるワイナリーとブドウ園があるが、職人がつくるワインと、収穫祭や週末ごとのイベントなど、さまざまな催し物を求めて、世界各地から多くのワイン愛好家が訪れる。

ギャレットがコーヒーを淹《い》れているあいだ、わたしは落花生とドリトスをぽりぽり食べていた。別におなかが空いているわけではなかったが、ギャレットと同じく、醸造所で今何が起きているかを考えないようにするには、手と口を動かしているしかなかった。

「エディのことはよく知ってたの？」とギャレットは訊いてきた。

「あんまり」わたしは塩味の落花生を噛《か》んだ。「彼はブルーインの店で長年働いてたけど、地元のビール業界にどっぷりつかってたわけじゃないから。町の中心部にはめったに顔を出さなかったの」

ギャレットは、カウンターの下のつくりつけの冷蔵庫からクリームの入った容器を取り出した。「ゆうべ、ぼくが受けた印象もそんな感じだったよ」

正面の窓からノックの音がした。振り返ると、エイプリル・アプリンが大きく腕を振っていた。またドイツの民族衣装を着ている。今日のは、黒と赤と白だ。スカートは、おしりがかろうじて隠れる長さで、赤い胴の部分は切り込みが深すぎるせいで、胸が首までせりあがっている。衣装に合わせて、靴下は太ももまであるフリル付きの白できめており、口紅はけばけばしい赤だ。

エイプリルは、わたしの視線をとらえ、入口を指差した。〝開けて〟とその口は言っている。今一番会いたくないのはエイプリル・アプリンだ。無視しようかと思ったが、彼女はまだ窓を叩きつづけている。

「別に入れる必要はないよ」わたしがドアに向かおうとすると、ギャレットは言った。

「そうよね。でも彼女、しつこいから。絶対に引きさがらないわ」

ギャレットは肩をすくめ、コーヒーカップに手を伸ばした。

わたしは三つ編みを指に巻きつけながら、エイプリルとの対面をまえに肩をいからせた。

「何かご用、エイプリル？」そう言ってわざとドアを少しだけ開け、彼女を入らせないようにする。

エイプリルは爪先立ちになってわたしのうしろをのぞいていた。「マイヤーズ署長のパトカーが見えたのよ。それに、郡の検死官の車も外に停まってたし」そう言ったあと、彼女はわたしをまじまじと見た。「あら、スローン。どうしたのよ、その格好。あまりにひどいじゃない」

「あら、ありがとう」わたしは自分のフランネルシャツに目をやった。水滴と泡が飛んで染みになっている。確かに目も当てられないありさまかもしれないが、エイプリルの作戦に乗るつもりはなかった。どうにかしてわたしに話をさせようとしているのはわかっている。

「それで、検死官は中に？」

「まあね」わたしはできるだけあいまいに答えようとした。エディの身に起きたことをひとたびエイプリルに明かせば、町じゅうのうわさになる。

派手な口紅のせいで、エイプリルの顔が黄色く見えた。「そこで何が起きてるの、スローン？」

「事故があったの」

彼女は手を口に当てた。「事故。なんてこと。どんな事故なの？」

わたしは一歩も引かなかった。「マイヤーズ署長が処理してくれてるわ」

中の様子をひと目見ようと、エイプリルは顔を右に左に突き出し、ひょいとかがんだかと思うと、また爪先立ちになった。「スローン、あなたときたら、この町で一番の口の堅さね。だけど、秘密主義を貫いて偉そうな態度を取ってる場合じゃないのよ。何かがそこで起きてるのはわかってるんだから」

偉そう？　わたしは普段からみんなにそう見られているのだろうか？　エイプリルのことばが胸にちくりと刺さった。自分が秘密主義なのは自覚していたが、そのせいで偉そうだと受け取られるとは考えてもみなかった。

「エイプリル、あなたをここに入れるわけにはいかないの。詳細が明らかになるまでだれにも話しちゃだめだってマイヤーズ署長に言われてるから。悪いけど、今はそれしか言えない」

エイプリルはわたしをにらみつけ、荒い鼻息のような音を出した。「いいわ。でも、このままじゃわたしも引きさがらないわよ。レブンワースの大使として、この町で起きてることを全部――いい？　ぜんぶよ――知る義務がわたしにはあるんだから」そう言って、最後にもう一度鼻息を立てると、彼女はくるりとうしろを向いて憤然《ふんぜん》と道を渡っていった。

「うまくいったな」とギャレットは言って、濃いブラック・コーヒーが入ったカップをわたしに渡した。

「あの人、なんでも自分が知っていないと気がすまないのよ」

「ああ、そうみたいだな」ギャレットはカップを指差した。「クリームと砂糖は？」

「要らない。これで充分よ」わたしは香り高いコーヒーのにおいを吸い込み、エイプリルに言われたことを忘れようとした。ひょっとして、マックもそのせいで浮気したのだろうか？　わたしが冷たくて気取っていると感じたせいで？

「彼女のことは気にするな」とギャレットは言った。

「えっ？」

「申し訳ないが、話が丸聞こえでね。でも、きみは別に偉そうなんかじゃない。彼女はきみを困らせたいだけだよ」

「ありがとう」わたしはコーヒーを一口飲んだ。

ギャレットはカウンターの向こうへまわり、自分のカップを手に取った。「ああいうタイプはよく知ってる。というか、会社勤めをしてた頃は、ああいう連中ばかりだった」

こちらの気を楽にしようとしてくれているのだと気づき、わたしは感激した。エイプリルとの短い会話からそこまでのことに気がつくとは。だが、シアトルでの生活はどんなふうだったのか訊こうとしたとたん、邪魔が入った。検死官のチームがストレッチャーでエディの死体を運び出していくところが見えた。

14

ギャレットは、何も言わずに手を伸ばしてわたしの手を握った。エディの死体が運び出されるあいだ、わたしは彼のごつごつした温かい手を握り返して顔を背《そむ》けていた。胃が口から飛び出しそうだった。コーヒーの後味が苦かった。目を閉じたら忘れられるといいのに。ここ一時間で起きたことをすべて。

そんなわたしの不安に気づいたらしく、ギャレットはさっきまでより強くわたしの手を握った。彼に触れられると、体から緊張が解けていく感じがした。「終わったよ」ほどなくして、彼はそうささやき、手を離した。そのままにしてほしかったが、わたしはうなずいた。ぐっと感情を飲み込む。

「お待たせ」マイヤーズ警察署長が堂々とした足取りで歩いてきて沈黙を破った。「終わったわ。ひとりずつ話がしたいの」無線機が音を立てた。マイヤーズ署長はそのつまみを回し、鋭い視線をギャレットに向けた。「あなたのオフィスでいいかしら。さあ、行きましょう」

ギャレットはコーヒーポットを持ちあげた。「少しお飲みになりますか、署長?」

マイヤーズ署長はさっと首を振って断った。「けっこうよ。オフィスで話がしたいの――今すぐ」

ギャレットはわたしと目を合わせ、そのままマイヤーズ署長についていった。ぶっきらぼうで、ときに人を苛立《いらだ》たせる態度はいつものことだが、この警察署長がエイプリル・アブリン以上にレブンワースを愛しているのは知っている。ギャレットは何も心配することはないだろう――おそらくは。わたしは、エディのことを考えまいとしながらコーヒーを飲み、そのあとカウンターを片づけた。数分後、マイヤーズ署長とギャレットが戻ってきた。

「スローン、来て」とマイヤーズ署長は言って、ギャレットにうなずきかけた。「コーヒーをいただくわ」

ギャレットはカップにコーヒーを注いだ。わたしは今すぐ、心安らぐ自宅に戻ってお気に入りのフランネルのパジャマに着替えたい衝動に駆られたが、最後にぐいっとコーヒーを飲み干し、マイヤーズ署長とオフィスに向かった。

署長はギャレットの机の端に紙の山を押しやり、湯気を立てているコーヒーを置いた。ノートを開いて言う。「それじゃあ、本題に入りましょうか」

わたしは椅子に座り、次のことばを待った。

マイヤーズ署長はこっちをじっと見て、鉛筆でノートを叩いていた。「ねえ、話す気はある？」

「なんのこと？」

「スローン、なんの話かはわかってるでしょ」そのワシのような鋭い目に射抜かれそうだった。

「いや、どうかしら」わたしはそう言って、壁に書かれたビールの製法に目を向けた。ほんとうは、なんの話か、だいたい見当がついていた。おそらくマックの話がしたいのだろう。そういう予感はあったが、だからといって、自分から警察署長に彼を売るつもりはない。

マイヤーズ署長は眉をひそめ、また黄色の鉛筆でノートを叩いた。「おたくのご主人のことよ」

「マックのこと？」

「わたしもこの町でうわさ話がどんなふうに広まるかはわかってるわ。あなたにとってはしばらくつらい時期が続くかもしれないけど」そう言ったとたん、署長の表情が和らいだ。おかげで、魅力的とも言える顔になった。マイヤーズ署長はレブンワース初の女性警察署長だ。真面目な勤務態度と公正な仕事ぶりのおかげで、男性の同僚や地域社会から一目置かれていた。そんな彼女のことは、わたしも他人事とはとても思えなかった。自分も、男に支配された業界で長年働く中で、自らの力を証明するために、みんなの二倍の仕事をしてこなければならなかったから。もっとも、クラフトビールの世界は、近年様相が変わってきている。〈ビア・マガジン〉では、最も名誉ある賞——今年のビール職人——に三年連続で女性の醸造者《じょうぞうしゃ》が選ばれた。とはいえ、マイヤーズ署長もわたしと同じく、ここまでたどりつく中で、疑《うたぐ》り深い人や性差別主義者には相当な数出くわしてきたにちがいない。

マックの軽率な行動について警察署長までもが知っているという事実に、わたしは顔をしかめた。エイプリルとはちがい、マイヤーズ署長はやんわりと話を持ち出してくれたが。彼女は話を続けた。「ここのオフィスが何者かに荒らされてたというような話をギャレットから聞いたの。それから、マックがここへ来て、ギャレットのレシピを譲ってもらおうとしたんですって? その件に関して何か知ってる?」

「ギャレットが言ったとおりよ」わたしは、マックがギャレットからパカーアップIPAのレシピを買い取ろうとしたあと、帰るときに彼と出くわした話をマイヤーズ署長に伝えた。続いて、オフィスが荒らされていた件についても説明する。

わたしが話をしているあいだ、マイヤーズ署長は手早くメモを取り、音を立ててコーヒーを飲んでいた。わたしの話が終わると、彼女はポケットに手を入れ、マックのライターが入ったビニール袋を取り出した。「これは何かわかる?」

わたしはうなずいた。「マックのライターでしょ」

「そう」署長はまたメモを取った。

筆記体の走り書きは判読不能だったが、マックの名前の横に書かれた〝容疑者〟の文字ははっきり目に入った。「まさかエディの死にマックがかかわってると思ってるわけじゃないでしょう? あなたもクラウス家とはわたしより長いつきあいじゃない。確かに今は、マックとわたしの関係は良好とは言いがたいけど、これだけは言える。彼は暴力を振るうような人間じゃないわ」

マイヤーズ署長は咳払いをした。「嫉妬っていうのはときに、人にとんでもないことをさせるものなのよ、スローン」

「マックは嫉妬なんかしてない。二十代のウェイトレスと浮気したのは彼のほうなのよ。嫉妬するとしたら、わたしのほうじゃない」わたしは長靴で床をこつこつ叩いた。

「あら、それはどうかしら。きっと彼は、嫉妬していないだれかさんのためにここを嗅ぎまわってたんでしょ。で、彼にとって悪いニュースは、今のところ、すべての証拠が彼を指し示してるってことね」

「ライターとか？」

「それと、犯罪の物理的な痕跡。検死官は、おそらく何者かがエディの頭を殴ったあとに発酵《はっこう》槽《そう》に放り込んだんだろうと考えてる。それには腕力が必要でしょ。腕力なら、マックには充分ある」

まさか浮気した自分の夫をかばうはめになるとは信じられなかった。わたしは言った。「でも、どうしてマックがエディを殺すの？」

「さあ。それを調べるのがわたしの仕事よ」マイヤーズ署長はノートを閉じた。「今からおたくのご主人を捜しにいって、彼がどんな説明をするか確かめてくる。ひとつお願いがあるの。あの新しいボスからも目を離さないようにしててね」

「待って。ギャレットも何か関係してるかもしれないってこと？」

「それはこっちが訊きたいわよ。でも、シアトルなんていう大都市にいた男がこんな小さな町でいったい何をしてるの？　町に現れたとたん、この数十年間で初めて殺人事件が起きるなんて、なんだかやけに妙じゃない？」

　わたしの顔にはショックがありありと表れていたにちがいない。口元から力が抜けるのがわかった。「彼はビール職人で、自分の店を始めたかっただけでしょ。シアトルでは無理だったけど、ちょうどテスからこの建物を相続したから」

　マイヤーズ署長は肩をすくめた。明らかに、ギャレットをかばうわたしの意見には賛成していないらしい。少々無愛想なところはあるにしても、マイヤーズ署長は公平な警察官だ。その彼女が、容疑者リストにマックとギャレットの両方を加えているとは信じられなかった。とはいえ、わたしもレブンワースには長いこと住んでいるが、殺人事件を目の当《ま》たりにするのは初めてだ。だから、これもひょっとしたら通常の捜査手順なのかもしれない。

「彼はよそ者で、やけに秘密主義でしょう。なんでどこもかしこも鍵を閉めなくちゃいけないのよ？　どうして自分のレシピが盗まれることにそこまで疑心暗鬼になってるの？　あなたは賢いでしょ、スローン。だから、わたしのかわりに目を光らせておいてほしいわけ。検死官から死亡推定時刻を聞いたら、また連絡するわ」

　わたしは同意し、マイヤーズ署長をドアまで見送った。彼女は、郡の捜査員が作業を終えるまで、醸造所の中のものには一切手を触れないよう、わたしたちに忠告した。「一時間か二時間したらまた戻ってくる。しばらく待ってて。だれも中に入れないでね。こういうのをつけてる人間以外は」彼女はそう言って、自分のバッジをぽんぽんと叩いた。

警察署長が帰ったあと、わたしはドアを閉めて鍵をかけた。「玄関の鍵を閉めるっていうあなたの方針は、やっぱり正しかったのかもしれないわね」とギャレットに言った。

彼はにこりともしなかった。「まちがってたらよかったんだけど」

「マイヤーズ署長にはなんて言われたの？」

「レブンワースに引っ越してくることに決めた理由についてしつこく訊かれたよ。なんだか、法律に違反して逃げてるとか、証人保護プログラムを適用されてるとか、そういう答えが出るのを期待してるような感じだった」ギャレットはそう言って、目にかかった黒髪を払いのけた。

「ということは、実際はそうじゃないのね」

ギャレットは首を横に振った。「残念ながらね。ぼくはただのビールおたくだよ」

「でも、それをつくる作業はしばらくできそうにないか」とわたしは言った。「あっ、そういえば、タンクをどうしたらいいかについて、マイヤーズ署長は何か言ってた？」

「ああ、言ってた」彼はわたしに一枚の名刺を差し出した。「ここに連絡するといいって。こういう類のクリーニングを専門にしてる業者なんだとさ」

わたしは身震いした。なんて気の毒な仕事だろう。「わたしが電話しましょうか？」

「そうしてくれると助かるよ。もしビールを処分してタンクをきれいにできるんだとしたら、そっちのほうがずっとましだからね。正直な話、そもそも新しいのを買う余裕があるかどうか。買い直すとしたら、二万ドル以上かかるだろう」

そのとおりだ。業務用の醸造設備はお金がかかる。「確認してみるわ」わたしはオフィスに行き、クリーニング会社に電話した。三度目でようやく、正しい番号にダイヤルできた。頭が半分くらいしか正常に働いていないらしい。エディの死体を見つけたせいなのはまちがいなかった。それから、自分の夫と新しい上司がマイヤーズ署長の容疑者リストのトップにのっているせいなのも。

15

約束どおり、マイヤーズ署長は〈ニトロ〉に戻ってきて、次の捜査手順についてギャレットに説明した。〝内々に〟すべてを確認できるよう、マイヤーズ署長はギャレットを連れて彼のオフィスに向かった。わたしは必要とされていないようだったので、町を散策することにした。新鮮な空気を吸いたかった。それに、もう一杯エスプレッソも飲めればありがたい。

初秋の太陽がれんが敷きの歩道を温めていた。この小さな町もじきにオクトーバーフェストに向けて様変わりする。〈デア・ケラー〉の向かいには大きなテントが設営され、町の広場は紅葉やカボチャ、干し草の飾りでいっぱいになるだろう。オクトーバーフェストは、十月に開催される一回かぎりのお祭りではなく、九月の中旬から十一月にかけて、大いに盛りあがるイベントだ。毎週末、町には何千人もの観光客が訪れる。明け方近くまでビール片手にどんちゃん騒ぎをしたり、ポルカを踊ったり。この期間中、ホテルやロッジ、B&Bはどこも予約でいっぱいだ。ビヤ樽はどんどん空《から》になり、週末ごとにおこなわれる、昔の樽を用いたドイツ風のパレードや樽の開栓式を見ようと、多くの人が広場に詰めかける。

でも今だけは、レブンワースもわたしのものだ——そう感じられる嵐のまえの静けさがありがたかった。わたしはフロント・ストリートに入り、町の休憩所に向かった。紫やピンク、赤、白の花が咲き誇る大きなかごが街灯から吊りさげられている。通りには〝ようこそ《ヴィルコメン》〟と書かれた深紅色の旗も掲げられていた。

食堂も兼ねたスパイス店の〈ハッピー・ルースター〉のまえを通りすぎた。お菓子屋の〈ダス・ショップ・オブ・ダス・スウィーツ〉の店頭には、よだれが出そうなキャラメルアップルがずらりと並んでいる。東側の山には鮮やかな秋の気配が現れはじめていた。町を囲む、木に覆われた山々が新しい季節へ移行しはじめる時期はいつも魔法をかけられたような気分になる。プレッツェルを焼く香りとアップルサイダーのにおいがした。一年じゅう屋根付きのテラス席を楽しめるレストランの〈クリークサイド〉のまえを通ると、店内からドイツ音楽が聞こえてきた。わたしはしばしのあいだ足を止め、陽気な音楽に耳を澄ました。それから〈シュトルーデル〉へ向かった。

「スローン、元気?」ドイツのお菓子とペイストリーでいっぱいの長いガラスケースの向こうから、焼き菓子店の女店主が声をかけてきた。「今日はビールづくりの日なのね」わたしが身につけているジーンズと作業用の長靴に気づいたらしい。

「そのはずだったんだけど、計画が変更になって」とわたしは言った。「エスプレッソが飲みたいの。できたら、チェリーのシュトルーデルもいただけるかしら」

「もちろん」〈シュトルーデル〉の女店主はエスプレッソマシンのスイッチを入れた。わたしはそのあいだ、ざらめがのった、黄金色に輝くシュトルーデルを見て胸を躍らせた。ドイツのペイストリーほどおいしいものはないと思う。ドイツ語で言う、ゲベックやクラインゲベックのつくり方について、ウルスラからよく教わった。ウルスラの雑然としたキッチンで、彼女のおばあさんから受け継いだレシピを教わりながら、ドイツで暮らしていた頃の思い出話を聞いて何時間も過ごした経験は、クラウス家に嫁いでよかったと思うことのひとつだ。マックと別れたら、ウルスラのことまであきらめなければならないのか。そんなのは全然理解できなかった。マックはどうしてわたしにこんな仕打ちができるのだろう？　そう思うと、パニックに襲われると同時に怒りが込みあげてきた。ペイストリーのケースをつかんでどうにか体を支える。

「今朝、おたくの新しい醸造所《じょうぞうじょ》で何かトラブルが起きたらしいわね」紙コップにエスプレッソを注ぎながら、〈シュトルーデル〉の女店主は言った。

「うわさが広まるのは速いのね」

　彼女は笑い声をあげた。「スローン、何言ってるの。レブンワースに秘密なんて存在しないじゃない」思いやりのあるまなざしを浮かべて、彼女はわたしにエスプレッソとペイストリーを渡した。「何かわたしにできることはある？」

「ありがとう」わたしは笑みを返し、ペイストリーの入った袋と紙コップをまえに突き出した。

「これがあるから。とりあえずは大丈夫かな」

「困ったときは言ってね。ご近所さんなんだから」ドアに向かうわたしの背中に、彼女は声をかけた。

心から心配してくれているのだろう。隣人の優しいことばに、わたしは温かい気持ちになった。エディの身に起きたことについては、今はだれとも話したくない。そんな気分で〈ニトロ〉へ戻ろうとしたとき、マックにばったり会った――というより、文字どおり鉢合わせした。

「スローン、ベイビー、落ち着けって。何をそんなに慌ててるんだ?」彼はそう言ってわたしの腕をつかんだ。その拍子に紙コップが揺れ、袖にコーヒーがこぼれてしまった。

わたしは彼の手を振り払い、指についたエスプレッソを拭った。

「指輪はどうした?」マックはわたしの薬指をそっと撫でた。

「取った。はずしたのよ」とわたしは言い、ジーンズで手を拭いた。「こんなところで何をしてるの?」

マックはあたりを見まわした。「こんなところでってなんだよ? 歩道でってことか? おれの記憶では確か、ここは自由の国だったはずだけど」道の向こう側で、作業員たちがオクトーバーフェストに向けて準備をしていた。広場に設置された青と白のストライプのメイポールに葉飾りをつけている。

「言ってる意味はわかるでしょ」わたしは眉間《みけん》にしわを寄せた。「わたしをつけてるのかってこと」

「ちがう、待ってくれよ、スローン。おれはコーヒーを買いにきただけだ。でも、指輪をはずしたなんて信じられないな」マックは空色の目でわたしをじっと見つめた。その手にはもう乗るものか。彼はもう一度わたしの手に触れようとしたが、わたしはさっと手を引っ込めた。

「どうしてそんなにびくついてるんだ？」

結婚指輪に関する彼のコメントは無視し、わたしは淡い色をした彼の目を見た。「聞いてないの？」

「聞いてないって何を？」彼は片足に体重を移動させ、ジーンズの前ポケットに片手を突っ込んだ。

「エディのことよ」わたしはエスプレッソを一口飲んだ。濃いが苦味はなく、口当たりのいいコーヒーだ。

「彼がどうしたって？　ゆうべ、やつと何かあったのか？　おれはきみの店から追い出されたから知らないけど。そういえば、酔っぱらってるみたいだったな」

ギャレットとはちがい、マックはまったくもってわかりやすい性格をしている。彼の胸の内を読むのは簡単だった。わたしがなんのことを話しているのか、さっぱりわかっていない様子だ。けれども、長年自分の店の商品を飲みすぎたせいでふっくらした彼の顔を見ているうちに、自分たちの関係について改めて考えさせられた。わたしは今までずっと彼を誤解していたのだろうか？　とはいえ、マックの暴力的な面は見たことがなかった——衝動的なところはあるにしても、暴力を振るうイメージはない。

「亡くなったのよ」わたしはマックの反応を待った。

「なんだって?」マックは一歩うしろに下がって顔をしかめた。「何を言ってるんだ、スローン?」

「今朝、彼を見つけたのよ」紙コップを握る手につい力が入り、プラスティックの蓋がはずれそうになった。「エディの死体を」

「きみが見つけたのか」マックは胸を突き出し、わたしの腕に触ろうとした。

わたしを慰めようとするその手から、わたしは身をかわした。「マイヤーズ署長とはまだ話してない? あなたを捜してるみたいだったけど」

「いや、今ここに来たばかりだから。でも、どうして警察署長がおれを捜すんだ?」オークの古木から木漏れ日が差していた。そのせいで、色の薄いマックの髪がほとんど白に見えた。

おそろいのランニングウェアを着た若いカップルがこっちに近づいてきた。わたしはマックを引っぱって、角を曲がった場所へ移動した。「現時点で一番有力な容疑者はあなただからよ」

「えっ?」マックの血色のよい額にしわが寄った。「おれが? なんで? 昨日は帰っただろ。きみも見てたじゃないか」

「ええ。でも、そのあとはどうした? ゆうべはどこにいたの?」

マックは歩道の小石を蹴り飛ばし、両手ともジーンズのポケットに突っ込んだ。「ホテルだよ」

「ひと晩じゅう?」

彼は地面に目を落としたまま、わたしと視線を合わさなかった。「ああ。どうして？」

「マイヤーズ署長と話したほうがいいわ」

「スローン、どうした。何を焦ってるんだよ？」

「発酵槽《はっこうそう》のそばであなたのライターが見つかったの」

「それで？」

「エディの死体が見つかった場所はそこなわけ」

彼はポケットを探った。「まさか。ライターならここにあるはずだ」唇をきゅっと結び、ジーンズの前ポケットから手を出して、うしろのポケットも確認している。「ない、おかしいな」

「昨日、あのあと〈ニトロ〉に戻ってきた？」

マックは目を細め、また足元に視線を落とした。「いや」彼が目を細めるのはうそをついているときだ。ということは、わたしが帰ったあと、あそこに戻ったのだろう。でも、どうして？

わたしはため息をついた。「マック、今すぐマイヤーズ署長と話さなくちゃ。あなたがホテルに帰るところを見た人はいる？　だれかと話をした？」込みあげてくる思いをぐっとこらえ、わたしは恐れていた質問を口にした。「ゆうべはだれかと一緒だった？」

「ちがう！　そんなわけないだろ、ベイビー。誓うよ。ホテルに帰ってすぐ寝たんだ。ぐっすり」

彼の話を信じていいものかわからなかった。返事がやけに早かったような気がする。とはいえ、〝尻軽ウェイトレス〟と一緒にいたと言ってくれたほうがよかったのにという気持ちも、わたしの心にはわずかながらあった。もしひとりだったとすれば、アリバイがないことになるから。

16

〈ニトロ〉に向かってマックと歩きはじめると、当の〝尻軽ウェイトレス〟が角を曲がってこっちにやってきた。うわさをすれば影だ。彼女はわたしたちを見つけた瞬間、ぴたりと足を止めた。長い髪の毛をねじって頭のてっぺんでまとめており、見た目はガゼルそのものだった。肌に密着した黒のヨガパンツを穿《は》き、上は、想像の余地が一切ない、襟《えり》ぐりの深いぴったりしたタンクトップを着ている。その出《い》で立《た》ちでたばこを吸っていた。ヨガをすれば、ニコチンも帳消しになると思っているのだろうか？　ついでに言えば、ヨガというものがどういうものかすら、わかっているかあやしい。

胸がむかむかした。マックとふたりでいるところを目撃したときの光景が脳裏によみがえる。この場から逃げ出したかったが、わたしはそうするかわりに唇を引き結び、颯爽《さっそう》と女の横を通りすぎた。すれちがう際、たばこの強烈なにおいがしたので、必要以上に大きく咳き込んでやった。褒められた態度ではないが、褒められたところがあまりないのは向こうも同じだ。

「ええと、マック、話があるんだけど」彼女がそう言う声が聞こえた。

マックはぼそぼそ言った。「今はだめだ」うしろからうるさい足音が聞こえてくる。「スローン、待ってくれ」

わたしは振り返らず、さらに歩調を速めた。ゴム製の長靴ではけっこう大変だったが。

「スローン、待ってくれ」彼は息を切らしていた。

わざわざ足を止めて、こんな真っ昼間から公衆の面前で醜態をさらす危険を冒すわけにはいかなかった。わたしは、ステンドグラスの窓を拭いていたビールのジョッキ店のオーナーに手を振り、走って〈ニトロ〉に向かった。

入口のまえに着く頃、マックに追いつかれた。「スローン、ちょっと待ってくれよ」彼はそう言って、わたしのフランネルシャツの袖をうしろからつかんだ。「頼む、話をさせてくれ」

わたしはぱっとうしろを向き、彼をにらみつけた。「何?」

「ヘイリーとのことはなんでもないんだ。一回かぎりの愚かな遊びだったんだよ。信じてくれ。おれにとってはずっときみひとり――きみ一筋だから」

「わたし一筋？　どの口が言うのよ」わたしは怒りのあまり理性を失いそうだった。これはまずい。

「ベイビー、頼むから」彼は懇願した。

「ベイビーベイビー言わないで！」わたしは怒鳴ってしまって、手を口にやった。「マック、こんなことをしてる場合じゃないの。マイヤーズ署長が中にいるわ。彼女と話して」慎重にドアを開けて会話を打ち切り、鼻から息を吸い込んだ。〝こらえるのよ、スローン〟。どうにか自分に言い聞かせる。

〈ニトロ〉に入ると、カウンターにギャレットがいる気配はなかった。〝まだ醸造所《じょうぞうじょ》にいるのね〟。わたしはそう思い、空《から》の紙コップをごみ箱に捨て、テーブルのひとつにシュトルーデルを置いた。奥に向かうわたしのうしろから、マックがぴったりついてくる。

驚いたことに、クリーニング業者がすでに到着していた。明るい黄色の防護服を着た作業員たちが、業務用の洗剤が入った五ガロンサイズのバケツとホースを準備している。マイヤーズ署長が部下に指示を出していた。現場の写真を撮らせたり、タンクから指紋を採取させたり、ホップやほかの証拠品が入ったビニール袋を集めさせたり。わたしたちに気づくと、彼女は部下のひとりに声をかけた。「それくらいでいいわ。あとは、タンクをひとつずつ写真に収めて。オフィスの中もね」

ギャレットはオフィスのドアに寄りかかっていた。そんな彼のほうにマイヤーズ署長は移動し、こっちへ来るようマックとわたしに手を振った。「もう少しで終わりよ」と彼女はギャレットに説明した。「捜査班が出ていったら、すぐにクリーニングを始めてもらってかまわないわ」次に、彼女はマックに向かって指を鳴らし、オフィスを指差した。「マック、今すぐ話がしたいの」声に侮蔑の色がはっきり表れている。

マックはびくついた顔でこっちを見た。わたしはその表情に満足感を覚えた。

「慌ただしいわね」とわたしはギャレットに言った。彼はマイヤーズ署長のために道を開け、マックには、どう解釈していいのかわからない視線を向けていた。

防護服を着た作業員のほうにあごをしゃくって、彼は言った。「きみが出ていった五分後に来たよ」

「迅速なサービスなのね。電話でもすぐ向かうとは言ってたけど、まさかここまで早いとは思わなかった」

「それも仕事の内なんだろうね」彼の声は沈んでいた。

「ええ」どうやって彼を慰めればいいのかわからなかった。わたしもこんな状況に置かれた経験はない。だが、今はとにかくまえへ進むしかなかった。「それで、どうする？　タンクの中は洗ってもらえるのよね。でも、周りもしっかり拭く必要がありそう。あれは何？　指紋を採ったときの粉？」

「そこらじゅうについてるよ」ギャレットはため息をついた。「全部処分して買い直さなきゃいけないかな？」

「マイヤーズ署長はなんて？」

「その必要はないって。けど、もし粉のせいでビールの味に影響が出たら？」

わたしは銅製の仕込槽のまえに移動し、近くでよく観察した。タンクにはところどころうっすらと粉がついている。「このせいでだめになるとは思えないわ。しっかりと拭き取れば大丈夫なんじゃないかしら」

「きみがそう言うなら」ギャレットはまだ迷っているようだった。「でも、ぼくのレシピは繊細だからね」

わたしはこらえきれず含み笑いをした。その反応に、ギャレットは傷ついた表情を浮かべた。

「ごめんなさい、別にあなたのことを笑ったわけじゃないの。ビールのレシピを繊細って表現するのを聞いたのは初めてだったから。でも、その言い方、気に入ったわ」

彼は笑みを浮かべた。「実際そうなんだ。ぼくと同じでね」

ギャレットが繊細？　どちらかといえば、理性的で冷静な印象を受けるが。

「もう少し待って、クリーニング業者の作業が終わったらどうなってるか、様子を見てからにしない？　そのあとで考えましょうよ」とわたしは提案した。「いつ店を再開できるかについては、マイヤーズ署長は何か言ってた？」

ギャレットはこめかみをさすった。「信じられないかもしれないけど、捜査が終われば、予定どおり今日の午後からでも店を開けて問題ないってさ。この奥のスペースに客を入れないかぎりはね」

「ほんと？」驚きだった。マイヤーズ署長はさっき、店の再開まで数日かかるような口ぶりだったのに。

「ああ。でも、どう思う？　今夜から店を開けるのは正解だろうか？　それとも、とんでもない話かな？　ここのビールを飲むなんて、お客さんも怖がるだけかもしれない。死体が見つかったパブに行きたがる人なんているか？　どっちにしろ、この件に関しては、きみの意見に従ったほうがいいと思ったんだ。ぼくはレブンワースのことをよく知らないから。この町の人がエディを偲《しの》んでここへ献杯にきたがるのか、それとも、嫌悪感を抱いてぼくたちを町から追い出そうとするのか、どうもよくわからなくてね。正直に言うと、自分自身、どう感じてるのかもわからない。こんなの、初めての経験だからね。今すぐドアに鍵をかけてシアトルに逃げ帰りたい自分がいるのも確かだ。会社勤めをしてた頃もかなり神経をすり減らしてたけど、今回のこともけっこうこたえてるよ」

どう答えていいのかわからなかった。わたしが迷っているうちに彼は続けた。

「とはいえ、エディのためにぼくたちは何かする義務があるんじゃないだろうか。ここで追悼会を開くとか。でも、彼とぼくは赤の他人も同然だったから、そんなのはおかしいかな？どう思う？」

ギャレットに言われたことについて、わたしはしばらく頭を悩ませた。突然、〈ニトロ〉にいる自分の役割を意識した。ギャレットは、嗅覚と料理の腕前だけを見込んでわたしを雇ったわけではないのだ。わたしのアドバイスを必要としていた。わたしとしても、エディの死体を見つけた責任――しかも、あんなひどい状態で見つけた責任――を感じていた。エディはこの町で一番愛されているビール職人というわけではなかったが、この地域社会の一員であったのは確かだ。ひと晩くらい彼を偲ぶ機会があってもいいかもしれない。そう考えると、ギャレットの思いつきは正しいような気がしてきた。それに、思いやりも感じられる。なおさら、彼が犯人だとは考えられなかった。

今夜〈ニトロ〉で通夜を開き、エディを偲んで一杯ずつお酒を無料でふるまおう。早速ブルーインに連絡してみなければ。なんとなく彼も、ほっとしそうな気がした。エディは長年ブルーインの店で醸造責任者として働いていて、ブルーインとはずっと友達だった。ブルーインは今回のことで動揺しているにちがいない。うまくいけば、みんなも通夜を機に、今朝のつらいできごとを忘れてまえに進めるだろう。パブというのは本来、地域社会の中心であり、住民が集まってお祝いごとをしたりだれかの死を悼《いた》んだりする場所だ。わたしたちもそれをしようじゃないか。エディの死を悼んで、彼の思い出に献杯するのだ。

17

作業員が出入りしたり、地元民がひっきりなしに様子を見にきたりしていたせいで、午過《ひるす》ぎまであっという間に時間が過ぎた。穿鑿《せんさく》好きな目と質問の嵐はわたしがどうにかかわすとギャレットに提案すると、彼はすぐさま同意した。「スローン、きみにはいくら感謝しても足りないよ。いろいろと冷静に手際よく対処してくれてありがとう。きみがいなかったらどうなっていたか。ひょっとして、ビールの神様がきみをぼくのもとに送ってくれたのかな」

わたしは手を振って彼のお礼を払いのけた。頭がくらくらした。感情を抑えるには体を動かしているしかない。帰宅したらベッドに倒れ込むのはまちがいなかったが、今はおかげで仕事がたくさんあり、エディの殺人事件について深く考えずにいられる。ブルーインに電話すると、予想どおり、彼はしきりに感謝してくれた。といっても、ほとんど話せる状態ではなく、早々と電話を切るはめになったけれど。ともかく、ブルーインと彼の部下たちにいくらかでも安心感を与えられた。そうとわかったことで、わたしはいっそう今夜の会を滞りなく進めようと決意を固めた。

エディの通夜に向けてきちんとした料理を用意している時間はなかったので、ギャレットがクリーニング作業を見守っているあいだ、わたしは食料品店へ、肉とチーズの盛り合わせとクラッカーを買いにいくことにした。外に出たとたん、携帯電話が鳴った。アレックスからだ。

「母さん、どうなってるんだよ？」彼は慌てた様子で言った。

わたしはパニックに襲われた。もしかして、授業かサッカーの練習のあと、迎えにいくのを忘れていただろうか？　里親に育てられた子供の頃のわたしは、大人を当てにするということがめったになかった。学校に置き去りにされたり迎えにくるのを忘れられたりした記憶は数えられないほどある。アレックスを妊娠したときは誓ったものだ。だれかに見捨てられる気持ちは絶対に自分の子供には味わわせないと。

頭にこびりついて離れないのは四年生のときの記憶だ。当時の育ての母は、時間を守ることに関して非常にうるさい人で（ほかにも決まりごとはいろいろあったが）、待たされるのが大嫌いだった。ある日、ぜひ参加してほしい特別な授業のプロジェクトがあるからと、放課後、学校に残るよう先生に言われた。先生に頼みごとをされるのはうれしかったが、それと同時に、里親のミニバンが来たときに学校のまえに立っていなかったらどんな罰が待っているのかと、わたしの心は不安でいっぱいになった。

それでも、一か八かやってみることにした。日頃の努力を先生に褒められ、週に一度放課後に開かれる、創造性を養う新しい授業に参加するための許可書を渡されると、わたしはそわそわと早足で教室をあとにした。待ち合わせ場所には結局、五分遅れで到着した。子供たちを迎えにきたお父さんやお母さんが子供にハグやキスをし、車やバスが次々と走り去る中、ひとり縁石の黄色い線に座っていたときのことは忘れられない。里親の姿はどこにもなかった。霧雨の下、体を震わせながら丸くなって暖を取り、暗くなるまで待っていた。自分の車に向かっていた校長先生がとうとうわたしの姿を見つけ、わたしを家まで送ってくれた。途中、ドライブスルーでハンバーガーとポテトまで買ってくれた。わたしの冷えた体を温めるために暖房をつけた車内は紅茶みたいなにおいがした。記憶はぼやけているかもしれないが、家に送り届けてくれたとき、校長先生が里親に説教したのははっきり覚えている。だが、その効果はなかった。母は、濡れた服のまま寝るようわたしに命令し、特別授業の許可書にサインもしてくれなかった。それ以来、わたしが遅刻をすることは一度もなかったと思う。

「母さん、母さん」アレックスの声がした。

「今どこにいるの?」わたしは尋ねた。あごを触り、つらい記憶を払いのけようとする。

「学校だけど」

「やだ。お父さんが迎えにいくのを忘れてた?」

「母さん、落ち着いて。まだ二時だよ。今、自習室にいる」

ああ、よかった。これで楽に呼吸ができるようになった。

「父さんからメールがきたんだ。今、留置所にいるから迎えにいけないって。これって冗談だよね？」

「なんですって？」静かな広場に声がこだました。

「うん。ぼくもさっき知らされたばかりなんだ。でも、何かのジョークでしょ？」

胃が重く沈んだ。マイヤーズ署長がマックを逮捕した？　信じられなかった。確かに、彼のライターが発酵槽《はっこうそう》の近くで見つかったことと、アリバイがないことからすると、百パーセント無罪とは認められないだろう。でも、逮捕？　マイヤーズ署長はクラウス家と数十年のつきあいだ。エディの死にマックがかかわっていると本気で考えているとは思えない。

「母さん、聞いてる？」

「ごめん」わたしはため息をつき、事情を説明した。話しおえると、アレックスも大きく息を吐き出した。

「大変だったね、母さん。でも、それが父さんとどんな関係があるの？　なんで父さんが警察に捕まってるんだよ？」

「わからない。でも、今から〈デア・ケラー〉に行っておじいちゃん《オーパ》とおばあちゃん《オーマ》と話してくる。また連絡するわ。学校が終わったら、迎えにいきましょうか？」

「いや、大丈夫。今日はウェイト・トレーニングをしたいから。どうにか足を見つけて帰るよ。それじゃあ、また家で」

「わかった。でも、今夜は遅くなるかも。〈ニトロ〉でエディの通夜を開く予定なの。あなたも来る？」

「行くかも。またあとでメールするね。司書がこっちを見てる。行かないと」

愛してると言いかけたところで、あえなく電話は切られた。それにしても、マックが逮捕されたとは。ありえない。わたしは、左に曲がって食料品店に行くかわりに、右へ曲がって全速力で〈デア・ケラー〉に向かった。小売店の店主が何人か明るく声をかけてきたが、足を止めている暇はなかった。

持って生まれた長い脚と早く答えを知りたいと焦る気持ちのおかげで、〈デア・ケラー〉には二分もかからずに着いた。彫刻が施《ほどこ》された重たいドアを押し開け、店内を見まわす。

「やあ、スローン。ここで会えるとはうれしい驚きだね」とウェイターのひとりが言った。

「今はライバルのところで働いてるんじゃなかったっけ」そう言って、彼はウィンクをした。

「クラウス夫妻はいる？」とわたしは尋ねた。

「いないよ。ついさっきまでいたんだけど。でも、ハンスなら奥にいる」

「わかった」わたしは醸造所《じょうぞうじょ》へ急いだ。

ハンスは床に膝をついて、ホップ用の冷凍庫を点検していた。実験用として使っているホップの賞味期限を延ばし、なおかつ香りも失わないようにするため、冷凍庫はマイナス六度からマイナス一度になるよう設定している。密閉した容器に入れて適切に保存しておけば、ホップは二年くらい持つ。

「ハンス！」わたしの大声に、ハンスはびくりとし、冷凍庫に頭を打ちつけた。

体を起こして頭のてっぺんをさすっている。「スローン、どうしたんだ?」彼の髪はマックの金髪より濃いはちみつ色で、わずかにカールしていた。

「マックのこと、聞いた?」わたしは自分の三つ編みを引っぱった。

ハンスはうなずき、床にドライバーを置いて立ちあがった。「姉さんがいつ駆け込んでくるかと思ってたよ」

「てことは、知ってるのね?」

ハンスは作業ズボンで両手を拭き、こっちに歩いてきた。「ああ。留置所からマックが電話してきたんだ」

マックが自分ではなくハンスに電話をかけたことに、わたしは不本意ながら少し傷ついた気持ちになった。いろいろあるとはいえ、彼はまだわたしの夫なのに。

その思いを見透かしたかのように、ハンスはわたしの肩に片腕を回して軽くハグした。「姉さんには何も言わないでくれと兄さんに頼まれてね」

「わたしがずっと知らないままでいられるとでも思ったのかしら。アレックスからさっき連絡があったのよ」声に焦りが感じられるのが自分でも嫌だった。

ハンスは腕を離してわたしの目をじっと見た。「ああ。言いたいことはわかるよ。でも、兄さんも今はまともに考えられる状態じゃないんだ、スローン」彼は銅製のタンクと同じ色の優しい目で、しばらくわたしの視線を受け止めていた。

「マイヤーズ署長もどうして逮捕までするのかしら？　署長とは話した？　何か言ってた？」

「まあまあ、落ち着いて」ハンスはパブのほうを指差した。「一杯飲もう。そのあとで、知ってることを話すよ」

ハンスがかもし出す雰囲気はすごく穏やかで、それに抵抗するのは無理だった。わたしたちはパブに移動した。ハンスは隅のハイテーブルに案内し、わたしを残してビールを取りにいった。待っているあいだ、わたしはこらえきれず、テーブルの下で足をぶらぶらさせていた。今日はまさしく悪夢だ――エディの死体を見つけたかと思えば、今度はマックが逮捕されるなんて。店内には、聞き慣れたドイツ音楽がかかっており、シュニッツェルとビールとチーズスープのにおいがした。その香りを吸い込み、心を落ち着かせようとする。

「これを飲んで」ハンスは、泡のこんもりのったピルスナーを持って戻ってきた。

「ありがとう」わたしは形だけの笑みを浮かべ、淡い色のビールを一口飲んだ。ハンスが選んだビールは正解だった。これより強いビールだと、頭がくらくらしていただろう。ピルスナーは、優しいが複雑な香りが特徴で、アルコール度数の低いビールとして知られている。ドイツで最も親しまれているビールと言ってまちがいなかった。

ハンスは向かいの席に腰かけ、わたしがビールを飲むのを見守っていた。「気分はましになった？」

「たぶん。でも、マックがエディを殺したとマイヤーズ署長が考えてるなんて理解できない。彼女、何か言ってた？」

「何も。というか、署長とは話してないんだ。マックは一本だけ電話を許されたらしく、ぼくのところに電話してきた。それで、弁護士に連絡するよう頼まれたんだ」

「マックはほかに何か言ってた?」

ハンスは指でテーブルを叩いた。「自分のライターが〈ニトロ〉で見つかったと言ってたよ」

「それは知ってる」わたしはうなずいた。

ハンスは顔をしかめた。「それだけじゃないんだ」

「えっ?」わたしはピルスナーを飲んだ。干し草のような、ハーブのような香りがする。

「発酵槽から兄さんの指紋が見つかったらしい」

「〈ニトロ〉の発酵槽で?」今耳にしたことばが信じられなかった。

「ああ」ハンスはため息をつき、ビールを手に取った。「今は兄さんにとっていい状況じゃなさそうだ。エディは午前零時から二時までのあいだに殺されたらしいから、マックにはアリバイがないことになる。その日は、まっすぐホテルに帰ってすぐに寝たって言ってたよ」

「まさか本気で心配してるわけじゃないでしょ?」とわたしはハンスに訊いた。

ハンスはほとんど客のいない店内を見まわした。「ああ。兄さんは確かにどうしようもないやつだけど、人を殺すような人間ではないからね。それはぼくも姉さんもわかってる。けど、証拠がけっこう決定的だから。スローン、兄さんを困らせてやりたいと思っていそうな人物はだれかいないか?」

わたしは首を横に振った。「思いつかないわ。どうして?」

ハンスは身を乗り出して声を落とした。「考えてみてくれよ。〈ニトロ〉のグランドオープンの日に店に現れ、騒ぎを起こした翌日の朝に、当のマックの指紋とライターが見つかったわけだろ？　ぼくも普段は人のことをむやみに疑うタイプじゃないけど、なんとなく、ギャレットが少し怪しいような気がしてきたんだ」

スツールの足置き場から長靴が滑り、わたしはバランスを崩しそうになった。「ギャレットが？」思わず大きな声が出た。

ハンスは片手をまえに出した。「わかってる。彼もそんなタイプには見えないもんな」

「動機は？」

「さっぱりわからない。マックの邪魔をしたかったとか？」ハンスは迷っているようだった。

「もしくは姉さんを守るためとか？」

「わたしを守るため？」わたしはピルスナーに手を伸ばし、もう一口ぐいっと飲んだ。「彼とはまだ知り合ったばかりなのよ。一緒に働きはじめてまだ四十八時間も経ってないじゃない」

ハンスは黙ってビールを飲み、うなずいた。「ああ。こじつけもいいところだよな。だけど、すでにギャレットも姉さんには好感を抱いてるような感じがするから」

「そう？」

彼はこめかみをさすった。「わからない。とにかく、この件は何かがおかしい気がするんだ」

「それは同感だわ。でも、ギャレットはちがうと思う」

しばらくふたりとも黙ってビールを飲んだ。カウンターでウェイターが、ビールの試飲をしている年配の夫婦と話しているのが見えた。ウェイターは軽めのビールから勧め、最後に〈デア・ケラー〉で一番色の濃いスタウトを紹介していた。ハンスの説は確かにうなずける。そこでわたしは、マックの評判を傷つけたがっている人がだれかいないか考えてみた――といっても、ここ最近の彼の仕事ぶりが特別すばらしいというわけではなかったが。結局、だれも思いつかなかった。

「一昨日、マックは醸造所に来てたの」とわたしはハンスに言った。「だから、発酵槽に触れる機会は充分あったと思う。どれだけ手が早いかは、あなたも知ってるでしょ」〝ことばの使い方がまちがってるわよ〟とわたしは心の中で自分に指摘した。

ハンスはとくに何も言わず、カウンターの上に掲げられた、樹齢の古い木材を彫ってつくったクラウス家の家紋をじっと見つめていた。「すぐに手が動くっていうのは確かにそうかもしれない。クラウス家の呪いみたいなものだから――ビールの設備には触らずにいられないんだ。遺伝子に組み込まれてる」

「最初、マックはわたしの様子をチェックするためにあそこに来たんだと思ってたの。だけど実は、お金と引き換えにギャレットのＩＰＡのレシピを譲ってもらおうとしてたみたい」

「まさか」ハンスは首を傾げてわたしの顔をのぞき込んだ。「冗談だろ。兄さんは他人のレシピを金で買い取ろうとするような人じゃない」

「それはわかってる」

「何かがしっくりこないな」ハンスは自分のビールを飲み干した。

「あの尻軽……じゃない、ヘイリーが関係してると思う？」

「どういうふうに？」ハンスはいぶかるようにこっちを見た。

「彼女が〈ニトロ〉のグランドオープンに姿を現したとき、エディはかなり怒ってた。ふたりのあいだに何かがあったんじゃないかって気がするの」

「でもスローン、どうやったらあの子にあんなことができるんだ？」

「だれか協力者がいたのかも」ことばにするうちに、ほんとうにそんな気がしてきた。ゆうべ、エディがヘイリーに自分の近くにいてほしくないと思っていたのは、傍《はた》から見ても明らかだった。カウンターの上の棚に並べられたガラスのジョッキと同じくらい、その気持ちは透けて見えていた。だとしたら、動機は何だろう？　エディとは男女の仲だったのに、別れ話がもつれたとか？　あるいは、彼とつきあっていたが、たまたまマックと浮気してしまったのかもしれない。〝尻軽ウェイトレス〟についてはこれからいろいろと調べてみなくては。

ハンスは空いたグラスをふたつ手に取った。「まあ、それもひとつの可能性だけど、ちょっと飛躍しすぎじゃないかな。そろそろ奥に戻らないと。またあとで連絡する。アレックスの迎えとか、何か手伝えることはある？」

「ありがとう。あなたがいなかったらわたし、生きていけないわ」

「女性にはいつもそう言われるよ、スローン」ハンスはにやりと笑って、席を立った。

ハンスは今まで恋愛運に恵まれていなかった。わたしにはまったくその理由がわからない。ハンスはわたしの知る中でも一番真面目でよく働く男だ。博識で、料理もでき、手先も器用。

彼こそ真の教養人だ。彼と一緒になる女性はまちがいなく幸せになれるだろう。女性を紹介しようとしたことも何度かあるのだが、結局失敗に終わり、もうやめてくれと彼に頼まれていた。マックとはちがい、ハンスは控えめで内省的だ。何事も、後先を考えずに行動したりしない。ハンスと別れたあとも、わたしはどうしても考えてしまった。マックは自分の軽はずみな行動のせいで面倒なことに巻き込まれてしまったのではないかと。ひょっとして、ヘイリーと関係を持ったがために、エディを殺した犯人に見えるよう、だれかに仕立てあげられたのだろうか？

18

その後、まっすぐ食料品店へ向かった。かごいっぱいにハムとチーズと野菜の盛り合わせ、クラッカー、ピタチップス、ひよこ豆のペーストを入れる。ゆうべの料理ほど凝ってはいないかもしれないが、この軽食だけでも大半の客は満足し、これをつまみにエディの死を酒で紛らわせられるだろう。

レジに向かって歩いていると、うしろで大きな物音がした。振り返ったところ、〝尻軽ウェイトレス〟がサヤインゲンの缶詰の山に囲まれていた。勝ち誇った笑みを浮かべ、驚いたわたしの顔を見ている。エディの死体を発見したせいか、それとも、マックとの最近のごたごたで神経が参っていたせいか、わたしは無意識のうちに足元の缶をどけながら、彼女のほうへ進んでいた。

「ここで何をしてるの？」食料品の入ったかごを強く握りしめているせいで、今にも手から血が出そうだった。

彼女は片手を腰にやり、挑むような目つきでこっちを見た。「買い物だけど」

かごから手を離して相手に殴りかからないようにするには、わたしも全身の力を振り絞って自制心を働かせなければならなかった。〝尻軽ウェイトレス〟は、火のついていないたばこをくわえたまま、缶の山をまたいだ。わたしは怒鳴りつけたかったが、近くで買い物をしていた客ふたりと店長が、缶の崩れ落ちる音を聞いて、何事かと駆けつけていた。彼女は、散らばった缶の後片付けをわたしに丸投げし、大げさに腰を振りながら去っていった。

〝いらいらしちゃだめよ〟とわたしは自分に言い聞かせ、缶を棚に戻す作業を手伝いながら心を落ち着かせた。マックがなんと言おうと、ふたりのあいだには何かあるらしい。それに巻き込まれるのは御免だ。震える手を無視し、買い物の支払いをして、〈ニトロ〉へ急いだ。あの小娘とまた鉢合わせする危険は冒したくなかった。次は自分を抑えられる自信がない。

〈ニトロ〉に戻ると、ヴァンとギャレットが、カウンターでホップの入った大きな箱の中身を調べていた。

「手伝うよ、スローン」ヴァンが、かぐわしいホップをカウンターに放り、買い物袋を運ぶのを手伝ってくれた。

「店を丸ごと買い占めてきたのかい？」とギャレットはからかった。

「そう見える？」わたしは残りの買い物袋をカウンターに置いた。「やっぱり買いすぎたかしら。でも、保存がきくものばかりだし、通夜なら、しっかり準備しておくに越したことはないと思って」

「通夜？」ヴァンはホップの実を取って指で挟んだ。爪には泥がこびりついており、ジーンズも農場の土で汚れていた。

「今夜、エディの通夜を開く予定なの」とわたしは言った。

ヴァンは指に挟んだホップを潰した。その瞬間、柑橘類《かんきつるい》とマツとスパイスの香りがあたりに広がった。「エディとあんたらが友達だったとは知らなかったよ」彼はわたしたちふたりに言った。

ギャレットとわたしは同時に答えた。「友達ではなかったけど」

「どういうことだ？」ヴァンはホップを握ったまま言った。「知らないやつのために通夜を開くのか？」

「レブンワースはそういう町なのよ。みんな、エディを偲《しの》んで献杯したがってると思う。それに、なんというか、彼を見つけたのはわたしだから。ここで通夜を開くのが正しいような気がして」とわたしは説明した。

ヴァンはもう一方の手にホップを持ち替えた。「なるほど」

「そっちは？」とギャレットがヴァンに訊いた。「きみもビール業界に身を置く立場だろ。この町の醸造業者《じょうぞうぎょうしゃ》とは全員顔見知りであっても不思議じゃない。エディとは親しくしてたのかい?」

ヴァンはカウンターをまわって、ホップをごみ箱に捨てた。「知り合いだったよ」それ以上詳しい説明はなかった。おそらくエディのことを友達とは思っていなかったのだろう。レブンワースのビール業界は狭い。エディは競争心が強く、人を苛立《いらだ》たせる性格で有名だった。そのときふと思い出した。事件があった日の夜、エディはヴァンのホップについて何か言っていたような気がする。

「エディのところにも商品を卸してたの?」とわたしはヴァンに尋ねた。

「いや。彼はうちの商品をそれほど評価してなかったから。おれは言ったんだ。マックでもだれでも〈デア・ケラー〉の人間に訊いてみろ、うちの商品がどれほど優れてるか教えてくれるからって。だけど、やつは聞く耳を持たなかった」

その話は驚きだった。というのも、ホップというのは手に入れるのがむずかしく、ブルーインが新しいホップを試す機会をふいにするとは想像しにくかったからだ。また、つい先日の話では、ヴァンは〈デア・ケラー〉のことをよく知らないような口ぶりだった。それなのに、もうマックと契約を結んだのか? 本人に確認してみなければならない。

「お代は?」ホップの入った箱を指差して、ギャレットが言った。箱の中身は四つに仕切られている。それぞれのスペースには種類の異なるホップが入っていた。

ヴァンはジーンズのおしりのポケットに手を突っ込んで、折り畳まれた紙をギャレットに渡した。「契約書だ。これにサインしてもらえば、五年間の独占契約になる。うちに興味を持ってる業者は多いから、決めるなら早いとこ決めたほうがいいぜ」

ギャレットは契約書を開いて一瞬顔をしかめた。「内容を確認するのに少し時間をくれないか?」

「さっきも言ったけど、引く手あまたなんだ。悪い話じゃないと思うが」ヴァンは同意を求めてこっちを見た。わたしは両手を上げた。契約の条件について何も知らないのに、取引に首を突っ込むわけにはいかない。ヴァンはため息をついた。「あと二個所配達しなきゃならないところがある。それが終わったら、また戻ってきて、サイン済みの契約書を受け取るよ。その二時間後には手付金を払ってもらいたい。もし無理だったら、次の業者に当たるから」

「わかった」ギャレットは契約書を見ながら答えた。

ヴァンは重たそうな作業ブーツを履いた足で出口へ向かった。ヴァンが角を曲がって見えなくなるまで待ってから、ギャレットは契約書をわたしに渡した。「見てみる? この料金は妥当かな?」

わたしは契約書を確認した。「えっ! すごい金額じゃない」

ギャレットは箱に手を入れ、その中から一種類のホップを取り出した。「ほとんどは、実験的につくってるこのホップの価格らしい。けど、ぼくも正直、こんなに高額になるとは思ってなかった」

「この契約は五年縛りなのよね?」ホップの生産は大平洋岸北西部、とくにヤキマ・ヴァレーのような太陽の降り注ぐ温暖な地域で急成長中のビジネスだ。クラフトビールが全国で絶大な人気を博すにつれ、ホップの需要は一気に高まった。去年の夏、〈デア・ケラー〉の代表としてシアトルで開かれたビール業界の会議に出席したときに知ったのだが、醸造業者が現在直面する一番大きな問題は、ホップの仕入れ先を確保することらしい。資金も潤沢で、ホップの生産業者への影響力も強い大きなビール会社が人気の品種を抱え込んでいるため、小さな醸造業者が代表的なホップを仕入れるのはほぼ不可能な状況になっている。ホップの契約には将来数十年にわたるものもあり、そのせいでホップ不足が起き、新しい品種への需要が高まっているわけだ。今や、ビール雑誌はおろか全国紙でさえ、一面で〝ホップ不足はクラフトビール産業を衰退させるか？〟というようなタイトルの記事が取りあげられる事態になっている。

ギャレットは契約書をポケットにしまった。「ああ。目が飛び出るほどの金額だけど、業界で生き残りたいなら、ほかに選択肢はないのかな」

確かに彼の言うことも一理ある。〈デア・ケラー〉は生産者と四種類のホップを契約しているが、それも二十五年縛りだ。とはいえ、ヴァンの契約書の一番下に印字された金額は信じがたく、パニックを起こしそうなほどだった。「オットーとウルスラに訊いてみましょうか？ ふたりなら喜んで相談に乗ってくれると思う」

「いや、心配しないでくれ。きみを妙な立場に置きたくない。自分でどうにかするよ。シアトルにいる同業者に連絡してみる」

「ほんとに？ 全然手間じゃないのよ」

ギャレットは首を横に振った。「ああ、大丈夫だ」彼は買い物袋を取り、わたしと一緒に厨房へ向かった。醸造所は業務用の洗剤のにおいがした。床から天井まで、どこもかしこもぴかぴかに磨かれている。「新品みたい」とわたしは言った。

「業者は完璧な仕事をしてくれたよ」ギャレットはそう言って、厨房のドアを開けた。少し立ち止まってわたしを先に通してから中に入った。

「わたしが店を出たあと、マイヤーズ署長から連絡はあった？」わたしは、買ってきたおつまみの盛り合わせを業務用の冷蔵庫に入れた。

「今日店を開けても問題ないそうだ。この奥は立ち入り禁止にしておいたほうがいいみたいだけど。それはまったく問題ない。どのみちここにはだれも入れるつもりはないから」彼はそう言って、クラッカーの箱をステンレスのカウンターに積みあげた。

「事件についてはほかに何も？」

「とくに。きみの言ったとおり、ただ捜査の手順に沿ってる感じだった」

「そうでしょうね」

マックが逮捕されたことを伝えるべきかどうか悩んだが、やはり、ギャレットにとってもわたしの口から知らされたほうがいいだろうと判断した。今夜にはまちがいなくうわさが町じゅうに広まっているだろうから。わたしから聞かなくても、どうせだれかが口を滑らせるに決まっている。

「マックが逮捕されたの」ステンレスの重い扉を閉めながら、わたしは言った。

「なんだって?」ギャレットはクラッカーを置く手を止め、わたしの顔をじっと見た。「暴力的なタイプには見えなかったのに」

「実際、そういうタイプじゃないわ」わたしは、ギャレットの視線を避けながら空《から》の紙袋を畳んだ。「でも、ライターが見つかったうえに、タンクに彼の指紋がついてたんですって」

「指紋の件なら説明できるよ。一昨日彼がぼくのレシピのことで話をしにきたときに、醸造所の中を案内したから。あのとき、タンクを触ってたのを覚えてる。なんというか、終始鼻にかけたような態度だったっけ。ぼくの〝アマチュア〟の設備に感銘を受けてるふりをしてくれた」

「マックらしいわ」

「大丈夫。指紋の件はマイヤーズ署長にちゃんと話しとくよ」

「個人的なことにあなたを巻き込むのは悪いわ」ギャレットの申し出を聞いて、わたしは確信を深めた。彼がエディを殺した犯人だなんてありえない。これで、ハンスの説は否定できる。ギャレットがなんらかの大がかりな妨害行為に及んだなどという説は。

「スローン、これは殺人事件だ。知ってることがあるなら、警察には知らせなきゃいけない。きみや個人的なこととは一切関係がないんじゃないかな」

わたしはため息をついた。「でも、それだけじゃないの。マックにはゆうべのアリバイがないのよ」

ギャレットは眉間《みけん》にしわを寄せ、髪をくしゃくしゃに乱した。セメントの床に視線を落とし、体を左右に揺らしている様子からすると、まだ何かわたしに言っていないことがあるらしい。

「何?」

彼は食器洗い機のほうに移動し、正面についた古いダイヤルを調べた。「この話はしていいものかどうか」

「何?」とわたしはもう一度言った。「マックのことで何か知ってるの?」

ギャレットは苦痛にゆがんだ表情を浮かべながらうなずいて、食器洗い機から顔を上げた。「ほんとは言いたくなかったんだけど、マックには実は、アリバイがあるかもしれないんだ」

胃がずしりと沈んだ。「話して」

ギャレットは、居心地が悪そうにぼさぼさの髪をかきあげた。「ゆうべきみが帰ったあとに見たんだ。昨夜この店にいた女の子と彼が一緒に歩いてた。ふたりでここに来て、ビール容器《グラウラー》にビールを入れてくれと頼まれたよ」

「それは何時頃の話?」わたしは全身に力を入れて声が震えないようこらえた。

「わからない。ゆうべは遅くまで起きてたから。盛況だった初日の興奮で眠れなくてね。たぶん零時を過ぎてたと思う。一時に近かったかな」

安堵《あんど》と苦い怒りが同時に押し寄せた。マックがわたしにうそをついていた理由がこれでわかった。どうやらエディの殺人事件とは無関係だったらしい。〝尻軽ウェイトレス〟と一緒にいたことが理由だったのだ。

19

わたしときたら、どこまで鈍いのだろう？　もちろんマックはあの女と一緒にいたに決まっている。わたしを取り戻したいと言っていたのは口先だけだったわけだ。ヘイリーとの関係を終わらせるつもりなど端《はな》からなかったのだ。つまりは、浮気相手もわたしも両方手放したくなかったということ。ありえない。アレックスのためにも、マックの潔白は証明するつもりだが――〝尻軽ウェイトレス〟との婚外活動についてきっちり白状させたうえで――それが終わったら、離婚を申し立てよう。あの男はあまりに身勝手で、この先変わる見込みはまったくない。

「スローン、大丈夫かい？」ギャレットが心配そうな声で言った。

「ええ」わたしは棚の扉を開け、クラッカーをのせられそうな銀の皿を見つけた。「店を開けるまえに、ほかにやらなければならないことはある？」

ギャレットは一瞬口ごもった。マックについてさらに話がしたそうだったが、ありがたいことに、こっちの雰囲気を察知して、お互いに居心地のいい話題――ビール――に話を戻してくれた。「もうやることはないんじゃないかな。とりあえず、樽が空《から》っぽになるまでは」

「ビールが足りなくなる以外にも、問題はいろいろと出てくるかもしれないわね」

「そうだね。ところで、新しいレシピについて何かアイディアはある？」

「今夜のレシピのこと？」

「いや、ビールの新作だよ」

わたしは自分の顔が赤くなるのを感じた。ギャレットはこの店で将来的に出すビールについて話をしているのだ。「実は、ひとつ思いついたことがあるの。ヴァンから手に入れた実験用のホップを使って、それぞれ試しにビールを少量ずつつくってみない？　限定版として売り出して、お客さんに好きなほうを投票してもらうの。どう？」

ギャレットは笑みを浮かべた。「ああ、それはいいね。試飲してもらうわけか」

「そう。それで、ホワイトボードに投票結果を掲示して、勝ったほうを大量生産するの。自分が投票したということもあって、お客さんにはある程度、当事者意識が芽生えるだろうし、リピーターを確保するのに役立つんじゃないかしら」

「きみは天才だな、スローン」ギャレットはわたしとハイタッチした。「今すぐ何か考えてみるよ」

オフィスに向かう彼の姿を見て、わたしはつい口元をほころばせた。〈デア・ケラー〉でも、新作づくりはオットーとウルスラが積極的に勧めてくれていたが、いつも背後にマックの存在を感じていた。彼の社交的な性格のおかげで、わたしの影は薄かった。だがギャレットは、純粋にわたしと手を組んで協力し合うことに興味を抱いているように見える。新しい形で評価されるのは気分がよかった。

今夜客に出す軽食を用意しながら、わたしはヴァンのかけ合わせたホップで何をつくろうかと考えた。まず軽めのビールとして、ホップを一種類のみ使ったセッションエールをつくろうと決めた。セッションは、ピルスナーと同じでアルコール度数が比較的低く、喉越しのよいビールだ。昼間から気軽に飲める。もうひとつ、その対極にあるビールもつくろう。CDA――カスケディアン・ダーク・エールだ。ブラックIPAとしても知られるCDAの特徴は、色が濃いにもかかわらず、ホップの香りが強烈なところだ。そう決まったところで、わたしはエディの通夜で出す料理の仕上げをし、まちがいなく襲いかかるはずの質問の嵐に対して覚悟を決めた。ビールを醸造《じょうぞう》することを思うと、思わず笑みがこぼれた。クラフトビールづくりの順序だった重要な工程のひとつひとつが、わたしにとってはセラピーのようなものだった。今は、セラピーならいくらでも受けたい。

開店して三十分もしないうちに、店内は人で溢《あふ》れかえった。「ビールがどんどん出ていってるよ、スローン」片手にひとつずつ空の皿を持ったわたしに、ギャレットが声をかけてきた。「そうね。てんやわんやだわ」わたしは軽食を補充しに向かった。がやがやした人々の話し声が壁に反響していた。知らない人が今ここへ入ってくれば、エディはこの町で一番愛されていた住民だったのだろうと思うにちがいない。披露したい話が住民ひとりひとりにあり、夜が更けるにつれ、思い出話はどんどん美化されているように感じられた。エディのぶっきらぼうな態度や酒場での喧嘩の数々について触れる者はだれもいなかった。むしろ、彼を偲《しの》んで献杯し、みんな、彼の過去をほめそやしていた。それが人間というものなのだろう――われわれは、自分たちの最良の面にすがりつき、見苦しい部分については忘れる生き物だ。

横を通りかかると、ブルーインと〈ブルーインズ・ブルーイング〉の従業員たちが二脚のテーブルを合わせて大声でエディに献杯していた。おそろいの緑のフェルト帽と〈ブルーインズ・ブルーイング〉のTシャツを身につけている。Tシャツの胸の部分には、〝もっとくれって味だ〟との手書きのメモが貼りつけられていた。

「スローン、まあ、飲めよ」とブルーインが言った。ろれつが少し怪しい。もう酔っぱらっているのだろうか？　彼から目を離さないようにしなければ。

「無理よ。みんなの胃を満たさなくちゃいけないもの」わたしはそう言って、両手の皿を持ちあげた。「でも、〝もっとくれって味だ〟っていうのはどういう意味？」

ブルーインは胸元のメモを読もうとするように下を向いた。「エディの座右の銘だったんだ。ビールを飲んで、どんな味だって訊かれたら、あいつは決まってこう答えてた」

ブルーインは従業員たちのほうを向いた。全員でグラスを掲げ、揃って大きな声で言う。

「もっとくれって味だ！」

わたしは笑みを浮かべ、皿を持ち替えた。「いいわね」

ブルーインは体を揺らし、丸々とした指を宙に突き出した。「あとでまた必ず来てくれよ。話があるんだ。おれたちはどこにも行かないから。そうだよな、みんな？」従業員は揃って「行くもんか」と叫んだ。

わたしは、食べ物を補充したら戻ってくると彼に約束した。アルコールが入っているとはいえ、その押しの強さにはどこか不安を覚えた。話とはいったいなんだろう？　エディが殺されたことと何か関係があるのだろうか？

厨房に引っ込み、皿にチーズとクラッカーをのせていると、タンクの近くで人が動く気配がし、わたしはその場に凍りついた。マイヤーズ署長に言われたとおり、醸造所にはロープを張って、客の進入を防いでいた。ギャレットとわたし以外、ここへの立ち入りは禁止されている。わたしはカウンターからチーズナイフをつかみ、だれが自分のあとをつけてきたのか確かめに向かった。

「ちょっと、ここは立ち入り禁止よ」厨房から出て呼びかけた。

「母さん？」アレックスの驚いた声に、わたしは足を止めた。「どうしてバターナイフなんか持ってるの？」

「ごめん」わたしは息を吐き出し、腕の力を抜いた。「チーズナイフよ」

アレックスは笑い声をあげた。「危険人物に出くわしでもしたらどうするつもりだったんだよ？　それで突き刺すとか？」ウェイト・トレーニングからここへ直行したにちがいない。アレックスは、赤とグレーのナイロンの短パンとヒグマのキャラクターがついたTシャツを着ていた。

「たぶんね。よく考えてなかった。でもわたし、思ったより震えてるみたい」

「だって、今朝死体を見つけたばかりなんだからしょうがないよ、母さん」

「まあね」わたしは厨房に入るよう息子に合図した。「おなかは空いてる？　軽食があるけど食べる？　サンドイッチくらいならつくれるけど」

「母さん、スーパーウーマンを気取りたいのはわかるけど、実際はそうじゃないって知ってるだろ。そんなふうに無理しなくていいよ。ぼくは大丈夫。練習のあとにピザを二切れ食べてきたから。ここには母さんの様子を見にきたんだ」

「お母さん、アレックスがいなかったら生きていけない」わたしは手を伸ばして息子の髪をくしゃくしゃにした。彼は身をかわし、胸のまえで筋肉質の腕を組んだ。

「話をそらさないで。いつもの悪い癖だよ」

いつの間にこんなに鋭い子に育ったのだろう？

「ほんとに今夜働いても大丈夫なの？」

「大丈夫よ、ハニー、約束する。今はむしろ忙しくしてたほうがいいの」わたしはクラッカーを割って半分を口に放り込んだ。

　アレックスはわたしの三つ編みを一本引っぱった。「いいじゃん、これ。でも、母さんってドイツっぽい格好をするタイプだったっけ？」

　わたしは彼の手を払いのけ、自分のフランネルシャツとジーンズと長靴を見下ろした。傍《はた》から見ると、ひどい格好にちがいない。「散々な一日だったの。家に帰って着替える暇もなくて」

「ごめん、冗談だよ」

「お父さんとは話した？」わたしはクラッカーを嚙《か》み砕きながら訊いた。

「面会しようとしたんだけど、警察に止められた。おじいちゃん《オーパ》とおばあちゃん《オーマ》も一緒だったよ。今頃、父さんを保釈してもらおうと手を回してるんじゃないかな」アレックスはヴァイスラッカーをひとつ手に取った。ヴァイスラッカーとは、伝統的なドイツのチーズで、アレックスの大好物だ。ウルスラがよく黒パンとパプリカと一緒に出してくれていた。刺激的な風味のこのチーズはビールとよく合うが、味が濃く塩味が強すぎると感じる人も少なくない。ウルスラはいつも、旧世界の食べ物のよさをアレックスに伝えられていると言って、誇らしそうにしていた。

「そうなの？」とわたしは言った。マックが保釈金を払うといった話はハンスから聞いていない。

アレックスは肩をすくめた。「おじいちゃん《オーパ》に言われたんだ。心配するな、母さんの様子を見てこいって。だから、今ぼくはこうしてここに来てるわけ」

息子が逮捕されたときにわたしの心配までするとは実にオットーらしかった。どうしてマックも少しはお父さんを見習えないのだろう？

「このとおり、わたしは問題ないわ」

「握ったままのチーズナイフ以外はね」アレックスはそう言って、またチーズに手を伸ばした。

自分がまだナイフを握ったままだったことに、わたしは気づいていなかった。息子に指摘されてようやくカウンターの上に置いた。「まあ、このくらい、大したことじゃないでしょ」

「手伝おうか？」アレックスはチーズがのった皿のほうにあごをしゃくった。

「そうしてくれると助かるわ」

わたしたちは一緒に皿を持ってパブに移動した。わたしは誇らしい気分で、アレックスが店内をまわってみんなと気さくに話をしている様子を眺めた。親ならだれでも自分の子供のことはすばらしいと思うものだろうが、アレックスはほんとうに、あらゆる意味でよくできた子供だ。

「ここでずっと待ってなくてもいいのよ」部屋の中央で会ったとき、わたしは息子に声をかけた。

「全然問題ないよ。宿題を持ってきたんだ。おじいちゃん《オーパ》も警察の用事が終わったらここに来るって言ってたし」

「アレックス、ほんとに大丈夫？　お父さんが逮捕されてるのに、つらくないはずがないと思うんだけど」

「母さん、やめてよ。これが何かのまちがいだってことはわかってるだろ。父さんはだれかを傷つけたりしない」

　息子のことばに反論せずにいるには頬の内側を噛むしかなかった。マックは実際、わたしの心を傷つけた。だが、アレックスの言いたいことはわかる。「そうね。でも、もし気が変わったら呼んでね。車で家に送るから」

　アレックスはわたしの提案に同意し、バックパックを持って、ひとつだけ空いた窓際の席に向かった。わたしは皿を持って各テーブルをまわり、最後にブルーインの席へ行った。そこで、彼に腕をつかまれた。「スローン、まあ、座れ。一緒に一杯飲もうじゃないか」いつもの陽気さが声から消えている。

「ブルーイン、わたしも飲みたいのは山々だけど、仕事中なのよ。ルールはわかってるでしょ」

彼はばかにしたように笑った。「スローン、酒類規制法のことなんかだれも気にしちゃいないって」

それはどうだろうか。ワシントン州はアルコールの提供に関して厳しい法律を定めている。勤務中に酒を飲んではならないというのもそのひとつだった。

「まあ、少しでいいから座ってくれ」ブルーインは従業員のひとりを押して椅子から立ちあがらせた。

わたしは申し訳ないという顔でその従業員を見たが、彼は全然気にしていない様子だった。テーブルの真ん中に置かれたピッチャーを手に取り、おかわりを注ぎにカウンターに向かっている。わたしは思った。ギャレットも、このグループはそろそろ追い出したほうがいいかもしれない。

「座ってくれ」ブルーインは強い口調でまた言った。

抵抗しても無駄だったので、わたしはしかたなく、空いたばかりのスツールに腰を下ろした。

「気分はどう?」ブルーインのことが純粋に心配になった。エディはブルーインの店で長年働いていた。彼がどれほど落ち込んでいるかは、想像にかたくなかった。

「あまりよくはないよ」すでに赤みがかった彼の顔が余計に紅潮した。「エディは死んだ。信じられるか?」

わたしは彼の腕に手を置いた。その腕は熱いほどだった。「お気の毒に。彼はどれくらいあなたのところで働いてたの？」

「七年だ」ブルーインはそう言ったあと、首を振った。「長い、長い七年だ。喧嘩ばかりしてたけど、それはいつものことだった。一緒にいた時間の半分は彼を殺してやりたいと思ってたが、もう半分は抱きしめてやりたかった」

「どういうこと？」エディを殺してやりたいと言った彼のことばが引っかかったが、今は酔っぱらっているということもあり、大目に見ることにした。

「あいつといると気が変になりそうだったよ。いつも自分のやり方でやらないと気がすまないんだ。けど、経営者はこのおれだ。エディには何度も言ったんだ。自分流のやり方で仕事がしたいなら、自分の店を持てばいいって」

「彼はそのことを真剣に考えてた？」

「いや」ブルーインは手を振って否定した。「まーさか」間延びした話し方になっている。「金なんかありゃしなかったんだから。あいつは文無しだった。給料は充分払ってたが、いつもおれのところに金をせびりにきてたね。二週間に一度は給料を上げろと言ってきてたよ。何に使ってたのかは知らないが、ほんとにあいつはびた一文持ってなかったんだ。先週は短期でいいから貸してくれなんて言われた」

「それで、貸したの？」

ブルーインは痛そうなくらい激しく首を振った。「まさか！　おれは銀行じゃない。それはあいつにも言ったんだ。ほかのみんなと同じように、次の給料日まで待てばいい。はっきりそう言ってやったよ」

わたしはぼんやりと考えた。エディはお金に困っていた。どうしてだろう？〈ブルーインズ・ブルーイング〉はレブンワースを代表する老舗のパブのひとつだ。ブルーインがエディに充分な給料を支払っていなかったとは考えにくい。エディはそのお金で何をしていたのか？だれか別の人からお金を借りていた可能性は？お金というのはまちがいなく殺人の動機になる。もしかしたら、エディはほかのだれかからお金を借りていたのに、期日までに返済できなかったのかもしれない。ひょっとしてそれが、彼が殺された原因なのだろうか？

20

カウンターのほうをちらりと見ると、ギャレットが両手にグラスを抱えてビールを注いでいた。

「手伝いにいかないと」とわたしはブルーインに言った。

彼はわたしの腕を引っぱった。「まだ話は終わってないぞ、スローン」

ギャレットは、助けてほしいと目で訴えてきた。

「あとでもいい？　今、店が立て込んでるのよ」

ブルーインは手の力を緩め、わたしの視線をたどってカウンターを見た。

「おお、そうか。でも、今夜はもう少しおれと話をするまで帰らないでくれよ」

「わかった」わたしは席を立ち、ギャレットを手伝いに向かった。

「恐ろしい勢いでビールが売れてる」わたしにパイントグラスを渡しながら、ギャレットは言った。

「もうなくなりそう？」

「たぶん。パンクしたらすぐ樽を交換するつもりだ」

パンクするとはずいぶん大げさな言い方だが、実際は、樽の底に残ったビールがシューシュー音を立てて、泡となって注ぎ口から出ることを意味する。

「樽はあといくつ残ってるの？」

ギャレットは首を振った。「確認してみないとわからない。この調子でいけば、週末が終わる頃には全部なくなるんじゃないかな」

その可能性は高いとわたしも思った。彼はこの店で、一度に十バレルずつ生産するシステムを取っている。一バレルは三十一ガロン、樽にしてふたつの量だ。十バレルとなると、樽二十個分。通常、ひとつの樽から百二十四杯のビールが注げる。昨夜出たビールの量と今日の調子からすると、すでに少なくとも三つか四つの樽を消費しているはずだ。醸造中《じょうぞうちゅう》だったビールは、エディの死体が浮かんでいたため、すべて処分するはめになった。新たにビールをつくるには少なくとも二週間はかかる。そのときまで、どうにか残りの樽でつなげるよう工夫しなければならない。

ギャレットには何も言わなかったが、ひとつの解決策は、他店のビールを買い取って売ることだ。〈デア・ケラー〉や〈ブルーインズ・ブルーイング〉なら在庫がたくさんあるだろう。理想的な方法ではないが、いざとなったら、店を開けておくために一時的にでも他店のビールを仕入れればいい。

カウンター越しに客にビールを渡していると、ブルーインがテーブルの上にのぼろうとしている姿が目に入った。体重が重いのと、酔っぱらっているのとで、危なっかしいことに足を滑らせている。案の定、派手に転び、大きな衝撃音が店内に響いた。みんな動きを止め、何事かと彼のほうを向いている。

ブルーインは、自分の体からほこりをはたいて立ちあがった。左右に体を揺らしている様子は、ロシアのマトリョーシカを彷彿《ほうふつ》とさせる。「みんないいか。少し話を聞いてくれ。今夜ここに集まったのは、ひとりの優秀なビール職人――エディを偲《しの》ぶためだ」そう言って、彼はだれかに手渡されたパイントグラスを勢いよく持ちあげた。「エディに献杯」

「エディに」みんながいっせいに献杯した。そのあと、店内に沈黙が広がった。重々しい雰囲気だったが、これは必要な時間なのだとわたしは感じた。女性客がひとり、紙ナプキンで目元を拭っている。ブルーインの従業員もひとり、がっしりしたオーナーの体に腕を回していた。

沈黙がしばらく続いたのち、ブルーインはようやく咳払いをした。「もうけっこう。エディはおれたちに悲しんでほしくなんかないはずだ。みんな、あいつなら何を望んだかわかるか？　おれたちにどんどん飲めって言っただろう！　だから、おかわりをして飲みつづけようじゃないか！」

　そう言った本人が一番、その励ましは必要なさそうだったが、客はみんな拍手をし、もう一度エディの思い出に献杯したあと、また普通の会話に戻った。残念ながら、ブルーインにはもうすぐ店を出ていってもらわなければならない。彼の深い悲しみからすると、帰ってくれと言っても、すんなり受け入れられそうにはなかったが。

　ギャレットが醸造所から戻ってきた。「もう樽が四つも空《から》になってる。信じられるかい？」

「ブルーインのおかげね」わたしは、ギャレットの見ていないあいだに起きたことを彼に説明した。ブルーインのアルコール摂取量がもう限界に達しており、そのことをそろそろ本人に伝えるつもりだとつけ加える。

「ふたつくらい空になるんじゃないかとは思ってたけど、なんと、その倍とはね。すごいな」

「みんな、あなたのビールが好きなのよ」

「スローン、わかってるとは思うけど、今夜はみんなエディの通夜でここに集まってるんだ。ぼくのビールのためじゃない」

「確かに。けど、もしあなたのビールがまずかったら、こんなにたくさんは飲まないと思うわ」

　ギャレットはそれでも納得していない様子だった。ビールがなくなったら〈デア・ケラー〉に注文したらいいかもしれないと、わたしは提案しようとした。そのとき、顔を上げると、オットーとウルスラが店に入ってくるところだった。団結を示すかのように、手を握り合っている。ふたりとも黒の服に身を包み、陰鬱《いんうつ》な面持ちをしていた。

「ねえ、少しのあいだ、ここを任せてもいい？」とわたしはギャレットに訊いた。カウンターの行列も短くなっていた。メニューを見ている客は今のところひとりしかいない。「クラウス夫妻と少し話したいの」

「ああ、遠慮なく」

　わたしは、客のあいだを縫ってウルスラとオットーを出迎えた。ふたりはわたしに温かいハグを返し、両頬にキスしてくれた。

「スローン、マックのことは聞いたわよね？」とウルスラは言った。顔をしかめた彼女の額には、いつにも増してしわが目立っている。肩には波形模様の三角のショールを巻いていた。きっと自分で編んだものだろう。

「ええ、とんでもない話だわ」わたしはそう言って、アレックスが勉強をしているテーブルを指差した。「あっちに行きましょう」

　ふたりはわたしについてきた。アレックスのテーブルに着くと、彼はノート類を動かして、ウルスラが座る場所を空けた。「やあ、おばあちゃん《オーマ》、おじいちゃん《オーパ》」そう言って、ふたりを長々と抱きしめている。クラウス夫妻と息子の関係を見るといつも、わたしは誇らしい気持ちになると同時に深い安堵《あんど》に包まれる。息子には、しっかりした家族の土台を築いてあげられたわけだ。わたし自身が幼い頃からずっとほしかったもの。だれにも必要とされていないのがどういう気分かは、アレックスには味わわせずにすんでいる——ほんとうにありがたいことだった。

「何か飲み物か食べ物を持ってきましょうか？」クラウス夫妻が席につくと、わたしは訊いた。

「いいんだ、スローン。気をつかわないでくれ」オットーは笑みを浮かべたが、その表情はどこか無理をしているようだった。年老いてきたその目に、いつもの陽気さは感じられなかった。

「全然手間じゃないのよ。ギャレットのＩＰＡはどう？」

「ええ《ヤー》、スローン。それはいいわね」とウルスラは言った。ショールをきつく体に巻きつけている。

わたしはふたりのビールを注ぎに向かった。テーブルに戻ると、ウルスラのスマートフォンにアレックスがアプリをインストールしているところだった。「ほら、おばあちゃん《オーマ》、ここをクリックすれば、英語で単語が表示されるよ」

ウルスラは、わたしが差し出したビールを受け取り、老眼鏡を持ちあげてわたしと視線を合わせた。「賢い子ね。お母さんそっくり」

「何をしてるの？」わたしは、空いた椅子を持ってきて座った。

「ドイツ語を英語に翻訳してくれるアプリなんですって」

「でも、あなたの英語は完璧よ」とわたしはウルスラに言った。

「もう、そんな優しいことを言って」ウルスラはほほ笑んだ。「でもほんとに、助けがないと、英単語を思い出せないときがあるのよ」

驚きだった。ウルスラとオットーはレブンワースに住んでもう四十年近くになる。英語を使いこなすのに苦労していたとは一度も気づかなかった。

「マックとは話したの？」わたしは話題を変えた。

オットーはうなずいた。「ああ《ヤー》。保釈されたよ」

「ほんとに？　すばらしいニュースだわ」わたしはアレックスを見て、彼の手をぎゅっと握った。

「でも、だからといって自由の身というわけじゃないんだ。町から出るのは禁止だし、警察もまだ訊きたいことがたっぷりあるらしくてね」オットーの声は震えていた。

「マイヤーズ署長は正式に彼を殺人罪で起訴したの？」わたしは爪を噛《か》んだ。

ウルスラは、年齢を感じさせる手でグラスを包んだ。「たぶん、そういうことなんじゃないかしら。でも、詳しいことはよくわからなくて」

「それで、これからどうするの？」

「マックは今、弁護士と会ってるよ」とオットーは言った。しわの寄った指でパイントグラスの縁をなぞっている。

「喜んでいいのよね？」

「ええ《ヤー》。でも、警察には、どこにも行っちゃだめだって言われてるし、今はつねに連絡が取れる状態にしていないといけなくて」ウルスラはため息をついた。「信じられないわ。そんなにひどいことをするような人間だとマックが思われてるなんて」

「ほんとはちがうのにね」わたしはウルスラの手に自分の手を重ねた。「そのことはわたししたちみんながわかってる。それに、彼の無実を証明する方法がひとつあるような気がするの」

「えっ？」オットーは目を見開いた。

アレックスのまえで〝尻軽ウェイトレス〟の話はしたくなかった。わたしたち夫婦の仲が急激に悪化しているとはいえ、息子が父親と健全な関係を保てるようにだけはしてやらなければ。

「きっと証人が名乗り出てくれると思う」

「すばらしいニュースね、スローン」ウルスラは手を胸に当てた。「よかった」

「ええ。今夜店を閉めたら、マックに会いにいこうと思ってるの」

「ありがとう」オットーの目には思いやりがこもっていた。「おまえにとってそうするのはつらいはずなのに」

「大丈夫よ」わたしは彼にうなずきかけて立ちあがった。「それじゃあ、そろそろ仕事に戻らないと」

「おいしいビールだわ、スローン。目いっぱい味わってるってギャレットに伝えて」とウルスラは言った。

「彼も喜ぶと思う」わたしは一瞬考えたのち、思い切って尋ねた。「ねえ、ふたりとも、新しいホップ生産者のヴァンには会った？」

「ヴァン？」オットーは疑わしげに目を細めた。「だれのことだろう？　その名前は聞いたことがないが」

「この町に新しく来たばかりなの。マックと仕事をしてるとか言ってたんだけど」

オットーはしばらく考えてから言った。「いや、新しい生産者のことは知らないな」

わたしは肩をすくめた。「ギャレットがね、そのヴァンと五年縛りの契約を結ぶかどうかで悩んでて、少し訊きたいことがあるみたいなの。〈デア・ケラー〉が取引してる業者について彼に少し話をしてあげてくれない？　もしよかったら、契約書もざっと見てくれると助かるわ」シアトルに同業者がいるとギャレットは言っていたが、この業界のことならクラウス家に訊くのが一番だ。おそらく契約書にはまだサインしていないだろう。今のところ、ヴァンが戻ってきた姿は確認していないから。もっとも、わたしは今日の午後、ほぼずっと厨房にいたのだった。

「もちろんよ、スローン」とウルスラは言った。「喜んで力になるわ」

「ありがとう」わたしは席を立ち、ウルスラとオットーの頬にキスをした。アレックスのほうを向いて言う。「まだしばらくここにいる？」

「わたしたちが送っていくよ。心配しなくていい」とオットーは言って、アレックスの肩に手を置いた。

「ほんと？」

「スローン、娘のためだよ」オットーはわたしにウィンクをした。

彼らに礼を言って歩き去りながら、わたしは込みあげる感情をぐっと飲み込んだ。マックと結婚してからずっと、オットーはわたしのことを娘と呼んでくれている。

マックはわたしを裏切ることで結婚生活をぶち壊しにしただけでなく、わたしから唯一の家族をも取りあげようとしているのだ。オットーとウルスラがいなくなったら、この先どうしたらいいのだろう？　ふたりを失うことを思うと、マックのことが余計に憎くなった。

21

二時間後に店を閉める頃には、パブにあるパイントグラスを全部使い切っていた。グラスを入れた箱を厨房に運び、食器洗い機を回した。ギャレットはテーブルとカウンターを拭いていた。今日出したクラッカーとチーズは、かけらまでひとつ残らずすべてなくなっていた。大量に買い込んでおいて正解だった。

「大変だったけど、みんなが求めてたものはこれだったのね」最後のパイントグラスを持ってきたギャレットに、わたしは言った。

「そうだな。でも、うちも従業員を雇わないといけないかな？」

「そんな余裕あるの？」

「あまりない。けど、きみはどうだか知らないが、ぼくのほうはもうくたくただよ」

わたしは首の付け根をさすった。この二日間で、筋肉と神経が悲鳴をあげていた。「忙しかったのはまちがいないけど、何も急いで従業員を雇う必要はないと思う。昨日と今日は特別だもの。今回みたいに二日連続で店がにぎわうことは、レブンワースではあまりないことよ。開店直後は忙しくなるって予想してたし、もちろん今夜はエディが目当てでみんな来てくれたわけだけど、徐々に客足も減っていくんじゃないかしら」

「そうかな?」

「大丈夫。レブンワースはそんなに大きい町じゃないから。オクトーバーフェストで観光客がどっと押し寄せるようになれば、ちゃんと計画を練ってアルバイトなりなんなり雇わなくちゃならなくなるだろうけど、今に落ち着くわ」

「きみに言われたことは今まで何ひとつまちがってなかったからね」ギャレットはタオルで手を拭いた。「そういうことなら、ぼくはそろそろビールの醸造《じょうぞう》に取りかかろうかな」

「今から?」わたしは厨房のカッコウ時計を見た。もう十時を過ぎている。

「ああ。会社で働いてた頃は、深夜に醸造クラブを開いてたんだ」

「確かに、真夜中にビールをつくる人がいるのは知ってるけど」マックもギャレットと同じく、午頃《ひる》まで寝て、それからゆっくり起き出し、明け方近くまでビールを醸造するほうが好きなタイプだった。

「ぼくは朝型人間じゃない。太陽が沈んでからエンジンがかかるタイプでね。醸造は夜にするのが一番なんだ」ギャレットは髪をかきあげ、背中をうしろに反《そ》らした。意外にも筋肉質な胸をしていることには嫌でも気づかされた。

「へえ」わたしは顔を背《そむ》けた。心の中で自分につぶやく。〝何をじろじろ見てるのよ?〟「そうだ、醸造クラブの話で思い出したけど、ヴァンの契約書について、お友達に相談してみた?」

ギャレットはタオルをシンクに放り投げた。「いや、そういえばまだだった。思い出させてくれてありがとう。ヴァンがまだ戻ってきてなくてよかったよ。早速電話してみようかな。たぶん今頃、あっちで仲間もビールをつくってると思う——きみも残って一緒にやるかい？」

その提案について、わたしはしばし考えた。一刻も早くビールを醸造する作業に取りかかりたいのは山々だが、今はマックと向き合わなくてはならない。「ありがとう。でも、また今度にするわ」

「それじゃあ、また明日」

「明日は何時に来ればいい？」

ギャレットは肩をすくめた。「何時でも。ぼくは十時か十一時まで寝てると思うけど、きみは勝手に入ってくれていいよ」

「了解」わたしは上着とバッグを取り、ドアに向かった。外の空気はひんやりしていて、秋のにおいがした。ゆっくり息を吸い込み、体から夜の忙しさを振り払う。マックが〈ラインレンダー〉に泊まっているのはアレックスから聞いて知っていた。広場から通りを渡った場所にあるホテルだ。どうして自分がホテルの部屋に閉じ込められなければいけないのかと、マックはハンスに愚痴をこぼしていたらしい。けれども、ハンスはわたしと同じく、彼にはまったく同情していなかった。兄にはそのとき、我慢しろと言ったそうだ。

〈ラインレンダー〉はドイツ風の建築が見事で、アルプスのホテルのような佇《たたず》まいだった。錬《れん》鉄《てつ》製のバルコニーがついており、真っ白な漆喰《しっくい》の壁には黒っぽい木材があしらわれている。広場を突っ切り、休憩所の横を通って階段をのぼった。ホテルには、アンティーク風のほのかな明かりが灯り、入口に並べられた鉢植えの周りに電飾がついていた。フロントには寄らず、そのままエレベーターへ行き、五階のボタンを力強く押した。自宅から追い出したとき、マックは最上階のスイートルームを借りていた。

〝大丈夫よ、スローン〟。エレベーターが音を立ててマックの泊まっている階で止まると、わたしは心の中で自分を励ました。〝アレックスのことを考えるの〟。

息子の父親が刑務所に行くことを思うと、まえに進んでドアをノックする勇気が出た。

彼が出てくるのを待っているあいだ、緊張で手がぴりぴりした。どうしてわたしなのだろう？　マックが今困った状況に置かれているのは自分のせいなのに、わたしがその尻拭いをしなければならないとは。まったく。フェアじゃない。うしろを向いて帰ろうとしたそのとき、ドアがわずかに開き、〝尻軽ウェイトレス〟が顔を出した。ふわふわのバスローブ以外何も身につけていない。そんな彼女は、わたしの姿を目にし、息をのんだ。

お決まりの展開だ。〝落ち着いて、スローン〟。わたしはそう自分に言い聞かせ、太ももに爪を食い込ませて平静さを装《よそお》った。「マックはどこ？」

バスローブと同じくらい彼女の顔が白くなった。「あー、ええと……」両手をまえのポケットに突っ込み、振り返って呼びかけている。「マック、その……」

〝なんとまあ、はきはきしたしゃべり方だこと〟。彼女がもじもじするのを見ながらそう思った。普段わたしは意地悪なタイプではないが、〝尻軽ウェイトレス〟はものの見事にわたしの嫌な面を引き出してくれる。

「だれだ?」マックの声が聞こえた。「ルームサービスか? 中に入ってもらってくれ」

ヘイリーは今にも吐きそうな顔をしていた。「ええと、マック、こっちに来てほしいんだけど」

わたしは、情けない顔をした彼女を見るのを楽しんでいる自分に嫌悪感を抱いたが、それと同時に、向こうの態度の変化にも驚いていた。食料品店で会ったときは、あんなに偉そうな態度を取っていたのに。それが今は、わたしを怖がっているかのようにふるまっている。

「その、ええと、中に入りたい?」〝尻軽ウェイトレス〟はもごもご言ってドアを開き、わたしたちは中へ入った。

「つけにしておいてくれ」とマックは叫んだ。

日に焼けたヘイリーの顔に一瞬、苛立《いらだ》ちが表れた。「マック、こっちに来て!」

もう少しで彼女のことを気の毒に思いそうになったが、そのとき、若々しい肌が目に入った。そのとたん、実感させられた。わたしよりアレックスのほうがこの娘と歳が近いのだ。ああ、マックはなんてばかなことをしたのだろう。

マックはむっとしながら、広いスイートのリビングルームに入ってきた。「どうした?」わたしと目が合った瞬間、その場で足を止めて凍りついた。「スローン、こんなところで何をしてるんだ?」彼はわたしのほうへゆっくり歩み寄り、頬にキスしようとした。わたしはぎりぎりのところで頭を傾けてよけた。ヘイリーのうらやましそうな顔がちらりと目に入った。

マックはしばらくどうしていいかわからない様子だった。〝尻軽ウェイトレス〟とわたしを交互に見ている。「ちょっと時間をくれないか」と彼はヘイリーに言って、寝室のほうをあごでしゃくった。

彼女はそそくさと去り、力任せにドアを閉めた。わたしが帰ったら、マックはご機嫌取りに苦労するだろう。

「ベイビー、きみが思ってるのとはちがうんだ」マックは革のソファに腰かけ、自分の横を手で叩いた。

「どうかしら?」わたしは彼から一番遠い席に腰を下ろした。あいだにちゃんとガラステーブルを挟んだ席に。

「ちがうんだ、ほんとに。彼女は気が動転してここに来た。それだけなんだ。誓うよ」

「まあ、どうでもいいけど」わたしは腕組みをした。

「ベイビー、スローン、信じてくれ。終わったことなんだよ。彼女はエディの件で動揺してて、おれはそんな彼女を慰めてただけだ――ほんとにそれだけだって」

「なるほど。服を脱がせて慰めてたわけね?」

「なんだって? ちがう! ちがうよ、そういう意味じゃない。さっきも言ったとおり、彼女はエディのことで動揺してるんだ。一向に泣き止まないものだから、おれもどうしたらいいかわからなくて。とりあえず風呂にでも入れって勧めたんだ。きみもそういうとき風呂に入るのが好きだっただろ。気持ちが落ち着くかと思ったんだ。ベイビー、誓って言うよ。彼女には指一本触れてない」

「わたしが何を好きとか嫌いとか勝手に言わないで。それから、ベイビーベイビー言うのもやめて！　一緒にいたときもずっとうんざりしてたけど、今ではそう言われると虫唾《むしず》が走るわ」

「ごめん、スローン。でも、信じてくれよ」

「こう言うとショックかもしれないけど、今はあなたの口から出ることばはほとんど信じられない」

彼はうなだれた。「そうだよな。ごめん」

「ねえ、ここには喧嘩をしにきたわけじゃないの。エディが殺された事件について話しにきたのよ」

「というと？」

「あなたのこと」わたしは背筋を伸ばし、胸を張った。「マック、あなたは今、すごく困った立場に置かれてるでしょ。わたしを守るためにうそをついてるのはわかってるの」

彼はなんとも言わなかった。高価なアーガイル柄の靴下を黙って見ている。

「エディが殺されたとき、実際はあの女と一緒にいたのよね。ギャレットが教えてくれたわ。どうしてほんとうのことをマイヤーズ署長に言わなかったのよ。みんな心配してるわ――ご両親もハンスもアレックスも。彼女と一緒にいたのに、うそなんかついちゃだめ。これは殺人事件の捜査なんだから、マック」

彼はほとんど聞き取れない声でつぶやいた。「わかってる」

「それなら、署長に話して。わたしのためじゃなくても、アレックスのために。あなたは自分がやりもしていないことのために刑務所に行くはめになるかもしれないのよ」

「わかってる」

こんなに落ち込んだマックを見るのは初めてだった。

「変な話、彼女との情事を秘密にしようとしてくれてるのはありがたい気もする。でも、今回のはさすがにいきすぎだわ。冗談じゃすまされないのよ」

「わかってる」

「それしか言うことはないの?」

彼は口を開こうとしたが、そのとき、ヘイリーが寝室のドアを開けた。バスローブから普通の服に着替えており、怒りの表情を浮かべている。「帰るわ」と彼女は言って、早足でドアに向かった。マックは立ちあがって追いかけるかと思ったが、じっと座ったまま動かず、彼女を部屋から出ていかせた。

ヘイリーがドアを乱暴に閉めると、わたしはマックの顔をじっと見た。「マック、いったいどうなってるの? 全然普段のあなたらしくないじゃない」

彼は指の関節を鳴らした。「そうだよな。今回のことでしくじってしまって、おれ自身、どうしたらいいのかわからないんだ」

「何が問題なのよ? マイヤーズ署長のところに行って、ゆうべはガールフレンドと一緒だったって言えばいいだけじゃない。それで終わりでしょ」

「ちがう。終わりじゃない。それに、ヘイリーはガールフレンドじゃないよ。おれは一度ばかなまちがいを犯した。でも、一度だけだよ、スローン。おれは大ばか者だ。自分でも何を考えてたのかわからない。きみが信じてくれないのもわかってるし、それもしかたがないとは思うけど、彼女はおれにとってなんでもないんだ」

「けど、わたしを守るためにうそをつかなくてもいいじゃない、マック」

彼はため息をついた。「それだけが理由じゃないんだ」

「どういうこと？」

「ゆうべはヘイリーと一緒だった。〈ニトロ〉で騒ぎを起こしたあと、帰って〈デア・ケラー〉に彼女を連れていったんだ。ビールでも飲んで、理性ある大人として話ができればと思って」

「何が〝大人として〟よ？」わたしは怒りを抑えきれなかった。

「そのとおりだ。おれもあとでわかった。彼女は大人になりきれてない女性だった」

「だってまだ子供だから」

「彼女は子供じゃないよ、スローン。もう二十三歳だ」

「そう言えば、わたしの気持ちが楽になるとでも思ってるの？　自分の娘と言ってもおかしくない歳なのに」

「わかってる」彼は立ちあがり、そわそわと部屋の中を歩きはじめた。「それは認めるよ。おれもどうかしてたんだ。彼女に誘われたとき、はっきり断ればよかった。取り返しのつかないことをしてしまった。きみにわかってもらえるなら、なんだってするよ。きみを取り戻せるなら」

「犯してもない罪で警察に捕まったり？」

「いや」彼はガラステーブルの上にあるフルーツの置物が入ったかごからリンゴの置物を手に取り、宙に放り投げた。「一杯飲めば、彼女も落ち着くと思ったんだ。けど、落ち着くどころか、エディへの怒りが膨れあがってて、〈ニトロ〉へ戻ると言って聞かなくなった。あそこに忘れ物をしたと言ってたよ。戻ってみると、もうみんな帰ったあとだった。きみの新しい上司がビール容器《グラウラー》にビールを入れてくれた。ゆうべは彼女に、あのときのことはまちがいで、おれのことはもう放っておいてくれと言うつもりだったんだ。でも、彼女はしつこくて。おれが彼女とつきあうことに興味がないってことは、まったく理解してもらえてないみたいだった」

「ふうん。でも、どうしてその話を全部マイヤーズ署長に伝えないのか、まださっぱりわからないんだけど」

「ヘイリーのことが心配なんだ」

「どうして？」

「ここに帰ってきて、おれたちに未来はないと伝えたら、彼女は泣き崩れた。ここには長くいなかった。たばこを吸いたくなったって外に出ていって」

わたしはマックの話についていこうと必死に頭を働かせた。

「エディの死にヘイリーがかかわってると思うって言いたいの？」

マックはリンゴの置物をもう一度宙に放り投げて顔をしかめた。「どうやったら彼女にそんなことができるのかはわからない。けど、エディのことは確かに憎んでたから」

「そうなの？」

彼はうなずいた。「ふたりは先月別れたんだ」

「彼女とエディはつきあってたの？」

「一年ほどね。最後は別れ話がこじれたんだと思う」

マックの言っていることが信じられなかった。ヘイリーとエディは最近までつきあっていて、彼女は彼を憎んでいた。そして、エディが殺されたのと同じ時間帯に出ていった。もしかしたらあの女はただの〝尻軽ウェイトレス〟ではないのかもしれない。殺人犯なのかも。

22

「マック、選択の余地はないわ。その話をマイヤーズ署長に伝えなくちゃ」

彼はかごにリンゴの置物を戻した。「ヘイリーの印象が悪くなる」

「あなたの印象こそとっくに悪くなってるでしょうが」わたしはこらえきれずに叫んだ。この男はときどき、ほんとうに頭にくる。「ヘイリーだって自分のことは自分でどうにかするわよ。もう大人じゃない。だけど、あなたには考えなくちゃいけない息子がいるのよ、マック・クラウス」

「わかってる」

「ほんと？　ことの重大さを全然わかってないみたいに見えるけど。マック、あなたのご両親は保釈金を払って留置所から出してくれたの——留置所から！」

「スローン、落ち着いてくれ。マイヤーズ署長には話すよ。何も問題ないから」

問題大ありじゃない、とわたしは叫びたかったが、マックと喧嘩をしても、余計に気分が悪くなるだけだ。「じゃあ、明日の朝一番に署長に話すって約束して」そう言って、わたしは立ちあがった。

「ああ。さっきも言ったとおり、何も心配は要らない」

うそはマックの得意技だ。今も、目を合わさないようにしていることから、彼が百パーセント真実を話しているわけではないとわかる。「明日の朝一番だからね」わたしはドアに手を置いてしつこく言った。「マイヤーズ署長に話すのよ」

　そのままマックの返事を待たずに出ていった。彼はあの女をかばっている。信じられなかった。どうしたらあそこまでばかになれるのだろう？　わたしはエレベーターまで移動し、力任せにボタンを押してロビーに向かった。つくづく思った。ありえない。彼が自分で蒔《ま》いた種なのに、わたしが成熟した大人の役割を果たして尻拭いをしなければならないなんて。

　エレベーターから出ると、あるものがわたしの目を引いた。鉢植えのうしろに巧妙に隠された防犯カメラだ。ホテルなら当然、ロビーとそれぞれの階に何個所か防犯カメラを設置しているだろう。防犯カメラの映像があれば、マックがゆうべホテルに帰ってきた時間とヘイリーが出ていった時間を特定できるかもしれない。マイヤーズ署長は防犯カメラ映像の提供をもうだれかに頼んだのだろうか。マックともう一度直接話をしなければならないと思うと気が滅入ったので、わたしは、暖炉のまえに置かれた座り心地のよさそうなビロードの椅子に座り、防犯カメラについて本人にメールを送った。もしかしたらマックもひと晩ゆっくり休めば、正気に返って、朝にはマイヤーズ署長にちゃんと伝えてくれるかもしれない。

そのあと、アレックスにもメールして、今から家に帰ると伝えた。何か要るものはないかと尋ねた。わたしたちの家は郊外にあるので、食料品店での買い物や郵便局での用事は一度ですますようにしている。息子からはすぐに返信がきた。何も要らないから〝さっさと帰ってきてよ！〟と言っている。

わたしは顔をほころばせながら外に出た。マックはいっときの浮気――なんであれ、あの小娘とのあいだで起きたこと――に罪悪感を抱いているかもしれないが、それに同情の余地はない。わたしの務めはアレックスを守ることだ。マックがきちんとマイヤーズ署長と話をするよう仕向けなければならない。アレックスは今思春期の真っただ中にいる。そんな彼には、この十代の成長期を導いてくれる父親の存在が必要なのだ。

ここから四ブロック先のコマーシャル・ストリートに車を停めていたので、わたしは来た道を戻った。町はゴーストタウンのようだった。店やレストランは閉まり、暗闇にひっそりと佇《たたず》んでいる。乾燥した木の葉がうしろで風に吹かれて揺れる音がし、腕が粟立った。

〝ただの葉っぱじゃない、スローン〟。そう自分に言い聞かせ、歩調を速めた。エディが殺されたせいなのかはわからないが、奇妙な違和感に襲われていた。だれかに見られているような、つけられているような気がする。足を止めてうしろを振り返った。一瞬、煙のにおいがしたように思った。きっとだれかがたき火でもしているのだろう。夜になり、また肌寒くなっていたから。

通りは暗く、動きがなかった。店が並んだ先に一軒のレストラン――〈オルガン・グラインダー〉があり、明かりがついていた。ほかの店が閉まったあとでもそこだけはいつも開いている。主に、ほとんどの住民がベッドに向かうまで自分たちの夜が始まらないバーテンダーや飲食店の接客係に食事や飲み物を出すためだ。わたしは安堵《あんど》のため息をもらした。だれにもつけられてはいない。仮につけられていたとしても、ここから走れば、簡単に〈オルガン・グラインダー〉にたどりつける。長い脚が役に立つのはこういうときだ。

そのまま歩きつづけたが、少ししか進まないうちに腕の産毛《うぶげ》が逆立った。こっちに近づいてくる足音がする。わたしはぴたりと足を止めた。ぱっと振り返って広場を見まわす。

「だれ？」声に余裕を持たせて問いかけた。

返事はなかった。

「こっちは催涙スプレーを持ってるのよ。使うのはためらわないから」それはほんとうだった。マックが以前、催涙スプレーを買って、バッグに入れておくようしつこく言ってきたのだ。そのときはわたしもばかばかしいと思っていた。レブンワースでなぜ催涙スプレーが必要？　彼に言わせれば、酔っぱらいの大学生や、たまたま町を通りかかった浮浪者に絡まれるかもしれないからということだった。わたしはそうは思わなかったけれど。こんな片田舎で危険なことや凶悪事件はめったに起きない。だが、そのときは彼と言い争うのも嫌だったので、バッグの底に催涙スプレーを入れておいたのだが、そのことを今の今まですっかり忘れていた。

できるだけ冷静さを失わないようにしながら、わたしは、バッグの中に手を入れて催涙スプレーを探した。小さな筒状の物体に指が触れた瞬間、バッグからそれを引っぱり出した。

休憩所のあたりで何かがかさこそと音を立てた。片手で催涙スプレーを構え、もう一度言う。

「遠慮なく使うからね」

とはいえ、使い方を知らなかった。実際に使う機会が訪れるとは思わなかったため、わざわざ説明書を読んでいなかったのだ。

しばらく耳を澄まして待った。

風が木の葉をそよがせ、オークの木の枝を揺らしていた。わたしときたら、いったいどうしたのだろう? 〝なんでだれかがわたしをつけるのよ? ただの風じゃない、スローン〟。心の中で自分を叱り、車へ急いだ。催涙スプレーを握りしめたまま、運転席のドアの鍵を開ける。安全な車内に入るや、すぐにまたロックした。

普段はわたしも冷静なほうだと自負している。こんなふうに自分が無防備だと感じたりぴりぴりしたりするのは好きではなかった。アレックスの言うとおりかもしれない。家に帰ったらゆっくりしよう。今日というめちゃくちゃな日のことは忘れて、必要な睡眠をたっぷりとるのだ。

車を発進させ、フロント・ストリートに出た。〝落ち着きなさい、スローン。大丈夫だから〟。

町の中心部から出た頃、バックミラーにヘッドライトがひとつ見えた。最初は、片目の自動車かと思ったが、徐々に、背後からオートバイのエンジン音が聞こえてきた。そのときは深く考えなかったが、幹線道路に入ったところで、オートバイが急に横に現れ、わたしの車の窓に近づいてきた。

どきっとした。オートバイの運転手は、黒革のジャケットに黒革のパンツを穿《は》き、顔全体を覆うオートバイ用の黒いヘルメットをかぶっていた。わたしはハンドルを握る手に力を込め、スピードを緩めた。

オートバイはわたしを追い越さなかった。そうするかわりに、私と同じ速度にまでペースを落とした。

ハンドルをしっかり握ったまま、わたしは横を見て運転手と向き合った。ひょっとして何かあったのだろうか？　こっちの車のブレーキライトが壊れているとか？　それで、わたしに気づいてもらおうとしている？

運転手はわたしを指差したあと、自分の首を切るしぐさをした。

いったいなんなの？

鼓動が激しくなった。

車を停めるか、スピードをさらに落とすか考えたが、次の行動を取るまえに、オートバイは加速し、そのまま去っていった。

町を歩いているときに聞いたのも、やっぱり風の音ではなかったのかもしれない。きっとだれかにつけられていたのだ。オートバイの運転手が広場から車までわたしをつけてきたのだろうか？　喉を掻き切るしぐさの意味はいったい何？

だれかに警告を受けたのだという思いをどうしても拭いきれなかった。でも、なぜ？　わたしに何を警告する必要があるのだろう？

23

家に着くと、アレックスが心配顔でわたしを見た。「母さん、大丈夫？　なんかいつもとちがうけど」

「ほんと？」わたしは自分のジーンズを見下ろした。

「三つ編みなんて、長くつ下のピッピみたいになってるし、おばけでも見たっていうような顔をしてる」

この子はどうしてこんなに鋭いのだろう？　わたしの心などお見通しだ。「大丈夫よ。ちょっと疲れてるだけ」わたしは靴を脱ぎ捨て、髪を整えた。「何か食べた？」

「スープを飲んだよ。母さんの分も取ってある」

「さすが」わたしはそう言って、ふたりでキッチンに行き、電子レンジでチキンコーンチャウダーを温めた。

スープをつくるときはいつも、レシピの分量を二倍にして、半分を冷凍しておくようにしている。そうすれば、手っ取り早く食事をすませたいとき、冷凍庫からスープを出したら、ものの数分で夕食を準備できるからだ。電子レンジから取り出したコーンチャウダーは、とろりとして湯気を立てており、おいしそうなにおいがした。そこへ、挽《ひ》いたばかりのコショウを多めに振りかける。コーンチャウダーはまず、ベーコンの脂でタマネギとセロリとニンニク、ニンジン、ジャガイモを炒める。そこに、自家製の鶏のダシと裂いた鶏肉、冷凍のコーンを入れる。ジャガイモが柔らかくなるまで弱火で一時間ほど煮てから、食べる直前にミキサーでコーンをピューレ状にし、ヘビークリームと一緒に鍋に加える。最後に、ベーコンとアイリッシュチェダーチーズを加えてできあがり。アレックスもお気に入りの、ほっとできる一杯だ。

アレックスは、自分用にチョコレートミルクを注ぎ、ピーナッツバタープレッツェルの袋を開けた。スツールを引いて、スープを食べているわたしの横に座る。「父さんとは話した？」

わたしは息を吹きかけてスープを冷まし、滋味深いスープを一口食べた。

「帰るまえに会ってきたわ」アレックスにそう言って、もう一口コーンチャウダーを口に運んだ。

「どんな様子だった？」

「元気だった。心配要らないわ。マイヤーズ署長が明日にでも起訴を取りさげてくれると思う」

「それっていいニュースだよね？」アレックスはぱりぱりしたプレッツェルを手いっぱいにつかんで口に入れた。この若者は一日じゅう食べていても、まったく脂肪がつかないらしい。

「ええ。でも、ほんとに困っちゃうわよね。あなたのためにも、できるだけ普通の生活を送れるようにしたいとは思ってるんだけど」わたしは涙をこらえた。「ところで、宿題の進み具合はどう？」

「母さん、そのせりふはもう聞き飽きたよ。耳にたこができるほどね。ぼくはもう子供じゃない。自分のことは自分でできるから」

わたしは手を伸ばして息子の髪をくしゃくしゃにした。「子供じゃないのはわかってるけど、息子の心配くらいまださせてよ」

アレックスはチョコレートミルクを勢いよく飲んだ。「もう、どこまでも〝母さん〟なんだから」

「それは否定できない」わたしは残りのスープをがつがつ食べた。こんなにおなかが空いていたとは自分でも驚きだ。

「あっ、Xboxが呼んでる」と言って、アレックスはシンクにグラスを置いた。「また明日の朝ね、母さん」

軽やかな足取りで廊下を進む息子を見ていると、マックへの苛立《いらだ》ちがさらに込みあげてきた。あんな小娘のために一家の安定を危険にさらすとは何を考えているのだろう？　二十歳そこそこの肉体を持っているという以外にあの女の何を知っているというのか？　一方、事件のことがまた気になった。仮に彼女がエディとつきあっていて、別れ話がこじれたのだとしたら、それが原因で彼を殺した可能性はあるだろうか？　とはいえ、どうやって？　エディは特別体格がいいわけではないが、それでも七十キロから八十キロくらいはあったにちがいない。ヘイリーはそんな彼の体をどうやって持ちあげたのだろう？

それとも、エディが最初からタンクの足場にいたとしたら？　ヘイリーはその機会を利用して、彼の頭を殴りつけたのかもしれない。発酵槽《はっこうそう》の蓋は腰の高さにあるから、もしヘイリーが棒か何かでエディの後頭部を殴ったのだとしたら、エディはそのまま中に落ちた可能性もある。

それだと納得がいく。問題は、ギャレットの発酵槽でエディが何をしていたかだ。ギャレットのビールに異物を入れて商品をだめにしようとしていたとか？

浴室へ向かうわたしの頭の中を数々の疑問が渦巻いていた。今必要なのは、熱いお風呂にゆっくり浸かって、何もかも忘れることだ。バスタブに熱いお湯を溜めてラベンダーとローズマリーのシーソルトを入れ、窓台に並んだ香り付きのろうそくに火をつけた。窓を少し開け、泡立つお湯の中に身を沈める。窓を開けたまま入浴するという贅沢《ぜいたく》が味わえるのも田舎に住んでいるおかげだ。お湯に浸かりながら、外から吹き込むさわやかな風を感じるのがわたしは好きだった。

ハーブの香りがする蒸気を吸い込み、今日一日の疲れと緊張が体から抜けていくに任せた。いつの間にかうたた寝をしていたらしい。はっと目を覚ますと、冷たい風が一本のろうそくを吹き消していた。〝そろそろ上がる時間よ、スローン〟。そう胸の内でつぶやき、バスタブのお湯を抜いてタオルで体を拭いた。自分のベッドに行くまえに、アレックスの様子を確認した――古い習慣はなかなか抜けないものだ。今日一日いろいろあったせいで彼も疲れていたらしい。Xboxのコントローラーを脇に挟んだまま、ゲームもつけっぱなしで、ソファで眠り込んでいた。わたしはテレビを消し、コントローラーをコーヒーテーブルに置いたあと、フリースの毛布を息子の体にかけた。そのあと、こらえきれず、息子の額にそっとキスをした。

マックを追い出してからというものあまり眠れていなかったが、今日は長い一日だったので、すんなり眠りにつけた。枕に頭を置いたら、もう夢の中だった。翌朝、アレックスがキッチンを歩きまわる音で、わたしは目を覚ました。柔らかい綿のバスローブを身につけ、廊下を歩いてキッチンに行くと、アレックスが卵を調理し、トーストを焼いているところだった。

「おはよう、母さん」彼は大きな笑みを浮かべた。

「だれかさんが早起きして、何やら張り切ってるみたいね。今何時?」

アレックスはプロ並の手さばきでスクランブルエッグをつくっていた。「そんなに早くないよ。母さんが寝坊したんだ」

わたしはコーヒーポットの時計をちらりと見た。もう七時半を過ぎている。「あら、ほんとだ!」

「いいことじゃん、母さん」アレックスは皿に手を伸ばし、スクランブルエッグをのせてわたしに手渡した。「ちゃんと食べないとだめだからね。食べる気がなくても、朝食はとってもらうよ」

「大丈夫、今日は食べたい気分だから。だって、見た目もにおいもすごくおいしそうなんだもの。ありがとう」わたしは皿を受け取って、息子の頭のてっぺんにキスをした。「ゆうべはよく眠れた?」

「うん。今朝、父さんからメールがあったよ」

「もう?」七時半に起きるのは、わたしにしてみれば朝寝坊かもしれないが、マックには考えられないほどの早起きだった。彼は、太陽が高く昇ってから一日をスタートさせるほうが好きだ。いかにもビール職人らしい。一般的に、パブが開くのは午後に入ってからなので、夜遅くに仕事をする傾向がビール職人にはある。

「警察署長と朝早くから会う予定らしいよ。それで、学校まで送っていこうかって訊かれた」

ああ、よかった。今回だけはマックも耳を傾けて、わたしのアドバイスを聞いてくれたわけだ。

「なんて返したの?」わたしは息子に尋ねた。

「そうしてくれると助かるって。だって、母さんはもっと遅くまで起きてこないと思ったから」

「優しいのね。これ、すごくおいしい」わたしはスクランブルエッグを指差した。アレックスは生まれながらの料理人だ。その素質がDNAに組み込まれているうえに、ウルスラからたびたび料理のレッスンを受けている。彼がつくったスクランブルエッグはスパイシーなイタリアン・ソーセージと赤ピーマン入りで、ふんわりしていて軽かった。

トースターがチンと鳴った。これも、マックがどうしてもキッチンに置きたいと言って聞かなかった贅沢品だ。本人は一度も使ったことがないけれど。光沢のあるクリーム色の塗料が塗られた、ちょっとした小型飛行機よりボタンやダイヤルが多いこの最高級のトースターは、こんがりしたトーストはもちろんのこと、ピザまで難なく焼ける。

「少し食べる？」アレックスはトーストを二枚取り出しながらわたしに訊き、レモンカードをたっぷり塗りはじめた。

「ううん、スクランブルエッグだけにしておく」わたしはわかりやすいように、フォークで卵を突き刺してもう一口食べた。「おいしい。お父さんはいつ迎えにくるの？」

アレックスは携帯電話を見た。「あっ、もうすぐだ。そろそろ準備しないと」そう言ってトーストを半分に折った。レモンカードが横からあふれている。彼は自分の手を舐め、トーストを一口で平らげた。スクランブルエッグをかき込み、オレンジジュースを一気に二杯飲む。

「お弁当は要る？」わたしは皿をシンクに置こうと立ちあがった。

「いや。今日は木曜日だから、数学のクラスでピザパーティーがあるんだ」

アレックスにとっては、学校のピザパーティーなど〝今日はラッキーな日〟程度の感覚だろう。だが、里親のもとで育ったわたしとしては、子供の頃は学校のパーティーくらいしかパーティーに参加した経験がなかった。誕生日パーティーを初めて開いたのは十三歳のときだ。当時一緒に暮らしていた里親の家族にはほかに八人の子供がいたのだが、そのときの母は、必ず全員の誕生日に家族で食事をし、誕生日ケーキで祝うようにしていた。どんなケーキが食べたいかとまで訊いてくれた。彼女の優しさに驚くあまり、わたしはなんとも答えられなかった。あの日の食事のことは一生忘れない。特別豪勢だったわけではないし、正直なところ、母の料理の腕前もそれほどよくはなかったが、その誕生日に食べたものは今まで口にした食事で一番おいしかった。テーブルには、大量のナチョチーズと缶詰の豆を添えたタコスが並び、マシュマロクリームをトッピングしたイチゴジャム入りのピンクのケーキまで用意してくれていた。雲みたいにこんもりしたフロスティングとピンクの粒チョコレートがのった、見たことがないほど美しいケーキ。数週間後、ソーシャルワーカーから、次の里親のもとへ移ることが決まったと聞かされたときは、二日間泣きつづけた。

「そう、ピザパーティーなの。楽しそうね」わたしはアレックスに言って、古い記憶を頭の奥へ押しやった。

「まあ、テストよりはましだね」彼はにやりと笑った。

外で車のクラクションが鳴った。

「父さんだ。行かないと。じゃあ、また夜に」アレックスはわたしの頰にキスしてバックパックをつかみ、走ってドアに向かった。

マックが家の中に入らずクラクションを鳴らしただけですませたことに、わたしはほっとすると同時にいらいらした。でも、もしかしたらそのほうがよかったのかもしれない。アレックスのまえでは、どんな言い争いもしたくなかったから。朝食で使った皿を食器洗い機に入れて着替えたあと、今から〈ニトロ〉へ行こうと決めた。ギャレットはまだ仕事を始めていないだろうが、かえってひとりのほうが、試作の作業に集中でき、頭をすっきりさせられる。また新しい一日の始まりだ。麦芽をお湯に浸し、ホップを煮沸《しゃふつ》するのが待ちきれなかった。

24

〈ニトロ〉に着いてドアの鍵を開けると、妙な既視感に襲われた。建物の中はしんと静まり返っており、だれかが押し入った形跡や死体が転がっている兆候は一切なかったものの、何かがおかしいという感覚を振り払えなかった。仕事に取りかかるまえに一応、ぴかぴかのタンクのうしろを確認し、厨房の食器棚やオフィスのクローゼットを調べた。とくに異状はなかった。次に、ホテルの監視カメラ映像について尋ねるメールをマイヤーズ署長に送った。マックがほんとうに約束を守るかどうかわからなかったからだ。ゆうべ謎のオートバイにつけられたことも、署長には伝えた。

試作の手始めに、ギャレットがシアトルから持ってきた小さなタンクでお湯を沸かしはじめた。ビールの自家醸造者《ホーム・ブルワー》の多くは、リサイクルした樽や大きなステンレスの鍋といったもので醸造《じょうぞう》設備を代用している。ギャレットは最新鋭の道具を使っていたらしい。わたしもクラフトビールのコンベンションで、そういう便利な設備の見本は目にしたことがあるものの、ここまで小さなものを見るのは初めてだった。これだと五ガロンほどの量しかつくれないだろう。とはいえ、実験用にはそれくらいでちょうどよかった。試作が失敗に終わった場合、だれも何ガロンものビールを流しに捨てたくはない。

お湯が適切な温度になると、あらかじめ選んでおいた麦芽などの原料を五キロほどタンクに入れた。すぐに、厨房には湯気が立ち込め、醸造所らしいにおいがしてきた。麦芽を浸す（糖化する）のには一時間ほどかかる。そこで、最初の工程を待つあいだ、白桃を切ることにした。これから加える予定のカスケードホップの風味を引き出すために、桃のような、甘いが繊細な味のフルーツを使いたかった。桃にはちみつを少し垂らして、シナモンとナツメグ、それにクローブを少し振りかけ、オーブンに入れた。甘みが強くなるまで加熱し、そのあと麦汁《ばくじゅう》に加えるつもりだ。秋っぽい香りを嗅ぐと、アレックスのつくった卵料理をたっぷり食べたにもかかわらず、またおなかが鳴った。

麦芽を糖化させているあいだ、厨房の在庫も調べた。ギャレットは料理の長期予算について具体的に考えているのだろうか。あとで訊いてみなければならない。店の料理に関して率先して決めさせてもらえるのはありがたかったが、それでも多少の指針や計画は要る。毎日食料品店に駆け込んだり、自宅に取りに戻ったりするわけにはいかなかった。しかも、少しでもメニューを揃えておくことは、店の忠実な顧客基盤をつくるのに欠かせない。

醸造の最終工程に取りかかった頃、ジーンズとシアトル・サウンダーズのTシャツを着たギャレットが厨房に入ってきた。「麦のにおいがしたと思ったんだ」彼の髪はあらゆる方向にはねており、Tシャツには、眠っているときにできたしわが残っていた。

「起こしちゃった？」

「いや、もともと少しまえに起きる予定だったよ。でも、ゆうべは忙しかったから、寝坊してしまって」彼はカウンターへ移動し、スプーンでコーヒー豆を慎重に量ってコーヒーメーカーに入れた。「何をつくってるんだい？」

「試作の第一弾に取りかかってるの。もう少しで終わるけど、一緒にやる？」わたしはコンロを指差した。

「遠慮しとくよ」彼がコーヒーメーカーに水を入れるのを見ていると、高校時代、化学の授業で試験官とビーカーを使って実験していた先生を思い出した。ギャレットは十五センチくらいの高さから少しずつ水を注ぎ、底で水が渦巻くのを眺めていた。「ぼくはメインの発酵槽《はっこうそう》の作業に取りかかりたいから」

「ところで、料理の予算については何か考えてる？」

彼は目を細めてこめかみをさすった。「料理の予算？」

「店に出す料理よ。毎日食料品店と店を往復してたんじゃ、費用効率が悪いと思う。それに、決まったメニューがあれば、お客さんにも、ここに来ればおいしいおつまみがあるってわかってもらえるでしょ」

「参ったな。醸造所を経営するのにこれほど金がかかるとはだれも教えてくれなかったよ」ギャレットはコーヒーカップに手を伸ばした。「でも、確かにきみの言うとおりだ。きみの考えではどれくらいかかりそう？」

どうやらお金にはそれほど余裕がないらしい。「費用のことは心配しなくても大丈夫だと思うわ。予算を組む目的は、材料費を賄《まかな》うことだけじゃなくて、別の収入源を確保することでもあるから。初期費用が高くなりすぎないよう、地元の業者にも相談できるんじゃないかしら」

ギャレットは、早くできあがれと念じるかのように、じっとコーヒーメーカーを見ていた。

「それは助かる」

「わたしがメニューを考えて、何本か電話してみましょうか?」わたしはコンロの火を弱め、ビールが適切な温度になるよう調整した。「ひとつ気になるのは、シェフを雇うつもりかどうかね。今のところ、この店のスタッフはわたしとあなただけでしょ?」

「将来的にはシェフを雇えたら最高だろうけど、今はその余裕はないんだ」

ギャレットが自分の店の財政状況について語れば語るほど、わたしは不安になった。実のところ、いったいどれくらい困っているのだろう? わたしの給料を払う余裕さえないとしたら? とはいえ、今はなんでもするつもりだ。たとえウェイトレスの仕事に戻るはめになったり、別の職を探さなければいけなくなったりしたとしても、マックにお金を頼るよりははるかにましだった。

「じゃあ、シンプルにいきましょう。日替わりスープを出せばいいわ。それだと簡単だもの。注文が入ったときに鍋からすくうだけですむ。サラミやチーズ、野菜なんかをのせたプレートも用意して。朝につくってラップで包んでおけば、冷蔵庫で保存できるわ」

ギャレットはカップにコーヒーを注いだ。「きみも飲むかい?」

「ううん、今はいい」

「ほかのパブではみんな、どうやってるんだ?」

「それは店にもよる。食べ物に関しては〈デア・ケラー〉とは張り合えないわね。あそこには、料理長や調理人をはじめとする厨房担当のスタッフがいて、ホール担当もいる。ランチ、ディナー、日曜限定のドイツ風ブランチと、レストランをフルで稼働させてるもの」

ギャレットはむずかしい顔をして冷蔵庫を開け、クリームをスプーンに三杯分コーヒーに入れた。

「もしお望みなら、ブルーインに頼めば、彼の店のメニューを見せてもらえるんじゃないかしら。〈ブルーインズ・ブルーイング〉に行って借りてきましょうか？　あそこはシンプルなパブの食事を提供してるから、この店で出せるものと近いかもしれない。わたしとしては、手の込んでいない軽食くらいがちょうどいいかなと考えてるの。少なくとも、顧客基盤がしっかりするまでは」

「それはいいアイディアだ」ギャレットはコーヒーをかき混ぜ、カウンターの染みに目をやった。「きみにどれほど感謝してるかは、もう言ったっけ？」

「いいえ」わたしはにんまり笑った。「でもその分、高給を払ってくれるんでしょ？」

ギャレットは口に含んだコーヒーを噴き出しそうになった。「ハハ！　高給ね。だといいけど」

わたしは鍋の火を消し、彼のほうを向いた。「このビールはしばらく冷まさなくちゃ。そのあいだに、ひとっ走りしてブルーインと話してくるわ。帰ったら、一緒に彼の店のメニューを見てみましょう。そのあとで、いくつかアイディアを考えてみる。メニュー表は自分たちでつくったらいいかもね。そんなにしゃれたものじゃなくてかまわないの。あなたの化学のテーマを前面に押し出してもすてきなんじゃないかと思う。元素の周期表みたいなデザインをアレックスに考えてもらうこともできるわ」

ギャレットはコーヒーを一口飲んだ。「ちょうどビールをテーマにしたTシャツもつくれたらと思ってたんだ」

「なら、それも検討しましょう。ビール容器《グラウラー》とか帽子とかTシャツを売るのは、別の収入源を確保する手段としてはもってこいだものね」

「リストに加えておこう」ギャレットは笑みを浮かべようとした。

「それじゃあ、ゆっくりコーヒーでも飲んでて。一時間ほどで戻るわ」わたしはハンドバッグを取ってドアに向かった。小さなビール醸造所兼パブを切り盛りするのに、ギャレットにはまちがいなく、そっと背中を押して指導してやる存在が必要なようだ。頭はよくても、事業を経営することに関してはほとんど何も知らないらしい。それには正直、驚かされた。どうしたら料理やお金といった重要な問題について考えずにいられるのだろう？　ハンスも、ギャレットは頭でっかちなタイプだと言っていたが、ここまで何も知らないとは思わなかった。けれども、ほんとうに頭がいい人というのは案外そういうものなのかもしれない。コミュニティ・カレッジのときもこんな教授がいた。どんな数学の問題でも十分あれば解けるが、鍵がどこにあるかいつもわからなくなるし、近所の食料品店に行くのにも道に迷うという人が。もしかしたらそれがギャレットの欠点なのかもしれない――学識はあっても、常識がないというか、世慣れしていないところが。

わたしが〈ブルーインズ・ブルーイング〉に寄りたい動機は、実はふたつあった。確かに、ブルーインの店のメニューをギャレットに参考にしてほしいというのもあったが、ゆうべの件についてブルーインと話がしたかったのだ。わたしに話があると、彼は言っていた。エディが殺された事件と何か関係があることだろうか。

〈ブルーインズ・ブルーイング〉は町の東側にある。町の広場から車で十分の距離だ。規模としては〈デア・ケラー〉の半分だったが、十年前にオープンして以来、忠実なファンを獲得していた。町の中心部にあるわけではないので、ドイツ風の外観にすべきという規則も守る必要はなかった。実際、ブルーインの店は山小屋のような造りだった。三角屋根の建物には樹齢の古い木材が使われている。三メートルから四メートルほどの高さの巨大な木彫りの動物が正面の小道とポーチに並んでいた。グリズリーにヘラジカ、ボブキャットにビックフット。ポーチには、松材でできたアディロンダック・チェアが小グループごとにまとまって置かれており、中の席が空くまでそこでビールを飲んで待てるようになっている。

開店まであと一時間ほどあるが、ブルーインと従業員はおそらく奥にいるだろう。そう判断し、わたしは動物の彫刻の横を通って、従業員用の入口のドアをノックした。ほとんど間髪を容れず、ブルーインが出てきた。

「スローン、これまたどうしたんだ?」彼はそう言って、わたしを熱烈に抱きしめた。思い切り肩をつかまれ、脱臼するかと思った。息は酒臭く、ギャレットと同じで昨日の服を着たまま眠ったらしい。フェルト帽はもうかぶっていなかったが、〝もっとくれって味だ〟のメモはまだ胸に貼りついていた。

「ギャレットのかわりに、おたくのメニューをひとつ拝借できたらと思って」

ブルーインはわたしをつかんでいた手を離した。「敵から盗もうってわけか。きみにそんな魂胆《こんたん》があるとは知らなかったよ。大きくて茶色い瞳は無邪気そうなのに、どうやら影の側面があるらしいな」

「それはみんな同じじゃない？」わたしは冗談めかして言ったが、ブルーインは顔をしかめて〝ああ、そうだな〟みたいなことを小声でつぶやいた。

「入ってくれ。メニューを持ってきてやる」また陽気な口調に戻っている。「ゆうべはあのあとどうだった？」

「まずまずかな」わたしは彼のあとについて厨房を通り、節だらけの松材が使われたダイニングエリアに入った。シカの角やアンティークの猟銃が壁にかかっている。テーブルはどれも木彫りで、真ん中にある大きなシャンデリアはヘラジカの角でできていた。〈ブルーインズ・ブルーイング〉はパブというより狩猟小屋のようだ。

ブルーインはカウンターの向こうへまわり、黒ビールを二杯注いでわたしのほうへひとつ寄越《よこ》した。「えっ、いいのよ――まだ早すぎるわ」わたしは手を振ってビールを断った。チョコレート色のビールは糖蜜みたいだ。

「スローン、きみもビール職人の端くれなら、朝からでもビールを飲めるようにならないと」

ブルーインは自分用に注いだビールを一気に飲み、わたしのグラスに手を伸ばしてそれもごくごく飲み干した。

　彼はアルコールの問題を抱えている。だれか本人に指摘したことはあるのだろうか。ビール職人の多くはもちろんビール好きだが、だからといって、ほとんどの場合、アルコール依存症ということにはならない。ビール職人は少しの量をゆっくり飲むことで知られている。自分のつくったビールを一日じゅう試飲するためだ。午《ひる》にもなっていないうちからビールを二杯一気飲みするというのは別の話だった。気は進まないが、この件はマックに相談しないといけないかもしれない。マックとブルーインは昔から友達で、長年いい競争相手としてつきあってきていた。ブルーインを説得するとしたら、マックしかいない。

　ブルーインは自分のグラスにおかわりを注ぎ、カウンターの下に手を伸ばして、わたしにメニューを渡した。メニューは、無地の紙に印刷されており、ラミネート加工されていた。長年使われてきたのだろう。受け取った瞬間、手にぴたりと張りついた。

「ギャレットは、どんな料理で客をもてなそうと考えてるんだ?」ブルーインはそう言って、大きく二口でグラスの半分ほどを飲んだ。

「今わたしがそのアイディアを出してるところなの。予算が乏しいから、できるだけシンプルにやりたいと思って。でもなんとなく、ギャレットは〈デア・ケラー〉と張り合うことにならないか心配してるような気がする。すぐ近所だから」

「まさか!」ブルーインは片手を振り、その瞬間、転びそうになった。「その心配はないだろ。

まあ、エディの話を信じるならな。あいつは、この町にはまだほかの醸造所が入る余地が充分あると思ってたから。おれもその意見には賛成だが、あいつには、ずっとおれのところにいるくせに変な気を起こすなって言ってやったんだ」

「どういうこと？」

「うん？」ブルーインは少しふらついたが、カウンターに手をついて体を支えた。

「エディは新しい醸造所をオープンしようと考えてたの？」

「えっ、まさか。あいつはそんな仕打ちはしないよ。あいつに仕事を与えてやったのはこのおれだぜ。この店でお互いうまくやってたんだ。そんなことは絶対にしないさ」

ほんとうだろうか？　わたしはいぶかった。

「それで、どう思う？」ブルーインは太い指でビールの飛んだメニューを示した。

わたしはメニューをざっと見た。この店の目玉商品は、四種類のハンバーガー——それぞれ牛肉、ヘラジカの肉、水牛の肉を使ったもの、それに、これら三種類を混ぜ合わせたもの——と、鹿肉のシチュー、ベークドポテトを添えたステーキ、チリコンカンのようだった。肉好きにとっては夢のメニューだが、これらは下準備にも調理にも時間がかかるため、〈ニトロ〉で出すのは無理だろう。〈ニトロ〉で出す料理は、専門の調理スタッフがいないため、わたしがまえもって手早く準備しておき、すぐ出せる状態にしておく必要がある。

「ここの雰囲気にばっちり合ってるわね」わたしはカウンターの上に飾られたシカの角を指差した。

「エイプリルにもそう言ってやったんだよ。ふん、あの女が目指すドイツ村なんてくそ食らえだ。言いたいことはわかるだろ?」

わかる。彼の意見に賛同しないわけにはいかなかった。エイプリルはもともとわたしの好きな人リストの上位にはいない。ブルーインが打ち出している狩猟のテーマに口を出すとは大きなお世話だ。「ここをバイエルン地方みたいな雰囲気にしろって、まだうるさく言ってくるの?」

ブルーインの肉づきのいい頬が盛りあがった。「いい加減にしてくれっていうんだよな。あの女には関係ないし、うちが町の中心部にあるわけでもないってことは、もう百回くらい言ってやったんだが。無理にカッコウ時計やくるみ割り人形みたいながらくたを置く必要なんかないだろ。ここは男のパブだ。悪く取らないでくれよ――女性にだって、どんどんここに来ておれのビールを飲んでもらいたい――けど、エイプリルのために観光ごっこにつきあうつもりはないんだ」

「つまり、エイプリルは店の雰囲気を変えてほしがってるのね?」

彼は顔をしかめた。「せいぜい頑張ればいいさ。でも、おれは一ミリたりとも変えるつもりはない。嘆願書を持ってきて、町の評判を守るために、柄の悪いエディのタトゥーを隠すよう本人に言ってくれなんて頼みにくるのも勝手だけどな。まあ、あんなのはただのたわごとだ」

「エイプリルはエディにタトゥーを隠せって言ってきてたの?」

「あのおせっかい女は町じゅうの人間をコントロールしたがってるのさ。あいつの言うことを聞いてたら、みんな革製半ズボン《レーダーホーゼン》を着て町じゅうを練り歩くはめになる。だけど、ここを買ったのはおれだ。あいつのくだらない話につきあう必要はない。その点では、きみのところのギャレットは好きだよ。彼もおれと同じ考えなんじゃないかな」

エイプリルがエディにタトゥーを隠すよう言っていたとは驚きだった。それに、ブルーインの男らしいパブの雰囲気を変えるようプレッシャーをかけつづけていたとは。その一方で、完全に納得のいく話ではある。エイプリルならやりかねない。

「そろそろ帰らないと。これ、借りていってもいい？　今日の午後には返すから」とわたしはブルーインに言った。

「持っといてくれ。きみにやるよ」彼はビールの注ぎ口のほうを向いた。「ほんとうに一杯飲んでいかなくて大丈夫か？」

「ええ、けっこうよ。〈ニトロ〉に戻ったら、出来を確認しなきゃならない醸造中の試作があるから。これはあとで返しにくるわね」朝食のビールにつきあわされるまえに、わたしは彼の店を辞去した。ふたりで話していた短い時間だけで、ブルーインは三杯も飲んでいた。わたしが来るまえには何杯飲んでいたのだろう？　午《ひる》にはどれくらいになっている？　彼のアルコールの問題も気になったが、それだけではなく、エイプリルの話も引っかかった。エイプリルは確かにうわさ好きで、はた迷惑な女だ。けれど、彼女がエディを殺した可能性はあるだろうか？　レブンワースの完璧なイメージをけがされそうになったからという理由で。まるで映画みたいな話だが、それでも、エイプリルなら不思議ではないような気がした。

25

うわさをすれば影だ。ウォーターフロント・パークの向かいの駐車場に車を停めると、エイプリル・アブリンが膝を曲げてお辞儀しながら〈ニトロ〉から出てくるのが見えた。ドイツの影響を受けたあれやこれやの衣装には一財産注ぎ込んでいるにちがいない。今日はまた、フリルがついた別の格子縞の服を着て、ハイソックスを履いていた。わたしなら、観光シーズンの真っただ中でさえ、エイプリルのような格好をする気にはなれないけれど。オクトーバーフェストを祝いに、世界じゅうからこの小さな町に人が押し寄せるのはありがたいが、ドイツの文化を祝う方法ならほかにいくらでもある。それに、この一ヵ月続くお祭りのあいだ、仮装を楽しむ人ならほかにいくらでもいた。

「スローン！」エイプリルがわざとらしく抑揚をつけて言った。「こっちよ、こっち」

まったく、ついていない。わたしは、聞こえないふりをしてこっそり角を曲がろうかと思ったが、向こうはばっちりわたしに目をつけており、両手を大きく振っていた。

「どうしたの、エイプリル？」わたしは道を渡った。

「おたくの色男の様子を見にきたのよ。ギャレットはわたしの提案について考えてみてくれたのかしら？　レブンワースでみんなが目指してるテーマに少しは店の雰囲気を近づけてくれると助かるっていう提案だけど」彼女はそう言ったあと、大げさに手で顔を扇ぎながら続けた。「それにしても、いろいろと大変でしょ、スローン。ここ数日のごたごたからすると」

「わたしのことなら心配してくれなくて大丈夫よ。それから、〈ニトロ〉の話は、ギャレットに直接してもらったほうがいいわね」

エイプリルは付け爪をした手をわたしの腕に伸ばし、わざとらしく言った。「あなたのこと、みんなすごく心配してるわ。ちゃんと持ちこたえてるか、様子を見にいかなくちゃと思ってたのよ」彼女はすばやく息継ぎをして続けた。「マックが逮捕されたんですって？　その話を聞いたときは信じられなかったわ。でも、最近の軽率な行動からして、もしかしたら彼にはわたしたちの知らない側面があるのかもね」

「マックなら問題ないわ」

「スローン、わたしのまえで気丈なふりなんてしなくていいのよ」エイプリルはわたしの腕を爪で叩いた。その爪は、人差し指だけがドイツ国旗の模様で、ほかは、国旗に使われている赤と黄色と黒が順番に並んでいた。自分で勝手に決めたドイツ大使としての役割を充分に果たしていることに関しては、さすがだと認めざるをえない。「あなたの苦労も相当なものでしょうね。最初は自分の夫が浮気してるとわかって、その次は殺人、そして今度は逮捕でしょ」息もつかせぬ調子で話す様子から、心配はうわべだけだとはっきりわかった。エイプリルはこの状況を楽しんでいるのだ。

「ねえ、エイプリル、ほんとに大丈夫だから」わたしはドアに近づこうとしたが、彼女に遮られた。

「ギャレットはどうなの？　この町の第一印象としては最悪よね。こんなこと、この町でも前代未聞だってことはちゃんと伝えた？　まさかあなたをクビにするなんて考えてないわよね？だって、ただひとりの従業員をめぐる騒動がこんなに大きいと、新しいビジネスにとってはちょっとしたスキャンダルじゃない」鼻につくその笑みを見て、わたしはエイプリルの顔を殴ってやりたくなった。

「彼も今のところ問題なくやってるわ」道の向こうで、ヴァンがさびたピックアップ・トラックから荷物を降ろしているのが見えた。彼がこっちに来てエイプリルの魔の手から救ってくれることを願って、わたしは手を振った。が、彼はわたしを見てさっと会釈しただけで、そのまま反対方向へ車で走り去ってしまった。どうやら彼もエイプリルの毒はもう経験済みらしい。

「だれ？」エイプリルはすぐさまわたしに訊いた。

「ヴァンのこと？」わたしは彼が去ったほうへ親指を向けた。「ひょっとしてまだ会ってなかった？」レブンワース界隈に、まだエイプリルが直々に会いにいっていない人がいたとは驚きだ。

「会ってないわ。だれなの？」彼女は両手の指先を合わせている。

「ホップ生産者よ」

エイプリルは、こんもりと塗ったマスカラ越しにわたしをにらみつけるように見た。「いつから仕事をしてるの？」

「さあ。少しまえじゃないかしら。ギャレットは彼のところのホップを使ってるの」

「ありえない」エイプリルは唇を引き結んだ。「シェラン郡の事業主ならひとり残らず知ってるはずなのに。その名前は聞いたことがないわ」

わたしはブルーインの店のメニューを右手に持ち替えた。「エイプリル、なんて言ったらいいのかわからないけど、彼がここ数日、この町にいるのは確かよ。で、ほかに何か用はあるかしら?」

彼女はなんとも答えず、メニューをちらりと見た。「それは?」

「なんでもない。ただのメニューよ」

「ブルーインの店のメニューじゃない。彼と何か計画してるの? ギャレットと彼が手を組むことになったとか? まあ、大変。お願いだから言って。ブルーインもついにあのパブとか呼んでる目障りな店をどうにかする気になったって。店の経営にとってエディの存在がよくないっていう話は彼に何百万回もしたのよ——あのタトゥーときたら、おぞましかったでしょ。エディはブルーインの店をヒップスターか何かのたまり場に変えたがってた。ああいう人のこと、ヒップスターって言うんじゃなかった? シアトルにはああいう輩《やから》がうじゃうじゃいるのよね。想像できる? ここはレブンワースよ?」あまりに早口だったのでほとんど聞き取れなかった。

「落ち着いて」わたしは厳しい目つきでエイプリルを見た。「メニューを借りてきた。それだけよ」

「それだけじゃないわよ!」彼女は唇をすぼめ、重大な秘密でも聞き出そうとするかのようにわたしをじっと見つめた。「いったい何が起きてるの？　どうして彼の店のメニューをあなたが持ってるのよ？」

「エイプリル、ほんとになんでもないの。彼の店でどんなものを出してるか、ちょっと見たかっただけ」調子のいいときでもエイプリルと話すのはくたびれるのに、今は最悪のタイミングだった。文句のひとつでも言ってやりたくなった。もっとも、彼女を敵に回したところで、状況はさらに悪くなるだけだ。

「何か企《たくら》んでるんでしょ、スローン。わたしにはわかるわ。ひとつだけ言っておく。この町で起きてることをみんなに知らせるのが、地域社会に対するわたしの義務であり責任なんだからね」

「すばらしい心がけだわ。だけど、あいにくほんとになんでもないの」

彼女は唇を固く引き結んだ。見ているこっちが、口が痛くなりそうだった。「これで終わりじゃないわよ、スローン。なんとかしてあなたの魂胆《こんたん》を探り出すから」

「どうぞどうぞ」わたしは肩をすくめた。「そろそろ仕事に戻らないと」

「うそをついてるのはわかってるのよ」わたしが勢いよくドアを開ける横で、エイプリルはそう叫んだ。

この人といると気が変になりそうだ。こんなに腹が立つ相手は、マック以外にエイプリルしかいない。

足音荒く店に入ると、ギャレットが参ったというように両手を上げた。「まあまあ、落ち着いてくれ。いったいどうしたんだ？」

「ごめんなさい」わたしは怒りのため息をゆっくり吐き出した。「外でエイプリルにばったり会ったの」

「ああ。さっきまでここにいたよ」ギャレットはうしろを向いて、カウンターの上に置かれたかごを親指で示した。ドイツを代表する食べ物や小物類がいっぱい入っており、赤と黄色と黒の派手なチェックのリボンがついている。「ウェルカム・ワゴンのプレゼントだって」

「新しくこの町に来た人を歓迎する、親切な女性たちのボランティア団体があるのよ。〈デア・ケラー〉も長年、ビールをただで試飲できるクーポンを配ってるわ。わたしたちも参加させてもらえば、いい宣伝になるかもしれない。試飲用のクーポンかおつまみの無料券を刷って、ウェルカム・ワゴンの贈り物に交ぜてもらうの。注目を集めてみんなに来てもらう、いいきっかけになるわ」

「クーポンは入ってなかった気がするけど」とギャレットは言った。

「それはエイプリルが持ってきたせいよ。これを届けにきたのは〝スクープ〟をつかむためだもの。ほんと、彼女ほどうわさ好きな人はいないわよね。あと、そのかごはまちがいなく、彼女のメッセージだと思う。この店をドイツっぽく変えろっていう、あからさまなメッセージ」

「ハハ！」ギャレットは笑い声をあげた。「でもご心配なく。エイプリルはぼくから何ひとつゴシップを聞き出せなかったよ」

「助かるわ」わたしは笑みを浮かべた。「気をつかわせて悪いわね。でも、あの人もどうしてあんなにしつこく絡んでくるのかしら。普段はわたしも、だれとでもうまくやれる性格なんだけど」

「まあ、ああいう人間はどこにでもいるよ」ギャレットはカウンターに移動し、かごのリボンをほどいた。「ぼくたちに何を持ってきてくれたか、見てみようか?」

「〝ぼくたちに〟じゃないわ。あなたにだけよ」わたしも彼のあとについてカウンターに向かった。

かごには、ドイツのマスタードやソーセージ、プレッツェル、ジャムのほか、緑のフェルト帽、ビールジョッキ、くるみ割り人形など、地元の特産品がいろいろと入っていた。町にあるすべての店から商品をひとつずつ選んできたかのような品揃えだ。エイプリルは本気でギャレットをうならせようとしているらしい。

「すてき」わたしは笑みを浮かべ、くるみ割り人形の形をした仰々しい栓抜きを手に取った。「これまたずいぶん役に立ちそう」

ギャレットは笑い声をあげた。「ちょうど、そういうのがひとつほしかったんだ」

「さすがエイプリルね。彼女は、町じゅうの人が何をほしがってるかすべてわかってるもの。まあ、自分がわかってると思ってるだけかもしれないけど」われながらつい嫌味っぽい口調になった。

「彼女のせいでいらいらする必要はないよ」ギャレットは栓抜きをかごに放り投げた。「これはだれかほかの人にあげてもいいかな? 店の景品としてお客さんに配ったらどうだろう」

わたしは片眉を吊りあげた。「いいわね。彼女からもらったプレゼントをあなたが別の人に譲ってるって本人に知れたら最高」

「ぜひそうしよう」彼はフェルト帽を手に取った。「真っ先にこれを景品にしないとな」

「賛成」わたしはそう言ってギャレットの横に立ち、ブルーインの店のメニューを彼に渡した。

「おっと、ベジタリアンじゃこの店に行くのは到底無理そうだな。ブルーインは相当赤身肉が好きみたいだね？」

「確かに彼の店に通うベジタリアンはあまり多くないでしょうね。食べ物が目当てなら」わたしはカウンターのうしろからメモ帳と鉛筆を取った。「見てのとおり、彼の店のメニューはわたしが考えてたのよりも手が込んでる。うちでは、ひよこ豆のペーストに野菜、チーズとサラミ、日替わりのスープとデザートを出すくらいでどうかしら？　しばらくはそれで大丈夫そうじゃない？　わたしが値段を設定するから、そのあとでメニュー表をつくりましょう」

「異議なし」ギャレットは親指を立てた。

「店を開けるまえにほかにやらなきゃいけないことはある？」

「ビールの醸造《じょうぞう》ペースを少し上げられないかな？」

「それができたらいいんだけど」わたしは鉛筆でメモ帳を叩いた。「他店のビールを売ることについては何か考えてる？　〈デア・ケラー〉に行って、どんなオプションがあるか訊いてきましょうか？」

彼は眉をひそめた。「できればそれは避けたいな。でも、ほかに手はなさそうだし」

「わかった。それじゃあ、先にメニューの値段を考えさせて。それができたら、オットーとウルスラに相談してくる。ふたりなら、問題なくうちと契約を結んでくれると思う。ひょっとしたら樽一個くらい、無料で提供してくれるかもしれない」

「そんなことまでしてもらっちゃ悪いよ。きみを妙な立場に置きたくない」

「大丈夫。全然迷惑じゃないから。それがクラウス夫妻という人たちなの。特別な計らいをしてくれるようお願いしなくても、彼らのほうからきっと手を貸すって言ってくれると思う。実は、ヴァンとの契約のこともゆうべちょこっと話したの。あなたさえよければ、喜んで契約書に目を通すって言ってたわ」

「いや、ぼくもゆうべ遅くにシアトルの同業者に電話したんだ。今、確認してもらってるところだよ」ギャレットは鉛筆を取り、メモ帳に何やら書き込んだ。「ナッツだ。ナッツが要る。パブにはナッツが付き物だろ？」

「昨日とおとといの状況からすれば、ナッツはまだたっぷり町に残ってるでしょうけど、確かにあなたの言うとおりだわ。メニューのひとつとして提供する？　それともサービスのおつまみとして出す？」

「ピーナッツ一皿にいくらか払ってもらっても、ばちは当たらないよな？」

「もちろん」わたしは、ピーナッツの業者を探すこと、とメモした。ピーナッツでお金を取るなら、品質のいいものを仕入れる必要がある。「任せといて」

ギャレットはエイプリルからもらったかごをオフィスに持っていった。そのあいだにわたしは〈ニトロ〉の新メニューをメモ帳に書き出した。料理の経験を役立てられることにわくわくしていた。絶対に失敗しない、大量につくりおきができるひよこ豆のペーストの簡単なレシピなら知っている。それも、数日ごとに味を微妙に変えられるレシピだ。乾燥トマトに、直火で焼いた赤パプリカ、バジルソースと、さまざまな味の組み合わせができる。ひよこ豆のペーストの味を引き立たせるには、野菜のマリネも用意しておくといいだろう。どんな液に浸けるかはもう決まっていた――ビール入りのビネグレットソースだ。サラミとチーズの盛り合わせは、肉屋とパン屋で新鮮なものを買えばいい。肉屋とパン屋に寄ること、とわたしはメモした。残るは、日替わりのスープとデザートだ。

できるだけ作業を効率化するために、日曜を除いた曜日ごとにスープとデザートの組み合わせを考えることにした。日曜日は、そのときどきの気分で創造力を働かせてつくりたいものを用意しよう――残り物を使うとか。スープにチリコンカンははずせない。シーフードチャウダーとトマトビスクも。それから、ジャガイモのポタージュと、ビールとチーズのスープ、鶏肉入りのライススープもつくって。これで一週間分だ。デザートには絶対チョコレート・スタウト・ブラウニーをつくりたい。ビアフロートとカップケーキもメニューに取り入れよう。

大まかなメニューが決まったら、次の仕事は、コストをどれくらいに抑えられるか、業者に確認することだ。わたしはメモ帳を小脇に挟み、少し外に出てくるとギャレットに告げた。

最初に寄ったのはパン屋だ。サラミとチーズの盛り合わせと一緒に焼き立てのパンを出したかった。ひよこ豆のペーストに添えるピタパンも確保しなければならない。パンの注文を終え、配達のスケジュールを組むと、今度は、肉のことを相談しにドイツ風のデリカテッセンに向かった。

その店は、子供にとってのお菓子屋のような、食いしん坊のための夢の店だった。ドイツから輸入されたお菓子も二列陳列されているので、実際にお菓子屋とも呼べるのかもしれない。とにかく、このデリカテッセンには、保存処理されたり薫製《くんせい》にされたりしたあらゆる肉やソーセージが置かれており、ザワークラウトや赤キャベツの酢漬け、ポテトサラダ、シュニッツェルといったドイツの定番料理も数多く取り揃えられていた。店内に一歩足を踏み入れるや、客は長さ六メートルにわたって陳列されたソーセージに迎えられる。それを見て、わたしもよだれが出るのを感じた。店主はどこかオットーと似ていた。強い訛《なま》りがあり、眉毛はふさふさで白く、自家製の珍味を次から次に上手に切って味見させてくれる。わたしは、肉類の盛り合わせ――ビール漬けのサラミに、子牛のミートローフ、薫製ハム、ビアシンケン（豚肉と牛肉のソーセージ生地《きじ》に、塩漬けした豚もも肉の角切り、カルダモン、ホワイトペッパーを加えたものだ）――に決めた。ビアシンケンはクラウス家では人気の料理だが、おそらく観光客だとあまり食べる機会がないだろう。ハムやソーセージは一週間くらいもつし――それ以上は無理でも――最初のうちは売れ行きを確認して、客のあいだでどれがとくに人気か見分けられる。

フランクフルトソーセージも食べていけという店主の誘いを断り、わたしはおなかいっぱいの状態で〈デア・ケラー〉に向かった。メニューが決まり、無事商品も注文できたので、気分がよかった。次は、ビールを樽ひとつかふたつ分手に入れなければならない。

長く働いてきた店に入ったとたん、胃がむかむかした。ソーセージを試食しすぎたせいではない。〝尻軽ウェイトレス〟か夫に出くわさないかとひやひやしたせいだ。ダイニングエリアを見まわすと、ボックス席にオットーが座っていた。テーブルに書類が積みあげられ、半分ほど残ったパイントグラスが手元に置かれている。

わたしは、バーテンダーやウェイトレスと視線を合わせたりあいさつしたりすることなく、まっすぐその席に向かった。午過《ひるす》ぎで、店内はランチ客でにぎわっていた。オットーが顔を上げ、大きな笑みを浮かべてわたしを迎えた。「スローン、会えてうれしいよ。ほら、座ってくれ」

「お邪魔しちゃったかしら?」彼のまえに山積みになった書類が気になった。「なんだか忙しそうね」

「いやいや、そんなことはない。娘のためならいつだって時間を割《さ》くさ」

喉が締めつけられた。「何をしてたの?」

オットーは、ワイヤーフレームの眼鏡をはずし、血管の浮いた指で鼻梁《びりょう》を押さえた。「帳簿づけだよ、スローン。帳簿とはまったく厄介なものだ。最近は、入ってくるより出ていくほうが多くてね」

驚きだった。〈デア・ケラー〉の財政状態はずっとこの町で一番と言ってもいいほど安定していたのに。オットーとウルスラは、ベテランとはいえ、慎重な経営のしかたをしていた。ビジネスを急に広げすぎたり、必要のない高価な設備を買ったりといった、事業を始めたばかりの者が陥りがちな罠には一度もはまったことがない。

「ほんとに?」わたしはオットーに言った。「でも、ここはいつも繁盛してるじゃない」現に今も、心地よい暖かさの店内は、ビールを飲んだり、湯気を立てている酢漬け肉の煮込み料理《ザウアーブラーテン》を楽しんだりする常連客でいっぱいだった。

「ああ《ヤー》。そうなんだが、金がいろんなところに消えていってってね。手に負えないよ」

「わたしに何かできることはある?」

オットーはにっこり笑ったが、目が疲れているように見えた。「いや、いいんだ、スローン。おまえの頭を悩ませる問題じゃない」

独特の言いまわしに、わたしは思わず笑みを浮かべた。オットーとウルスラの数ある大好きなところのひとつだ。ふたりのしゃべり方にはときどき笑ってしまう。アレックスも幼い頃、ふたりのしゃべり方をよく真似していた。でも、マックもわたしもわざわざ訂正したりしなかった。すごくかわいいと思っていたから。

「飲み物かランチでもどうだい?」優しくそう訊いてくるオットーは、なごやかな店の雰囲気にぴったり合っていた。〈デア・ケラー〉は彼のたゆまぬ努力と故郷への愛の証《あかし》だ。彫刻が施《ほどこ》されたビールの注ぎ口の取っ手から素朴な装飾や昔の家庭料理風のメニューに至るまで、それは隅々に表れている。

「ううん、大丈夫。実は、今日は仕事の話をしたくて来たの」

オットーはきらきらした目をしばたたいた。「おや、仕事の話か。何かわたしにできることでも？」

　わたしは〈ニトロ〉の窮状について伝えた。エディの死体が見つかった発酵槽《はっこうそう》の中身を全部捨てなければならなかったので、残りのビールが少ないのだと。

「それはよくない――大変だ。もちろん、わたしたちが力になるよ。どれくらい必要なんだ？　うちの従業員に今すぐ届けさせよう」そう言って、オットーは席を立とうとした。

「いいの、そんなに急がなくて。とりあえず今日のところは問題ないから。でも、ビールを少し分けてくれるなら、もちろん支払いはするつもりよ」

「何を言ってるんだ、スローン。娘にそんなことはさせられない。わたしからのプレゼントだ」

「オットー、これはわたしの話じゃないの。それに、そんなことをしてもらう義理はないわ。仕事なんだから」

「ああ《ヤー》。わたしにとっては、これが娘との仕事のやり方だ」彼はそう言うと、わたしにこれ以上何も言わせず立ちあがった。「さあ、一緒に奥へ行こう。届けてほしいのはどのビールかな？」

　わたしはしかたなく義理の父の厚意を受け入れ、彼のあとについて醸造所へ向かった。オットーの曲がった背中とぎしぎしいうドアを見ながら、また怒りがふつふつと湧いてきた。マックはどうしてわたしからオットーを奪わなければいけないの？

26

〈デア・ケラー〉から出たところで、ハンスとばったり会った。オットーは、わたしからお金を受け取るのを頑《かたく》なに断ったうえで、樽を四つ届けると約束してくれていた。「町のためだよ」と彼は言った。「ビールの町によく来てくれたとギャレットに伝えてくれ」

ハンスはわたしを見るなり、目を瞠《みは》って一歩うしろへ下がった。腰には工具ベルトがついており、耳には鉛筆が挟まれている。「やあ、スローン。まさかここで姉さんに会うとはね」

「お父さんと会ってたの」とわたしは言った。

「マックのことで？」

「いいえ、ビールの件で。マックのことって、もしかしてまた何かあったの？」

ハンスは肩をすくめた。「ぼくが知ってるかぎりはないよ」

「わたしも、マックが今朝、マイヤーズ署長と話をするつもりだっていうのはアレックスから聞いたんだけど、それ以降は連絡がなくて」わたしはそう言いながら、最後にマックと会ってから、まだハンスと話をしていなかったことを思い出した。そこで、ゆうべのマックとの会話を伝えたうえで、ヘイリーがエディの事件に関与しているかもしれないと疑っていることを正直に話した。

熱心に話を聞いていたハンスは、わたしの説明が終わると、つなぎの作業着に両手を突っ込んだ。「驚いたよ、スローン」

「何が？」

「姉さんのことさ。マックにあんなことをされたら、だいたいの女性は夫のことなんか見捨てて、留置所なり刑務所なりにぶち込まれたままにしておくと思う。でも、姉さんはめずらしいタイプだ」

「あら、どうも。わたしだって、正直に言えば、マックを刑務所に入れてやりたい気持ちもあるわ。けど、アレックスにそんな仕打ちはできない。彼には父親が必要だから」

「ぼくの考えもまったく同じだ」そう言って、ハンスは〈デア・ケラー〉の正面の窓をちらりと見た。「父さんになんの用だったの？」

ビールの在庫が少なくて困っているのだと、わたしはハンスに伝えた。ギャレットのために〈ニトロ〉のメニューを考えていることもついでに話した。

「ゆうべ電話があったよ」

「だれから？」

「ギャレットさ」ハンスは工具ベルトからドライバーを取り出し、緩くなった窓枠のねじを締めた。「姉さんは魔術師かビールの女神じゃないかって言ってた。スローンを紹介してくれてありがとうってしきりに感謝されたんだ。彼とはうまくやってるみたいだね」質問というより確認のようだった。

「そう。ビールの女神とはわたしのことよ」わたしはそう言ってウィンクをした。「でも、わたしもギャレットと同じ。あなたにはほんとに感謝してる」

「ふたりは合うと思ったんだ」ハンスはいたずらっぽい笑みを浮かべた。「もちろん、仕事の面でっていう意味だけど」

「確か、わたしはまだおたくのお兄さんと結婚してたはずだから、そうね。そのほうがいいわね」

ハンスは店の入口付近に絡まったホップの蔓《つる》を見ながら言った。「これからどうするか、何か考えてみた?」

「マックのこと?」

ハンスはうなずいたが、わたしから目をそらしたままだった。「干渉するつもりはないんだけど、自分たちの結婚を守るためだったらなんでもするって姉さんに伝えといてくれと兄さんに頼まれたものだから」

「干渉させるつもりがないのはわたしも同じよ、ハンス。それにしてもマックは、結婚への忠誠心の表し方がずいぶん変わってるのね。だって、この四十八時間で彼と会ったときは必ずあの女がそばにいたもの」

ハンスはため息をつき、枯れたホップを蔓からもぎ取った。わたしは話題を変えた。「ねえ、彼女がエディとつきあってたって知ってた?」

「ヘイリーが?」ハンスはわたしに注意を戻し、両手をこすりあわせた。その瞬間、レモンのようなホップの香りが立った。

「ええ。詳しいことは知らないけど、最近、ひどい別れ方をしたらしいわ」

「ふうん」彼は通りの向こうのクリスマス雑貨店に目をやった。まだ秋がきたばかりだというのに、その店のショーウィンドウには、巨大なクリスマスツリーと実物大のサンタクロースが飾られている。レブンワースでクリスマスは一大イベントだ。一年じゅうクリスマスの雑貨を扱っている店はここだけではない。「その話は初耳だけど、知ってのとおり、ぼくは普段からうわさ話とは距離を置くようにしてるからね。でも、エディとブルーインがうまくいってなかったたっていう話なら聞いたよ。エディは個人的な問題を仕事に持ち込もうとしてたとか」

「どういう話を聞いたの？」ただちに好奇心のスイッチが入った。エディとうまくいっていなかったという話は、ブルーインからは聞いていない。きっとただのうわさ話だろう。それとも、エディが殺された事件と何かつながっているのか。

「ブルーインは、新しいビール職人はいないかと町じゅうの人に訊きまわってたらしい。まるでエディをクビにするつもりみたいな口ぶりだったって」

「ほんとに？　だれから聞いたの？」

ハンスは筋肉の浮き出た腕を組んで、わかるだろと言いたげな顔でこっちを見た。

「エイプリル？」

「ほかにだれがいる？」彼はそう言ってうなずいた。「まあ、あのエイプリルだからね。ことを荒立てるのが大好きだから、もしかしたらただのうわさ話かもしれない。けど、〈ニトロ〉

のグランドオープンで会ったとき、ぼくもブルーインに直接訊かれたんだ。ビール業界に戻るつもりはないかって。酔っぱらってはいたけど、冗談を言ってるようには感じなかった」

「へえ。わたしの中では、ブルーインはエディの死に打ちのめされてるっていう印象だったのに。ふたりのあいだに何があったんだろう？　エイプリルはほかに何か言ってた？」

「いや、それ以外には何も」

「マイヤーズ署長には話したのかしら」そのとき、トラックがバックする音が聞こえ、わたしは振り返った。フロント・ストリートでセミトレーラーを見かけることはあまり多くない。トラックには、オクトーバーフェストのときに設置される大きな白いテントが積まれていた。

作業員がテントや仮設ゲート、長テーブルを降ろしはじめるのを見ながら、ハンスは言った。「エイプリルはおしゃべりだし、他人の問題を黙って見ていられるようなタイプじゃないから、きっと今頃は町じゅうの人間が知ってると思うよ」

おそらく彼の言うとおりだろう。けれど、わたしは本人の口から直接聞きたかった。エイプリルとまた話をするのは気が進まないが、この情報はもしかしたらマックの汚名を晴らすのに役立つかもしれない。

「ここももうじき慌ただしくなるわね。もうオクトーバーフェストの準備をしてるなんて信じられない」わたしは体を傾けてハンスの頰にキスをした。「それじゃあ、そろそろ戻らないと」

驚いたことに、ハンスはわたしの体を引き寄せてハグをし、ささやいた。「スローン、困ったらいつでもぼくや母さんや父さんに頼っていいんだよ。みんな、姉さんを愛してるからね」

わたしは涙をこらえ、彼の肩に頭を預けた。「わたしも愛してる」

「マックとのあいだで何があっても、姉さんはずっとぼくの姉さんだ。それはわかってるよね?」

「もう、やめてよ」わたしはハンスの肩を軽く拳《こぶし》で叩いた。「わたしを泣かせて、鼻っ柱の強いビール職人っていうイメージを傷つけるつもりじゃないでしょうね」

彼の琥珀《こはく》色の目も潤《うる》んでいるように見えた。「ごめん。でも、ほんとうのことだから」

「今度飲みにいきましょう」わたしはそう言って、さっとうしろを向き、歩道を歩きはじめた。

心温まるハンスとのひとときのせいで、自分に対する自信のなさとひとりぼっちになることへの恐怖を改めて感じた。激しくまばたきし、必死で涙をこらえる。クラウス家の人たちがいなかったら、そもそもわたしはマックと結婚していただろうか。そういう疑問は確かに心にあった。もちろん当時は妊娠していたが、わたしひとりでもアレックスは育てられただろう。

〝今はそのことは考えないの、スローン〟。道を渡ってエイプリルの会社に向かいながらそう自分に言い聞かせた。エイプリルと話すなら今が狙い目だ。

レブンワースの大使としての顔以外に、エイプリルは不動産業者としても働いていた。彼女のオフィスは、ドイツのビアホール風に建て替えられた倉庫の中にある。ドイツ国旗とアメリカ国旗、それにレブンワースの町の旗が外のポールではためいていた。湖畔のバンガローや山のリゾートのちらしが窓に貼られている。

中に入ると、安物の香水と古いコーヒーのにおいがした。

「エイプリルはいますか？」わたしは受付係に尋ねた。

彼女はガムを嚙《か》みながら指を一本立てた。「確認してみます。どちらさまですか？」

「スローン・クラウスが来たとお伝えください」わたしは座り心地の悪そうな合皮の椅子に腰かけ、レブンワースのパンフレットをぱらぱらめくった。

受付係が手にしている受話器からエイプリルの金切り声が聞こえてきた。「すぐ行くわ」とエイプリルは甲高い声で言い、受付係が電話を切りもしないうちから、わたしの目のまえに現れた。

「スローン、まあ、うれしいこと」エイプリルは両手を叩いた。「近いうちに会えるだろうとは思ってたけど、まさかこんなに早い再会だとは思わなかったわ。あなた、わたしが思うよりずっとまともだったのね」彼女の赤の口紅はけばけばしく、まるで子供が塗ったかのようだった。

「なんの話？」

「不動産よ、もちろん」エイプリルは受付係のほうをちらりと見て片手で口を押さえた。そのあと、一キロ圏内にいる全員に聞こえそうなほど大きな声で言った。「ほら、離婚の件。一刻も早く新しい住居を探したいんでしょ。無理もないわよ、スローン。それどころか、ちゃんと考えてて偉いと思う」

「あなたのオフィスで話さない？」わたしは受付係のほうにあごをしゃくった。

「あら、そうよね。ごめんなさい、わたしったら。こういうときくらいプライバシーが必要だって気づいてもよかったのに。旦那に浮気されたときくらいねえ」彼女はそう言って舌打ちをした。「あなたにとっちゃ、ひどくばつが悪いわよね」

ばかみたいに見えないなら、わたしはこの場で自分を蹴り飛ばしていたにちがいない。こうなったのも自業自得だ。エディとブルーインにどんな亀裂が入っていたのか興味があるとはいえ、エイプリル・アブリンと過ごすのはやはり時間の無駄だった。

「どんな電話も取り次がないで」エイプリルは大げさに手を振って受付係に命令した。「それから、コーヒーか紅茶を持ってきてちょうだい。そうだ、こういうデリケートな状況だと、紅茶がいいわね」

エイプリルに続いてオフィスに向かうと、受付係は同情を込めた笑みをわたしに向けてきた。彼女のことが気の毒になった。エイプリルと一緒にいるのは五分でも苦痛なのに、この人のもとで一日じゅう働くなんて想像できない。

オフィスにも、エイプリルのドイツへのこだわりがそこかしこに表れていた。壁一面にオクトーバーフェストや五月祭《マイフェスト》のポスターのほか、ドイツの山小屋の写真、カッコウ時計が飾られていた。カッコウ時計は少なくとも三十個はある。すべてが奇妙なリズムでときを刻んでいた。狭いオフィスで毎時ごとにカッコウがいっせいに鳴き出したらどういう音がするのだろう。

「座って」とエイプリルは言って、赤いソファを身振りで示した。ドイツ国旗の模様になるようクッションが配置されている。

革製半ズボン《レーダーホーゼン》を着たテディベアを脇へよけ、わたしは柔らかいソファに腰を下ろした。大きなクッションに体が沈み込んだせいで、ごてごてしたバロック風の机のまえに座ったエイプリルがこっちを見下ろしているように感じられた。椅子も妙に凝っているが、机とセットで、ルートヴィヒ二世の城から拝借してきたのだろうか。

「スローン、わたしを頼ってここへ来てくれたこと、ほんとにうれしいわ。わたしももっと早くに声をかけるべきだったんだけど、ほら、差し出がましいことはしたくなかったから」エイプリルは胸に手を当てた。「ほんとは手を差し伸べたかったんだけどね。プレッシャーをかけたくなくて。でも、あなたのことが心配でたまらなくて、夜も眠れなかったのよ」

そのことばは、彼女が着ている偽物の民族衣装と同じくらい白々しかった。

わたしは歯を食いしばった。「ありがとう」エイプリルを頼りにきたわけでも、不動産の件で相談しにきたわけでもないと説明しようとしたが、彼女に口を挟まれた。

「それにしても、とんでもない話よね。みんな、ショックを受けてるわ。ほんとは驚くことでもないのかもしれないけど。だって、あの男ときたら、普段から女を追っかけまわすのが趣味だったでしょ。でも、あれはふざけてやってるものだと思ってた。あなたのことを思うと、胸が張り裂けそうだわ」

そのとき、受付係が紅茶を届けにきた。お盆には、厚紙のような市販のジンジャーブレッドが入ったプラスティックの皿がのっている。

「そこに置いといて」とエイプリルは言って、机にスペースを空けた。「ドアはちゃんと閉めといてよ。今、すごくプライベートな会話をしてるんだから。わたしが慎み深さを信条にしてるのは知ってるでしょ」

笑いをこらえるには、頬の内側を嚙まなければならなかった。

エイプリルは紅茶をふたり分注いだ。わたしはソファから立ちあがり、威圧感のある机から自分のカップを取った。「飲むといいわ。気分がましになるから。そしたら、本題に入りましょう。自分が何をしでかしたか、マックはまだわかってないのよ。弁護士とはもう話したのよね？　これから一緒に闘えるよう、わたしも弁護士の名前を教えておいてもらわなくちゃ」

「エイプリル、今日は別にあなたと一緒に闘うためにここへ来たわけじゃないの」紅茶のカップが異様に熱かった。こぼれないよう、注意深く膝の上に置く。紅茶のにおいはほとんど感じなかった。

「言い方はなんだってかまわないわ。ただ、わたしが百パーセントあなたの味方だってことは知っておいて」

「ついでに言うと、ここには不動産の話をしにきたわけでも、マックの話をしにきたわけでもないの」

エイプリルはぽかんと口を開けた。「あら」

膝がやけどしそうだったので、わたしは体を起こして机の端にカップを置いた。

「じゃあ、なんの用で？」エイプリルの声は失望を隠しきれていなかった。

「エディとブルーインのことについて訊きたいことがあったの」

エイプリルは俄然元気になり、狡猾《こうかつ》な笑みを浮かべた。「それで？」

「ふたりの関係がぴりぴりしてたかもしれないっていううわさを耳にしたものだから」

「ぴりぴりしてたどころじゃないわ。犬猿の仲と言ってもよかったわよ。ブルーインはエディをクビにしようとしてたんだから」

「ほんと?」

「スローン、ご存知だとは思うけど、わたしはレブンワースの大使として常日頃から、この町で起きてることをすべて把握しておくよう心がけてるの」

なるほど、うわさ好きな自分を正当化する面白い口実だ。そう思ったものの、わたしは丁重にうなずいて、エイプリルが話を続けるのを待った。

「この町でだれが何を企《たくら》んでるのか、日々かなりの時間をかけて知るようにしてるわ」エイプリルは、ガラスのボウルから砂糖をふたつつまんで、自分のカップに入れた。「ブルーインはエディのふるまいにうんざりしてたの。ここだけの話、無理もないわよ。だって、あのひどいタトゥーと無愛想な態度はこの町にふさわしくないでしょ。アメリカのバイエルン地方を支える身として、われらがドイツの祖先の基準を維持することがわたしたちの務めだもの」

アプリンというのはドイツの名字だったっけ? わたしはそう尋ねたくなったが、そこはどうにかこらえた。エイプリルは話したい気分のようだし、それならこのまま続けさせたい。

「わたしに言わせれば、ブルーインはずっとエディに我慢してたのよ。けど、ようやく自分の役割を理解するようになったのね。アメリカにおけるドイツの観光地として、レブンワースを繁栄させつづけなきゃいけないっていう役割を。わたしたちみんなが頑張らなきゃならない。

その基準が崩れたらどうなるか、想像してみなさいよ」

「どういうこと？　ブルーインが自分の役割を理解するようになったって」ブルーインと直接話したとき、エイプリルの意向に沿う気になったというような話は一切出てこなかった。

「彼の店は見たでしょ。拡張計画に全然そぐわないのよ」

「拡張計画？」

「ええ。町議会の議事録は読んでない？　あなたも月に一度の定例会に来てくれなくちゃ困るじゃない。町民のひとりとして、出席する義務があるのよ」

「ここ最近は忙しくて」

「そんなの言い訳にならないわ、スローン。今月はいろいろあるだろうから大目に見てあげるけど、来月は議会であなたの顔が見られるよう期待してるからね」彼女はこっちをじっと見て、わたしが反論したらすぐに襲いかかろうと待ちかまえていた。「この町も広場の付近だけじゃもう収まり切らなくなってきてるから、中心部のエリアを広げようと考えてるの。そうでなくてもブルーインの店は、観光客が列車で到着したとき最初に目にする店でしょ。わたしたちの町の第一印象がみすぼらしい狩猟小屋になるのはよろしくないと思って」

「それで、ブルーインは店の雰囲気を変えることに同意してるの？」

「まあ、今調整してるところよ。でも、わたしの考えに賛同するのもすぐだと思う。だって、彼に悪影響を及ぼしてたのはエディなわけだし」エイプリルは身震いした。「エディはレブンワースをシアトルとか、もっとひどいとポートランドみたいにしたかったのよ。でも、そんなことは絶対にさせない。彼が亡くなった今、ブルーインも自分の店をバイエルン地方の雰囲気に近づけることに乗り気になってくれると思う」

本人はそんなことはひと言も言っていなかったが、わたしは黙っていた。「エディとブルーインは店のデザインを変えることに関してもめてたってこと？」

「いいえ、ふたりはあらゆることでもめてたわ。別に本人から詳しく聞いたわけじゃないけど、ブルーインはエディをクビにするつもりだったの。聞いた話からすると、それも遠くない未来の話だったみたい」

「ただのうわさ話じゃなくて？」

「まちがいないわ」エイプリルはもうひとつ砂糖に手を伸ばした。「だって、彼はすでに新しいビール職人を探してたもの。実際、わたしにメールしてきて、地域の掲示板に情報を載せてくれって頼んできたのよ」

「ほんとに？」

エイプリルはしたり顔で言った。「ええ。エディはどのみち、〈ブルーインズ・ブルーイング〉ではもう長く働けなかったわけ」

「へえ、知らなかった」わたしはひとり言のようにつぶやいた。

エイプリルは両手で紅茶のカップを包んだ。「それで、あなたの話に戻るけど、不動産の話はしなくてほんとに大丈夫？」

「エイプリル、ありがたいけど、今は少し時間が必要だから」

彼女は机の引き出しを開けて、名刺をわたしの手に押しつけた。「もしわたしの連絡先がわからなかったら、そこに携帯電話番号が書いてあるから、いつでも電話して。わたしが力になるわ。いい買い物をさせてあげる」

わたしは立ちあがり、名刺をバッグにしまった。「そのときはお願いするわね。紅茶をごちそうさま」

「どういたしまして」エイプリルは甘ったるい声を出した。「お大事にね。マックのことはわたしが見張っておく」

やれやれ。エイプリル・アブリンに私生活を見張られるとはなんともありがたい話だ。わたしは受付に向かい、エイプリルに止められるまえにさっさと外へ出た。今一番必要なのは新鮮な空気だ。エイプリルの強烈な香水のせいで頭が痛かった。今聞いたばかりの話についても冷静に考えたかった。もしエディとブルーインがほんとうにもめていたのだとしたら？　まさか喧嘩の決着をつけようとして、ブルーインがエディを殺したのだろうか？

27

エイプリルとの会話について深く考える時間も、ブルーインを犯人だと決めつける時間も、実際にはあまりなかった。というのも、〈ニトロ〉のドアを開けたとたん、ビールを目当てにカウンターに並んだ十人以上の客に迎えられたからだ。

ギャレットがその行列を見下ろすように立っていて、驚いた顔で肩をすくめた。わたしは急いで荷物をオフィスに置き、腰にエプロンを巻いた。

「いつ店を開けたの？」カウンターのうしろにまわり、きれいなパイントグラスに手を伸ばす。

「十分前だよ。四時まで待つつもりだったんだけど、行列ができてたから」

「いい兆候ね」わたしはこんもりと泡ができるようパカーアップIPAを注ぎ、カウンターの向こうに並んだ客に渡した。「ほらね？　みんな、あなたのビールが好きだって言ったでしょ。今日はほかに言い訳のしようがないんじゃない？」

ギャレットは眉間《みけん》にしわを寄せた。「それはどうかな」

「どういうこと？」

彼はわたしのほうに身を傾けて耳打ちした。「左を見てみて」

わたしは爪先で立ち、ギャレットの向こうを見た。マイヤーズ署長が窓際のテーブルに座り、何やら店内を監視している様子だった。冷たい彼女の目がこっちを向き、あいさつがわりにうなずきかけてきた。「署長がここで何をしてるの？」

ギャレットはパイントグラスについた泡を拭いた。「何も聞いてないんだ。きみが出ていったすぐあとに来て、ここで観察するとだけ言ってた」

「観察？　観察するって何を？」

「さあ」ギャレットは縁いっぱいにビールが注がれたグラスを光にかざした。「濁ってないよね？」

黄金色のビールはガラスのように透き通っている。その先にあるギャレットのくすんだ茶色の目まではっきり見えた。「全然」

「よかった。ぼくに言わせれば、濾過《ろか》していないビールほどひどいものはないから」

わたしも彼の意見には賛成だった。クラフトビールもほかのあらゆるものと同じく流行があるが、最近のトレンドのひとつが、濾過工程を飛ばしたビールだった。濾過することで、ビールは明るく透き通った色になる。その工程がなければ、酵母やホップのかすがグラスの底に溜まり、濁ったビールになる。わたしは、ビールに固形物が残るのは好きではなかった。ほかのビール職人がどうしてそこまで流行にこだわるのか、さっぱり理解できない。

客の列をさばきおえると、わたしは話をしにマイヤーズ署長のところへ向かった。がっしりした体がスツールからはみ出しそうになっている。背の高いテーブルに近づくと、彼女はカーボン紙を使ってメモに何やら書き込んでいた。まだカーボン紙を使っている人がいたとは驚きだ。

「スローン」マイヤーズ署長はメモから顔を上げずに言った。

「何か持ってきましょうか？　ビールでも？」

「勤務中なのよ」

「それじゃあ、炭酸水？　普通の水がいいかしら？」

マイヤーズ署長は首を振ってボールペンをカチッと鳴らした。「どうぞおかまいなく。座って」

わたしは彼女の向かい側のスツールを出して座った。貧乏ゆすりをしないよう片手で膝を押さえなければならなかった。子供の頃から続く、緊張したときの癖だ。

「ホテルの監視カメラ映像には何か写ってた？」とわたしは尋ねた。

「今送ってもらってるところ。まだ見てないの」マイヤーズ署長の制服にはしわが寄っており、短く切った髪は脂ぎっていた。エディが殺されてからろくに眠れていないのだろうか。こういう事件は今までレブンワースでは起きたことがない。マイヤーズ署長はエディを殺した犯人に裁きを受けさせることを自分の使命だと感じているはずだ。

「捜査の進み具合はどう？」

マイヤーズ署長はしばらく黙ってこっちを見ていた。鋭い目つきに、わたしは、逮捕されそうになっている犯人のような心境になった。「こっちもちょうど同じ質問をしようと思ってたところよ」

「同じ質問？」

「スローン、このまえは確かに目を光らせておいてほしいと言ったけど、何も町じゅうの人を尋問しろとは言ってないわ」うそをつけるものならついてみろと言わんばかりに、マイヤーズ署長は黒い目で冷たい視線を向けてくる。

「まあ、確かにあちこち訊いてまわったかもしれない。だって、エディの死体を発見したのはわたしだし、彼はここで殺されたわけだから、なんとなく責任を感じてて」

彼女は一瞬、わたしのうしろにいるだれかに目をやったが、すぐまたこっちに視線を戻した。

「なるほどね。けど、犯人も一度人を殺してるなら、気に食わない相手をまた殺す可能性は充分にあるのよ」

「ちょっと待って。エディの死は無差別殺人だったかもしれないって言いたいの？　個人的な恨みからきたものじゃなくて？」

「そうとは言ってないわ。ただ気をつけるように言ってるだけ」

足がセメントの床の上で跳ねた。わたしとしては、マックが死ぬまで刑務所で過ごさなくてすむよう今まで頑張ってきたつもりだが、ひょっとして無意識のうちに自分を――さらにひどい場合はアレックスをも――危険にさらしていたのだろうか？　「何か手がかりはないの？」

「今のところあなたに教えられる情報はひとつもない」マイヤーズ署長は一定のリズムでボールペンをカチカチ鳴らしていた。

「でも、まさかこのレブンワースで連続殺人犯が野放しになってるとか言いたいわけじゃないわよね？」

「わたしは何も言ってないし、何も否定してない。とにかく言えないのよ」彼女はバッジを叩いた。「仕事だから」そう言って、カウンターのほうを向いた。「それで、ビジネスパートナーについてはほかに何かわかった？」彼女は首を傾げて言った。

「たぶんあなたがうわさ話で耳にしてる以上の情報はとくにないんじゃないかしら」わたしはうしろを振り返った。ギャレットはカウンターの上に両肘をのせて、試飲用のグラスを手にした客と話していた。わたしと目が合い、ドリトスをひとつつまんで持ちあげた。そのしぐさに、わたしはつい笑みをもらしそうになった。「シアトル出身で、そこでテクノロジー関連の仕事をしてて、大叔母のテスが死んだあとに〈ニトロ〉を開くことにしたってことだけ」

「そう」マイヤーズ署長はメモの余白に何やら書き込んでいた。

ということは――とわたしは思った――ギャレットはまだ容疑者リストからはずれていなかったわけか。マックの容疑がようやく晴れたかと思ったら、今度は、わたしの上司が警察に目をつけられているなんて。

「オフィスの不法侵入疑惑についてはどうなの？」

「疑惑？」

「だって証拠はギャレットの証言だけだもの」

「わたしもオフィスの中は見たわ。あれはほんとに荒らされてた。だれかがまちがいなく押し入ったはずよ」

「もしくは、何者かが不法侵入に見せかけたか」マイヤーズ署長は厳しい目つきでこっちを見た。「わたしに言わせれば、ただの偶然だなんて、そんなのありえない。同じ店で不法侵入と殺人事件が起きたわけだから」

マイヤーズ署長は物知り顔でこっちを見て、座ったまま左右に体を揺らした。バランスを崩してスツールから転げ落ちるかとひやひやしたが、彼女はぎりぎりのところで体勢を立て直し、ベルトをぐいっと引っぱった。「スローン、あなたが相手だとみんな気を抜くから、わたしのかわりに目を光らせておいて。何か妙な行動があれば、すぐにわたしに知らせるのよ。頼りにしてるわ。でも、さっき言ったとおり気をつけて。要領よくやってね」

マイヤーズ署長はそれ以上何も言わなかったが、口ぶりから、話はこれで終わりだとわかった。どうして今度はギャレットに目をつけたのだろう。そう思いながら、カウンターに戻った。だからここで店内を見張っていたのだろうか？　何か怪しい行動やふるまいはないかと彼を監視していた？

「署長はなんて？」とギャレットはわたしに訊いた。

「何も」わたしはうそをついた。むやみに彼を心配させる必要はない。わたしは自分の直感を信じている。その直感は、ギャレットは殺人犯ではないと言っていた。

「何か不安げな顔だね」ギャレットはわたしにボウルを差し出した。「ドリトスでも食べる？」

「遠慮しとくわ」

彼は口笛を吹いた。「ドリトスを断るとはまずいな。さては、署長はぼくのことを見張ってたんだね？」

「ちがう」わたしはまたうそをついた。「わたしはただ、うちのビールのことを考えてただけよ」

「またまた。うそばっかり」彼はほほ笑んだ。

ギャレットが鋭いということをすっかり忘れていた。わたしを含め、人の心を読むのが得意だということを。

「署長には好きなだけここにいてもらっていいよ。でも、面白いな。ほら、警官っていうのはしょっちゅうドーナッツ店に出入りしてるなんて世間では言われてるけど、ここレブンワースでは、ぼくのパブに入り浸ってるなんて。ぼくとしてはそれで全然かまわないけどね」そのことばは本心から言っているように感じられた。身振りにも不安を覚えている様子はない。

わたしも人を見る目が衰えていないといいのだが。でないと、毎日殺人犯と隣り合わせで仕事をしていることになる。

28

その後は何事もなく、夜が更けていった。マイヤーズ署長は思ったより長い時間店にいて、閉店間際にようやく帰った。わたしは、店のメニューを書いたメモを家に持ち帰ることにした。ギャレットには、アレックスにデザインを考えてもらうから明日確認してほしいと伝えておいた。客にも、料理のメニューがもうすぐ完成するということは説明してある。その約束を守るのはもちろん、料理を出せる環境を一刻も早く整えることが今は大事だと、わたしたちふたりは考えていた。

家に帰ると、いつものとおりアレックスが起きて待っていた。

「おかえり、母さん」リビングルームから声がした。「ここにいるよ」

アレックスはサッカーの練習用のスウェットと黒のパーカーを着て、膝にiPadを置いてソファに寝そべっていた。コーヒーテーブルには携帯電話が置かれ、大きなスクリーンにはゲームがついている。

「デジタル機器を三つ駆使してるわけね」とわたしは言って、息子の頭のてっぺんにキスをした。

アレックスはゲームを中断し、体を起こしてiPadのスイッチを切った。「友達の何人かで一緒にゲームをやってるんだ。すごく面白いんだよ。大きなスクリーンでネット対戦しながら電話でチャットできるんだ」

「お母さんにはなんのことだかさっぱり」わたしはにっこり笑って、ソファの端に腰を下ろした。

アレックスはわたしの膝に両脚をのせた。わたしは無意識のうちに彼の足をさすりはじめた。まだアレックスが小さかった頃、こんなふうにふたりでソファに座って『ウォレスとグルミット』を見ながら彼の脚をよくマッサージしたものだ。十歳になるかならないかの頃、彼はよく成長痛に悩まされていた。その痛みを和らげるには、脚をマッサージするのが一番だった。

「ほら、iPadでプレイしてるのがテレビにも映ってるでしょ」アレックスはデジタル機器をつなぐやり方を説明してくれた。わたしは純粋な興味から彼の話を聞いていたけれど、息子がIT技術に自然と興味を引かれていることに、ひそかに驚いていた。率先してわが家をデジタル化してくれるのは、この上なくありがたい。

「IT技術といえば」息子の説明が終わると、わたしは言った。「ちょっとしたプロジェクトに興味はない？　もちろん、お金は払うわ」

アレックスは最近、3Dプリンターを買うためにお金を貯めていた。マックはクリスマスにプレゼントしてやりたいと言っていたのだが、わたしが断固として、そういう高価な商品は自分でお金を貯めて買わせるべきだと主張したのだ。アレックスはとてもよくできた子で、ありがたいことに労働意欲もあるのに、マックはすぐ息子に小遣いを渡そうとする。わたしはアレックスに貯蓄の大切さを教えたかった。何も持たずに育ったわたしとしては、経済的に自立することがいかに大切か、身に沁みてわかっている。

「いくらもらえるの？」アレックスは目を輝かせた。

「期待しないで。それほど多くはないから」わたしは〈ニトロ〉のメニューを書いたメモを彼に見せた。「メニューのデザインを考えてくれたらと思ってるの」

「いいよ。面白そうだし」アレックスは足をもぞもぞ動かして体を起こした。「家族だから特別に安くしとくよ。百ドルでいい？」

わたしは片眉を吊りあげた。

「どうしたの？　お買い得だと思うんだけどな。だって、デザイン会社に頼んだらいくらかかるか知ってる？　それに今は、サッカーゲームの新作を買うためにお金を貯めてる最中だから」

「冗談で言ってるのかと思った。まさか本気なの？」わたしは彼の脚を膝から下ろして立ちあがった。

「だからなんだっていうの？　そんなにかりかりしないでよ、母さん」

息子のこういうところは必ずしも本人だけのせいではない。自分の権利を堂々と主張するところは父親そっくりだ。反対にわたしは、これまで手にしたお金はすべて自分の力で稼いできた。若い頃は苦労したとはいえ、そのおかげで今は、どんなことが起きても立ち直る強さを学べたと思っている。その強さをアレックスにも身につけてほしかった。

「時間はどれくらいかかりそう？」

彼は肩をすくめた。「さあ。二、三時間かな」

「そう。で、この国の最低賃金は？」

「知らないよ、母さん。ちょっと怖いんだけど」アレックスはそう言いながらコントローラーをいじった。

「いいえ、大事な話よ。あなたは今十五歳で、二時間働けば百ドルもらえると思ってるわけ？」

彼は両手を上げた。「いいよ、わかった。じゃあ、二十五ドルでどう？」そう言って、ウィンクをする。

「まあ、そんなところね」わたしは腕組みをした。

アレックスはゲームを消してメモ帳を取った。「早速取りかかるよ」そう言って廊下を進みはじめたかと思うと、急に足を止めた。「そうだ、忘れてた。今日家に帰ってきたら、黒い車がうちの私道に停まってたんだ」

「えっ？」わたしはマイヤーズ署長との会話を思い出した。

「うん。まあ、そんなに大騒ぎするようなことじゃないと思うけど。ぼくが家に着いたらすぐに走り去ったから。でも、なんとなく気味が悪いよね。だって、こんなところに人が来ることなんてめったにないし」

腕の毛が逆立った。やっぱりだれかに見張られているのだろうか？　ゆうべはオートバイときて、今夜は私道に謎の車。

「なんでもないわよ、ハニー」わたしは冷静さを装《よそお》ってアレックスに言った。「でも、ひとつお願いがあるの。ひとりで帰宅したときは必ず警報装置をつけるようにしてくれる？　とりあえず、いろいろ落ち着くまで」

警報装置はこの家を買ったときにマックが設置していた。今まで一度も使ったことはないけれど。設置した当時は、わたしからすれば、ばかばかしいと思っていた。レブンワースは防犯装置が要るような町ではない。それはマックもわかっていて、わたしの意見には同意していたのだが、それでもつけていた。「わからないぞ——いつかうちのホップに人気が出て、なんとしてでもそれを手に入れたいと思う輩《やから》が出てくるかもしれない」彼は冗談交じりにそう言っていた。そのときは、いつものごとく彼にとってステータスのようなものだろうと思っていたが、今夜ばかりは、彼があのときわたしの意見を無視してくれてありがたいと感じた。

「母さんがそう言うなら」アレックスは大げさに敬礼し、自分の寝室に向かった。

「あまり夜更かししないのよ」わたしは彼の背中に声をかけた。

心が落ち着かなかった。ブルーインとエディのことがどうしても頭から離れない。そこでわたしは、お風呂に入るでもなく、ベッドに向かうでもなく、気晴らしに〈ニトロ〉のデザートをつくることにした。ちょうどチョコレートが食べたい気分だった。ついでにエディの殺人事件も頭から振り払えれば言うことはない。

チョコレート・スタウト・ブラウニーは、パブにはもってこいのデザートだ。ちょうど黒ビールが冷蔵庫にあり、チョコレートも、マックのために常備しているドイツの輸入品が残っていた。まず、バターを火にかけて融かし、ゆっくりチョコレートと混ぜた。チョコレートが融けたら火から離し、卵を割り入れ、小麦粉、砂糖、バニラエッセンス、ココアパウダーを加える。そこへ、黒ビールを四分の一カップ、ゆっくりと注ぐ。これで、強烈なチョコレート味の中に、麦芽の香りがほんのり立つはずだ。

オーブンを予熱し、ブラウニーの生地《きじ》を流し込んだ型をオーブンに入れた。焼けるのを待つあいだ、手早くシャワーを浴び、お気に入りのパジャマに着替えた。家全体がチョコレートの香りに包まれたところで、その香りに誘われたアレックスが自分の部屋から出てきた。「めちゃくちゃおいしそうなにおいがするけど、何をつくってるの、母さん?」

「ブラウニーよ。ひとつ食べてみる?」

「全部食べたい」彼はわたしについてキッチンに入った。わたしがオーブンから型を出して切り分けるあいだ、じれったそうに待っていた。ほんとうは切るまえに少なくとも三十分は寝かして粗熱《あらねつ》を取りたいところだが、今日はアレックスが一緒だ。極上の香りに、待つなんてとてもできない。

「気をつけて。すごく熱いから」しっとりしたブラウニーをひとつ皿にのせてアレックスに渡した。

彼は一口サイズにちぎって、大きな口に放り込んだ。「うまい」

わたしも彼に続いて自分のつくったデザートを味見した。チョコレートの味を感じるのはもちろん、ビールのほのかな風味もちゃんと残っていた。

「正直な感想は？」とわたしはアレックスに訊いた。

「うん？　最高だよ」彼はまた一口食べた。

「気をつかわなくていいのよ」

「母さん、まじでうまい。本気で言ってるんだよ——もし許してくれるなら、全部食べるけど」

「こんな時間に全部はだめ。だけど、もうひとつくらいならいいわ」息子の褒めことばにわたしは笑みを浮かべた。今日のブラウニーは確かにチョコレートの味がしっかりしていて濃厚だと感じたが、その自己評価を裏づけてくれる人がいて安心した。わたしは普段からチョコレートに目がないため、まともな判断ができるか自信がないのだ。アレックスにもうひとつブラウニーを切り分けると、彼はメニューのデザインを考えに自分の部屋へ戻った。わたしはそろそろ寝ることにした。メニューがもう少しでできあがりそうなのでほっとしていた。それに、デザートのレシピもこれでひとつ決まった。エディが殺された事件についても同じように感じられたらいいのだけれど。ブラウニーを焼く作業は楽しかったが、その気晴らしも一瞬で終わってしまった。廊下を歩きながら電気を消すうちに、事件について何か重要なことを見落としているような気がしてきた。マイヤーズ署長は何かほのめかしていなかったか？

〝やめなさい、スローン。いいから、そのことは忘れて寝るの〟。

自分のアドバイスに従おうとしたが、気づくと寝返りを打ってばかりだった。この町に殺人犯がいるというだけで落ち着かないのに、それに巻き込まれてしまうとは。不安でしかたがなかった。人殺しが野放しになっていると思うと、ほとんど眠れなかった。

29

心休まらない夜が過ぎ、わたしは朝の五時半にようやく闘いをあきらめ、廊下をよろよろ歩いてコーヒーを淹《い》れに向かった。アレックスは自分の部屋でぐっすり眠っていた。満足げな表情で胎児のように丸まって眠っているその姿を見て、思わず笑みがこぼれた。小さい頃から同じ姿勢だ。長年変わらないものもあるものだ。

コーヒーを淹れるのにひどく時間がかかった。ひと晩じゅう寝返りを打っていたせいで頭がほとんど働いていないからかもしれない。やっとのことで淹れると、ものの数分で一気に二杯飲んだ。三杯目に口をつけたところでようやくすべての焦点が合いはじめた。仕事にいくにはまだ早いし、今日はアレックスを学校に送っていかなければならない。それまでの時間を有効活用したほうがいいだろう。わたしはそう思い、お気に入りのお菓子のレシピ本を二冊引っぱり出して、インスピレーションを得ようとページをめくった。

デザートにはどれもビールを使いたかった。わたしたちが経営しているのは醸造所《じょうぞうじょ》なのだから、できるだけビールを使うのが自然だろう。初日の夜に出したビール・カップケーキも客の受けはよかったが、考えれば考えるほど、焼いてからフロスティングをかけるのにかかる時間と日持ちが心配になった。ぱさぱさで硬くなったカップケーキなど、だれも食べたがらない。カップケーキは本来、つくってすぐに食べるものだ。デザートの需要が実際にどのくらいあるのかわからないので、保存がきかないものはつくりたくなかった。チョコレート・スタウト・ブラウニーは、密封した容器に入れておけば数日もつ。

熟慮を重ね、少なくとも三十はちがうレシピを見た結果、シトラス風味のショートブレッドをつくることにした。カップケーキとほぼ同じ材料で、かわりにショートブレッドを焼くのだ。これなら充分日持ちするし、バニラかレモンのアイスクリームを添えて客に出せるだろう。

まず、バターと砂糖を泡立て器でクリーム状に練りはじめた。次に、バニラエッセンスとすりおろしたレモンとオレンジの皮、パカーアップIPAを適量加える。三杯目の濃いコーヒーに加えて、シトラスの香りを吸ったおかげで元気が出てきた。レモンとオレンジを絞って果汁を生地《きじ》に加え、粉の材料をふるいにかけて混ぜた。しっかりした生地はレモン色に輝いている。それをガラス製の型に広げ、オーブンに入れた。

一時間半後にアレックスが目を覚ます頃には、できたてのショートブレッドが用意できていた。彼はそれをがつがつ食べ、そのうえブラウニーにも手をつけた。

「朝食にデザートか――まあ、これもありだよね？」彼はにやりと笑った。

「いったいどこに消えてるの？」わたしは手を振って彼の体を示した。彼は肩をすくめてシャワーを浴びにいった。アレックスが学校の準備をしているあいだ、わたしは残りのブラウニーとショートブレッドを切り分け、ギャレットの店に持っていけるようタッパーウェアに詰めた。もちろん、最終決定をするのは彼だ。

車に移動している途中、アレックスが昨夜つくりあげたメニュー表を渡してきた。すばらしい出来だった。すっきりしたデザインで見やすく、〈ニトロ〉の化学実験室みたいな雰囲気をよく表している。アレックスは元素をアイディアに取り入れていた。周期表のＢｅ（ベリリウム）とＥｒ（エルビウム）でビール《Beer》を表現し、〝必須元素〟だと説明書きを加えている。ギャレットはまちがいなく気に入るだろう。アレックスのデザインがＴシャツやビール容器《グラウラー》に採用されているところも、今から想像できた。

「完璧だわ」わたしはメニュー表を見て言った。

「気に入ってくれた？」

「すごく」メニュー表をバッグにしまった。「今日じゅうにギャレットに見てもらうわね。最終的なメニューが決まったらすぐ、デザートと価格も加えてもらうから」

「よかった」アレックスは頬をほんのり赤く染めながら、褒めことばを受け流し、助手席に飛び乗った。

ラジオをつけ、わたしの知らない曲に合わせて鼻歌を歌っている。車内は心地よい沈黙に包まれていた。ところが、幹線道路に入ったとき、エンジンの回転速度を上げる大きな音がうしろから聞こえてきた。アレックスは大声を出し、わたしたちの横を通る車を指差した。車は煙を巻きあげ、道にタイヤ痕を残しながら猛スピードで駆け抜けていく。「あれだよ！　ゆうべうちの私道にいた車！」

わたしは鼓動が速くなるのを感じた。ずっとつけられていたのだろうか？　車に見覚えはなかった。車体は黒く、窓にも黒のスモークフィルムが貼られており、ナンバープレートは読み取れなかった。それでも、視界から消えるまえに、できるかぎりの情報を記憶しようとした。時速百四十キロ近く出ていただろう。ここの制限速度は九十キロだというのに。

アレックスは目を見開いていた。不安を感じているのがわかったので、わたしは精いっぱい落ち着きを保って言った。「きっとどこかの目立ちたがり屋よ」手を伸ばし、息子の膝を叩く。「母さん、あれは絶対、昨日うちに停まってた車だって」

「あなたの話がうそだとは思ってないわ」わたしは努めて明るい口調で言った。「でも、きっとなんでもないわよ」

アレックスは首を横に振った。「母さん、これはただごとじゃないんじゃない？」

わたしは道路から一瞬だけ目を離して、安心させるように息子の顔を見た。「そうね。今日じゅうにマイヤーズ署長に相談するって約束する。けど、あなたには心配してほしくないの。きっと何か説明のつく理由があるはずよ」

「しばらく父さんに戻ってきてもらったほうがいいんじゃないかな」アレックスは横を向いて

窓の外に目をやった。「ほら、男の人に家にいてもらったほうが」

「アレックス、こっちを見て。大丈夫。わたしたちは大丈夫だから。お母さんだって、ひとりでなんでもできる大人よ。あなたのお父さんに戻ってきてもらう必要はない。お母さんがどうにかするから。いい？」

「わかった」アレックスはそれでも納得していない様子だった。わたしは、彼がマックにこの話をしないよう祈った。そんなことをしたら、マックのことだから、ものの数秒でうちの玄関に現れるにちがいない。

学校に着くと、車から降りて校舎に向かう息子に、大丈夫だともう一度声をかけた。とはいえ、やっぱりアレックスのほうが正しいだろうか？　だれかわたしたちを守ってくれる存在が必要？　それにしても、黒い車に乗っていたのはだれなのか？　町中で見かけた覚えはなかったが、そうはいっても、わたしも普段から車ばかり気にして歩いているわけではない。そもそもどうしてうちまで来ようなどと思うのか？　ほんとうにわたしたちをつけていた？　たまたま同じ車が通りかかっただけ？　町へ向かう道はそう多くない。黒い車に乗っていた運転手がゆうべ道に迷って、偶然うちの私道で方向転換しただけという可能性もある。もしかしたら、近くのホテルの宿泊客が同じ時間に幹線道路を走っていただけなのかも。

そういうふうに考えてはみるものの、願いとは裏腹に、そんなことはありえないと思えてきた。同じ車が昨夜うちの敷地に現れ、二十四時間以内に道路でまたわたしたちを追い越す確率はいったいどれくらいある？　とはいえ、だれがわざわざわたしをつけるというのか？

わたしは長いため息をつき、〈ニトロ〉までそのまま車を走らせた。アレックスにした約束は口先だけではなかった。午前中にでもマイヤーズ署長をつかまえて、何者かにつけられていたことを話すつもりだ。もしかしたら署長なら、すでにあの車の持ち主を知っているかもしれない。町の人にも訊いてみよう。レブンワースには、スモークフィルムの貼られた車はそれほど多くないから。きっとだれかしら、黒いセダンの持ち主を知っているはずだ。

〝ただの杞憂《きゆう》よ〟。わたしはそう自分に言い聞かせ、〈ニトロ〉のまえのスペースに車を停めた。

デザートのタッパーウェアを持って店内に入る。驚いたことに、ギャレットはすでに起きて、ビールの醸造作業に取りかかっていた。黒の長靴を履き、化学の実験用のゴーグルで顔の上半分を覆っている。

「おはよう」わたしは、仕込槽に麦を流し込む音に負けないよう声を張った。

ギャレットはわたしの声にびくっとした。「ああ、きみか」

「今日は早かったのね」

ギャレットは機械の電源を切り、ゴーグルをはずして片手を差し伸べた。「どれか持とうか?」

わたしはタッパーウェアを差し出した。「これはあなた用なの」

彼は蓋を開けてにやりとした。「朝食か」

「息子みたいなことを言うのね」わたしは首を振った。「デザートよ」

「同じじゃないか」ギャレットはタッパーウェアを開けて、ブラウニーをひとつ取り出した。

「大叔母のテスの家に遊びにきたときはいつも、朝食にデザートを出してもらってたんだ。もしかして、天国の大叔母と話した？」彼はそう言ってブラウニーにかぶりつき、天を仰いだ。

「ゆうべは眠れなかったから、デザートの試作に挑戦することにしたの」

「これだよ。これで決まりだ」ギャレットはブラウニーを頬張りながら言った。今度はシトラス風味のショートブレッドを手に取っている。それも口に入れたあと、激しくうなずいた。

「それとこれも」

「まだ一回つくってみただけ――」とわたしは言いかけた。

彼は手のひらをわたしに向けた。「いや。デザートはもう決まりだ」

「ほんとに？」

もうひとつショートブレッドを食べながら、彼は親指を立てた。「ああ」

「ちょっと質問なんだけど、あなた、黒いセダンに乗ってたりしない？」

「いや。どうして？」

「ううん。大したことじゃないと思うんだけど、このあたりで黒いセダンを見かけたものだから」

「このあたりで？」

「ゆうべその車がうちの敷地に停まってたってアレックスは言うの。今朝も車に乗ってるときに見かけて。たぶんなんでもないわ。被害妄想ね」

ギャレットは眉をひそめた。「スローン、きみは被害妄想をするようなタイプには見えないよ」

どういう意味だろう？　真剣な目で見つめられたせいで胸がどきどきした。ギャレットといると、ときどき調子がくるってしまう。「確かに普段はそうなんだけど、今はなんというか、ぴりぴりしてるから」

「警察署長に話したほうがいい」

「ほんとに息子みたいなことを言うのね」

「賢い息子さんだ」ギャレットはそう言って、タッパーウェアを持ちあげた。「これはぼくがもらっていいのかな？」

「もちろん。好きなだけ食べて」わたしはバッグを叩いた。「メニュー表も見てもらおうと思って持ってきたの」

彼はオフィスまでわたしについてきた。歩きながらまたブラウニーを食べている。「きみは、無為《むい》な時間を過ごすということが一切ないんだろうね？」

わたしは奥の椅子にバッグを置き、アレックスが試作したメニュー表を取り出してギャレットに渡した。「どういうこと？」

「これだよ」ギャレットはメニュー表を振った。「何もかも全部だ。デザートに、メニューに、他店のビールの手配。きみにできないことなんて何かあるのかな？」

わたしは笑い声をあげ、彼の親切なことばをはねつけた。「どこから始めたらいい？　苦手なことを挙げればきりがないけど」

「そうか」ギャレットはメニュー表をざっと見た。「完璧だ。アレックスはきみに似たんだね」

「彼はほんとによくできた子供よ。わたしも自分の手柄にできたらうれしいんだけど、きっと生まれつきなんだと思う」ゆうべは息子に厳しくしすぎただろうか？　お金のことでうるさく言いすぎてしまった。今になって後悔の念が押し寄せてきた。とはいえ、お金の管理に関しては、マックを手本にさせるわけにはいかない。

「ありがとうって返すのがそんなにむずかしいかい？」ギャレットはゴーグルを顔から取って机に放った。

「えっ？」

ギャレットは首を振った。「いいんだ。気にしないでくれ」

わたしは謝った。彼の言ったことは図星だ。わたしにとって、褒めことばを素直に受け入れるのは簡単ではない。だが、それ以上説明するまえに、入口のほうから声が聞こえ、ふたりとも振り返った。

「おーい、だれかいるか？」男の声だった。

ギャレットはわたしの顔を見た。わたしは肩をすくめ、ふたりで入口へ向かった。

ドアの近くに、両腕で大きな箱を抱えたヴァンが立っていた。中身を見なくてもホップが入っているのはわかる。香りがあたりに漂っていた。「おお、いてくれてよかった。一か八か来てみたんだ。まだ早いのはわかってるけど、今朝はブルーインの店に寄らなきゃいけなかったから。ついでにここへ来て、注文の品を届けて例の契約書を受け取れたらと思ったんだ」

「うちが追加で注文した?」とギャレットは訊いた。

ヴァンは両手に持った箱を持ち直した。「最初の注文の二倍届けてくれっていう電話があったよ。実は、トラックにもう三箱入ってるんだ」

「電話があった?」ギャレットは困惑顔でわたしを見た。「きみが電話したのかい?」

わたしは首を横に振った。「いいえ」

ヴァンも同じくらい当惑した表情を浮かべていた。「いったいどうなってるのか知らないが、昨日〈ニトロ〉のだれかから電話があった。それは確かだ。おれがかけ合わせたホップを最初の注文の倍ほしいって。今朝摘《つ》んだばかりだから新鮮だよ」

「この店にはふたりしかいないけど」ギャレットは髪をくしゃくしゃにした。「だれが電話したんだろう?」

ヴァンは肩をすくめた。「さあ。おれはてっきりあんただと思ったんだが。〈ニトロ〉の人間だと言ってたよ」

「いや、ぼくじゃない」

「じゃあ、これは要らないか?」ヴァンは顔をしかめた。「新鮮だし、正直な話、あっという間に売れちまうぜ。おれがあんたなら、手に入るうちに手に入れとくね。こいつはいつまでもここにないと思うから」

ギャレットはまだ、だれがわたしたちのかわりにホップを注文したのだろうと頭を悩ませている様子だった。ヴァンは眉を吊りあげた。「もしもし?」

ギャレットは咳払いをし、体をかすかに震わせた。「ええと、ううん、それじゃあもらっとこうかな。どのみちビールをつくり直すのに、ホップは必要だから」

ヴァンはテーブルに箱を置いて自分のうしろを指差した。「残りの箱を取ってくる」

彼が出ていったあと、ギャレットはわたしのほうを向いた。「ほんとに注文してない？」

「まさか。どうしてわたしが？」

ギャレットはため息をついた。「〈ニトロ〉がビール業界に乗り込んできたのをよく思ってない人間がいるみたいだ。そんな気がしないか？」

そんな気はしなかったが、確かに彼の言うことも一理ある。レシピの紛失から始まり、エディの殺人事件でビールが台無しになったときて、今度は、だれかが勝手に高いホップを注文したとは。「そうかも」

ギャレットは頭を掻いた。「何かがおかしい。ぼくに言えるのはそれだけだ」彼は窓の外で箱をふたつ積み重ねているヴァンのほうを見た。「あとのことはきみに任せてもいいかな？ ぼくはちょっと確認したいことがあるから」

「わかった」オフィスに向かう彼の背中が心なしか小さくなっているように見えた。ギャレットの言うことは正しいだろうか？ だれかが彼の成功を邪魔しようとしている？ でも、いったいだれが？ ブルーイン？ それとも……マック？ これが全部マックのしわざだとしたらどうしよう？

30

ヴァンは、ホップの箱を降ろしおえると、ほこりっぽい請求書をわたしに渡した。「ギャレットのやつはどうかしちまったのか？」

「どうして？」

「電話の声は、どう聞いても彼だったから」

「ほんとに？」

「ああ」

だれかがギャレットを陥《おとしい》れようとしているのかもしれないと本人が疑っていることは、わたしはヴァンに話さなかった。けれど、ヴァンもヴァンで、どうしてそこまで昨日の電話がギャレットだったとはっきり言えるのだろう。ギャレットはそれほど特徴のある声をしているわけではない。しかも、ヴァンはまだ彼のことをよく知らないはずだ。それなのに、どうしてそこまで確信を持てる？

その件はとりあえず脇へ置いておき、わたしは彼に尋ねた。「次はブルーインのところに届けるの？」

ヴァンは着古したジーンズの前ポケットに両手を突っ込んだ。「まあね。届け物もあるんだが、今日はちょっと、彼と話があって」そう言って、体を傾けてわたしの左肩の向こうを見た。「あんたの耳にも入ってるかどうか知らないが、ブルーインは少しまえから新しいビール職人を探してるんだ」

「そうなの？」わたしは初耳のふりをした。

「ああ。どうやらエディとあまりうまくいってなかったらしい」

「ほんと？　店ではうまくやってると思ってたけど。ふたりは昔から一緒に働いてるし、あそこはいつも繁盛してるように見えたから」

ヴァンはホップをひとつ取って両手で揉んだ。「店は成功してるけど、あのふたりはいがみ合ってたんだ。あんたが知らなかったとは驚きだよ。ここでもついこのあいだ、殴り合いになる寸前だったんだぜ」

わたしは〈ニトロ〉のグランドオープンのときのことを思い返した。ブルーインとエディのやりとりをわたしがまちがって解釈していたのだろうか？　あのときは、ブルーインがエディを落ち着かせようとしているのだと思っていた。確かに、ブルーインが酔っぱらっていることにエディが腹を立てていた可能性はある。とはいえ、ヴァンの言う〝殴り合い〟に発展しそうだった記憶はなかった。

ヴァンは続けた。「エディは普段から面倒を起こしがちで、ブルーインは彼の手綱を締めてばかりいることに疲れてたんだ。知ってるか？〈ブルーインズ・ブルーイング〉のビールのレシピは、エディのじゃなくてブルーインのらしいぜ」

「そうなの？」わたしの印象では、ブルーインは経営者としてお金を出すだけで、醸造《じょうぞう》の責任者はエディのほうだった。

「ああ。ブルーインはあんたのとこのギャレットと同じく、昔から自家醸造者《ホーム・ブルワー》としてビールをつくってたんだ。その肩書きのとおり、ビールづくりはお手のもので、エディはもともと必要なかったんだが、ビールの醸造は若い人の仕事だろ。どれくらい体力が要るかはあんたも知ってるはずだ。それで今、エディのかわりにだれか雇おうと考えてるらしい」

不意に、ヴァンが何を言おうとしているのか理解した。「それがあなたってこと？　ビールの醸造がしたいの？」

「そんなに驚いた顔をしないでくれよ。おれもビールはつくるんだ」

「でも、ホップ農場の仕事のほうは？」

「そっちも引き続きやるさ。ブルーインには、おれもせめて立候補くらいさせてくれって伝えたんだ。ホップ農家にビールの醸造ができるとはだれも思わないかもしれないが、ビールのつくり方くらい知らなけりゃ、あんなうまいホップをつくれるかっていうんだ。そうだろ？」

「そうね」わたしはうなずいたが、ヴァンの率直さにびっくりしていた。それに、彼がビールの醸造に興味を持っていたとは驚きだ。だが、本人には何も言わなかった。意外だというのは、もうみんなに言われているはずなので。

「チャンスがあるかどうかはわからないが、とりあえずおれの腕を確かめてくれるみたいでよかったよ」

「ということは、今朝はその面接に?」

「まあね。それにしても、ブルーインっていうのはなかなかいいやつだよな」ヴァンはぼろぼろのジーンズと泥まみれの長靴に目をやった。「今日の面接は別に、スーツとネクタイでばっちり決めて出かけるようなやつじゃないけど、自家製のビールは持っていくつもりだ。店の設備について説明するから、醸造所内を歩く準備をしてこいって、ブルーインに言われててさ」

「それで、ビールの出来はどうなの?」

彼はホップを床に捨て、目を輝かせた。「飲んでみるか? トラックにケースを積んであるんだ。多めに持っていったほうがいいと思ってね」

「もし余分に持ってきてるなら、そうさせてもらおうかしら。ぜひ味見してみたいわ」

ヴァンは間髪を容れず、トラックに走って、自家製のビールを四本持って戻ってきた。どの瓶にも、ビールの名前を書いた白いラベルが貼られている。ヴァンを見ていると、小学生の頃、図工の授業でつくった作品を家に持ち帰っていたアレックスを思い出した。ヴァンは、瓶をわたしのほうへ差し出し、期待に満ちた表情を浮かべている。

「今すぐ試飲したほうがいい?」

「ああ。ぜひ試して感想を聞かせてくれ。あんたは町一番のビール職人だって聞いてるから」

まだ午前中で、ビールを飲むには早かったが、わたしはヴァンの期待を裏切りたくなかった。なぜか妙にわたしの意見を聞きたがっているらしい。そこで、カウンターに移動し、瓶の蓋を開けた。ヴァンお手製のビールをそれぞれ二センチずつ、試飲用のグラス四つに注ぐ。

わたしは一番軽いビールから始めることにし、最初のグラスを手に取った。ヴァンの手書きのラベルによると、ラガーらしい。わたしはグラスを光にかざした。ビールは濁っており、その先が見えず、酵母が浮いていた。これはいい兆候ではない。濾過《ろか》のしかたがまちがっているか、わざと無濾過のビールをつくったかだ。

彼の気分を害したくなかったので、わたしは慎重にことばを選んだ。「このラガーについて教えて」そう言って、グラスを揺らしてビールを混ぜた。「製法は？　摘《つ》んだばかりのホップを使ったの？　濾過工程についても教えてもらえる？」

ヴァンが工程を説明しているあいだ、わたしはビールのにおいを嗅いだ。わずかに酸っぱい香りがしてきたが、きっと彼が使っているホップのせいだろう。そう前向きにとらえたものの、ヴァンの説明では、一種類のホップのみを使ったラガーということで、濾過は二回おこなったという。あらあら。それはよろしくない。そもそも、ことビールに関しては、味は主観的なものだが、しっかり醸造されたビールから不快な香りが漂うことはまずなかった。〈デア・ケラー〉の醸造所を客に案内していたときのことが思い出される。どうしたらビールがまずくなるのか、その理由をビール愛好家に説明するのがわたしは好きだった。

ヴァンの醸造工程の説明を聞いていると、『初心者のためのビール醸造』に書いてあることをそっくりそのまま繰り返しているだけのように思えた。ラガーを味見してみた。風味が弱く、後味が極端に苦い。完璧なビールをつくるうえで、ある程度の苦さは必要だが、ヴァンのラガーは苦味が強すぎて、上あごの奥を刺激する。また、バタースコッチのようなほのかにしたが、これは、悪い酵母を使ったか、発酵工程《はっこう》を誤ったせいだ。そのどちらかにより発生するジアセチルの味だった。わたしは口の中のものを飲み込み、ぎこちない笑みを浮かべた。「面白い味ね」うそではない。ヴァンのビールは実際に面白い味がした。けれども、決していい味ではなかった。これがブルーインに飲ませる予定のビールなら、ヴァンはすぐさまホップ農場に逆戻りすることになるだろう。

「どんなホップを使ったの？」

ヴァンはカウンターのビールの注ぎ口に目をやった。「うちのホップさ。気に入ってくれたかい？　なかなかの出来だろ？　おれがかけ合わせたホップを使ってるんだ」そう言ってテーブルに置かれたホップの箱を指差した。「もしこれが、おれが評価してるとおりの味なら、売らずに全部、ひとりで使ったほうがいいかもしれないな？」

別に質問というわけでもなさそうだったので、わたしはかすかにうなずいて、次のグラスに移った。ラガーと同じく、このビールも濾過の工程に問題がありそうだったが、赤褐色に近いきれいな色をしていた。ラベルにはＩＰＡだと書かれていて驚いた。わたしにはレッドビールに見える。

ヴァンは土のこびりついた爪でカウンターを叩いていた。「もう、どきどきさせてくれるじゃないか。どうだい？」

わたしは銅のような色をした濁ったビールを光にかざした。彼の不安が手に取るようにわかった。「これも試飲の一環よ。プロとしてビールをつくるつもりなら慣れないと。それから覚えてて。味は主観的なものなの。ある人がおいしいと思っても、別の人はまずいと思う可能性がある」

「あんたはまずいと思ってるのか？」彼は口をゆがませた。

「いや、まだ飲んでもいないから」わたしはふたつ目のビールを味見した。すぐに強い渋味を感じた。これも悪い兆候だ。渋味は、麦芽を煮すぎた場合に出ることが多い。ビールを醸造する際には、弱火から始めて徐々に温度を上げることが肝心だ。初心者が犯しがちなまちがいのひとつが、麦芽をすぐに熱いお湯に放り込むことだった。このやり方だと、風味が飛び、不快な後味が残ってしまう。

味見しているあいだ、ヴァンにじろじろ見られていて居心地が悪かった。建設的なアドバイスは歓迎されないような気がしたので余計にそう感じる。

「これはＩＰＡ？」とわたしは訊いた。

ヴァンはうなずいてグラスに手を伸ばした。「色はどうだ？　レッドビールとＩＰＡの中間を狙ったんだ。なんて呼べばいいのかわからないが、とにかくこいつはおれのお気に入りだ」

彼の熱意を冷ますような真似はしたくなかったが、それでも、だれかが現実を思い出させてやらなければならない。世の中の自家醸造者《ホーム・ブルワー》にはふたつのタイプがいる。ひとつは、つねに勉強を怠らず、醸造工程とビールの質を改善するために他者の意見を求めるタイプ。そしてもうひとつは、ヴァンのような、一回ワークショップに参加したり一度ビールをつくったりしただけで、自分のビールをさらによくするのに必要な努力を一切しないで成功できると考える醸造者だ。

またもやわたしはどう言おうかと考えた。「麦芽はどれくらい煮込んだ?」

ヴァンは、数学の問題を解けと言われたかのように頭を掻いた。目を細めて自分のビールを見ている。「ええと、普通くらいかな」

普通というものは存在しない。そう彼に言ってやりたかった。麦芽を煮込む時間はビールの種類によって異なる。

「醸造歴はどれくらいになるの?」わたしは三つ目のグラスを持ちあげてヴァンに訊いた。

「もうずいぶんだよ。少なくとも半年かな。しばらく仲間とふたりでやってたんだけど、そいつとは別々の道を行くことになってしまって。大変だったよ。おれが買った設備をやつは持っていきたがったから。安い買い物じゃなかったのに」

「そう」

「それはナッツブラウンエールだ」彼は瓶をくるりと回した。「本物のヘーゼルナッツを使ってるんだぜ」

ナッツと麦のかすがグラスの底に溜まっていたので、それはよくわかった。ヘドロを思わせる色だ。麦芽の香りはそこそこ残っているものの、こくと深みはまったく感じられない。ナッツの風味も存在しなかった。一方でかたまりは口の中にしっかり残ったが。最悪の味だ。ヴァンのビールを飲んでみたいと軽い気持ちで言ったことが悔やまれた。このビールの出来からすると、ブルーインに雇われる可能性は、はっきり言ってゼロだろう。ブルーインのもとでビール職人として働けるようになるには、よき指導者を見つけて何年も修業を続ける必要がある。

「うまいだろ？」

わたしはほとんど口をつけていないナッツブラウンエールを置いた。プロのビール職人なら、自分のつくったビールを自慢するような真似はしない。

最後のビールはダークスタウトだった。色が濃く、夜闇のような色をしている。まずにおいを嗅ぐと、焦げ臭い、プラスティックのような香りがした。不快な香りに、グラスの中身を全部、流しに捨てたくなったが、とりあえず一口飲んだ。強烈なフェノール臭を感じた。ほとんど飲めたものではない。薬のような味がする。

「どうだ？」ヴァンは期待を込めた目でこっちを見た。

「これ、味見した？」

彼はうなずいた。「すごくうまくないか？」

「不純物が混じってると思う」

ヴァンは口を引き結んだ。「なんだって？」

わたしはグラスを彼に渡した。「においを嗅いでみて。どんなにおいがする？」

「ううん。キャンプファイアーみたいなにおいかな」

「ええ、そうよね。クローブを連想させるような、その焦げ臭い香りはフェノール臭って呼ばれてるの。ビールに不純物が混じったときに出るにおいよ」

「どうしたら不純物が混じるっていうんだ？」ヴァンは心外だと言いたげだ。

「細菌が混入する経路はいろいろとある――タンクの弁が緩んでるせいだったり、衛生管理が不適切なせいだったり。それから、水道水を使った場合も混入するわ」

「水道水？」

わたしはうなずいた。「水の中に塩素が多量に含まれてたら、フェノール臭が発生する可能性があるの」

ヴァンは目を丸くした。

「わたしだったら、このビールをお客さんに出すことはお勧めしない」

「ほんとか？」

「不純物の混じったビールなんてだれも飲みたくないもの」

「でも、味についてはどうだ？」

「正直に言うと、フェノール臭以外、何も感じなかった」

ヴァンはたじろいだが、すぐに立ち直った。「そのビールには実はコーヒーが入ってるんだ。気づかなかったかい？」

彼がほんとうにその答えを知りたがっているのか、それとも、彼のエゴがあまりに膨れあがっているがための質問なのか、判断がつかなかった。だが、なんと返事をしようか思いつくまえに、彼は時計を見て、急に出口へ向かった。

「おっと、時間がない。味見してくれてありがとう。ギャレットには、例の契約書と小切手がほしいと伝えてくれ――まあ、一昨日も言ったとおりだ」ヴァンはそう言うなり、店から出ていった。

ドアが音を立てて閉まると、うしろからいきなりギャレットが現れた。

「いつからそこにいたの？」とわたしは尋ねた。

「けっこうまえからかな」ギャレットは顔をしかめて、試飲用のグラスを指差した。「フェノール臭に、不純物に、濁り。一口ずつしか飲まなかったみたいだね」

わたしは舌を突き出した。「真面目な話、今まで飲んだ中で最悪のビールだったわ」

「本人はそう思ってなかったみたいだけど」

「そうなの。わたしも建設的な意見を伝えようとはしたのよ。でも、向こうが聞く耳を持ってないようだったから。アレックスでもきっと、もっとましなビールがつくれたと思うわ」

「ああ、彼は自分が聞きたいことばだけしか聞いてなかったね」ギャレットはナッツブラウンエールのグラスを持って、眉をひそめた。「泥水をすくってきてグラスに入れたみたいだ」

普段はわたしもこんなに早い時間には飲まないのだが、試飲用のグラスにパカーアップIPAを注ぎ、一気に飲み干した。

「おやおや。ずいぶんとつらい試飲だったんだね」ギャレットはくすくす笑った。「いい飲みっぷりじゃないか」

「嫌な味を口から洗い流したかったの」飲んだそばから喉が渇いた。「さっきの話は聞いてた？　署名の入った契約書と小切手が今日ほしいんですって」

「聞いたよ。けど、どうかな」

「シアトルの友達から連絡はあったの？」二杯飲んだところでようやくヴァンのビールの味が口から消えた。

「うん」ギャレットはそれ以上何も言わず、かわりにナッツブラウンエールを流しに捨てた。

ひょっとして〈ニトロ〉の経営には一切口出しをしてほしくないと思っているのだろうか？

わたしが質問すると、ギャレットはいつもお茶を濁しがちだ。なんとなくそれが気になった。

「あのビールを持ってこれから面接にいくそうよ」わたしは話題を変えた。

ギャレットはまた顔をしかめた。「いい結果にはならないだろうね」

「そうね」

「面接はどこで？」

「ブルーインの店ですって」

「ブルーイン？」ギャレットの顔に一瞬、なんらかの表情がよぎったが、どんな表情かは読み取れなかった。「それは確かかい？」

「ええ、どうして？」

ギャレットは首を振った。「いや、とくに。ブルーインがこんなに早く新しい人を雇うとは意外というか……」

これは、何かわたしに言っていないことがありそうだ。ギャレットはヴァンがブルーインとホップの契約を結ぶのを心配している？　それとも、何か別のことを気にしているのだろうか？

31

ギャレットとわたしは、午《ひる》まで醸造所《じょうぞうじょ》でビールづくりにいそしんだ。慣れ親しんだ作業に戻れるのは、わたしも気分がよかった。ギャレットとはまだお互いに相手のことをよく知らない仲だが、すぐに呼吸をつかみ、よどみないリズムで作業ができるようになった。

「音楽の好みはある?」パカーアップIPAを仕込みはじめた頃、ギャレットがわたしに訊いた。片手にスマートフォンを、もう一方の手に最新のスピーカーのようなものを持っている。

「音楽はなんでも聞くわ」

「すばらしい」彼がスマートフォンをスピーカーにつないだとたん、スピーカーが青と黄色と緑にぴかぴか光り、ニルヴァーナが大音量で流れはじめた。彼の年齢とシアトル出身なのを考えれば納得がいく。グランジは、九〇年代にシアトルで盛んになったロック音楽だ。ステージのまえで『スメルズ・ライク・ティーン・スピリット』に合わせて頭を激しく振っているギャレットの姿は想像しづらかったが、まあ、世の中にはそんなこともあるだろう。

一回目の作業はまず、一緒に進めることにした。そうすれば、最初から最後までギャレットのやり方を確認できる。一緒に作業することで、〈ニトロ〉におけるビールづくりの工程をすべて頭に入れられた。しかも、この作業はわたしにとって有益なだけでなく、ギャレットにとっても（ヴァンとはちがって）ときどきわたしに具体的な意見を求めることができた。そのためわたしは、醸造の過程で気づいたことを逐一ギャレットに伝えてあげられた。

醸造所はすぐに五感の喜びで満たされた。温まった麦芽とホップの煮えるにおいで、鼻孔《びこう》が大きく開く。蒸気で毛穴も開き、あらゆる感覚が生き返った。慣れ親しんだ作業のおかげで、わたしはエディの事件のことも忘れ、仕事に集中できた。ギャレットは最高のパートナーだった。麦芽をかき混ぜるためのへらを渡すタイミングまでばっちりなうえに、わたしの意見を積極的に取り入れてくれる。午前中はあっという間に時間が過ぎた。知らないうちに、発酵槽《はっこうそう》に移す麦汁《ばくじゅう》が二釜分できあがっており、わたしのおなかもぐうぐう鳴っていた。

「どう？ ランチ休憩にしないか？」とギャレットが言って、肩にかけていたタオルで手を拭いた。

「いいわね。急におなかが空いてきちゃった」

「ビールは食欲を刺激するからね」

わたしは声を出して笑い、お金を取りにオフィスへ行こうとした。今朝はシトラス風味のショートブレッドをつくっていたせいで、ランチを用意するのを忘れていた。近くのドイツ風デリカテッセンに行けば、サンドイッチを調達できる。もしくは、ちょっと贅沢《ぜいたく》して、ソーセージのブラートブルストを買ってもいいかも。

「どこに行くんだい？」とギャレットは訊いてきた。

「ランチを買いにいこうと思って。近所のデリカテッセンに行ってくるわ。何かほしいものはある？」

「一緒に外に食べにいけたらと思ってたんだ。ぼくのおごりだ。ほら、ささやかな感謝の印ってことで」

「そんなことしてくれなくていいのに」とわたしは抗議した。

「〝してくれなくていい〟じゃなくて、ぼくがしたいんだ」彼はそう言って、足元に視線を落とした。「少し時間をくれ。靴に履き替えたら出発しよう」

ばかばかしいが、ギャレットとランチを食べると思うと、少しそわそわした。ビジネスランチだとわかってはいるものの、どうしてもデートのように感じてしまう。きっとマックと結婚してから、ほかの男性とランチを食べた経験がないせいだろう――もちろん、ハンスは数に入らない。

数分後、ギャレットはまったく別の服に着替えて戻ってきた――清潔なジーンズとビールの絵柄のTシャツにビーチサンダル。彼はほんとうに謎だ。ビーチサンダルを履くようなタイプには全然見えなかったのに。そう思うと同時に、わたしは自分の格好が気になった。ジーンズには、ビールをつくったときの水滴が飛んでいるし、髪はまちがいなく蒸気と汗でぼさぼさだ。わずかに天然パーマのかかったわたしの髪は、ビールを醸造するときの熱と水蒸気でよく縮れる。〝デートじゃないのよ、スローン。上司とのランチにはこれくらいで充分でしょ〟。わたしはそう自分に言い聞かせ、ギャレットのあとに続いて外に出た。

「すごくいい天気だから、せっかくの日差しを堪能するためにテラス席で食べられたらと思ってね」とギャレットは言って、〈キャリッジ・ハウス〉を指差した。〈キャリッジ・ハウス〉は、レブンワース一の高級レストランで、花の入ったやけに大きなかごが柱から吊りさげられ、電飾のついた鉢植えの木が置かれている。テラス席はガス暖炉まで備えていた。お祭りや特別な機会に本物の馬車に乗れることもこの店の売りのひとつだ。

わたしは自分の見た目がいよいよ気になりはじめた。ポニーテールを下ろして髪を撫でつける。「そんなに高いところじゃなくていいのよ」とわたしは言った。「ドイツのソーセージと付け合わせの大きなピクルスがあればそれでいいんだから」自分の見た目が心配なことに加えて、ギャレットの懐《ふところ》具合も気になった。わたしに余分なお金を使わないといけないというふうには、彼に感じさせたくない。確かにギャレットはわたしの仕事に感謝しているかもしれないが、わたしだって同じくらい、仕事をもらえたことには感謝しているのだ。

「そんなのランチとは呼べないよ。ちょっとこじゃれた屋台に行けば簡単に食べられるじゃないか」ギャレットは〈キャリッジ・ハウス〉に向かってそのまま歩きつづけた。「そういえば、シアトルに住んでたときは毎日、屋台かマーケットで食事をすませてたな。それこそ昼も夜も」

「夜も?」彼のあとをついていきながら、わたしは言った。「そんなに毎日遅くまで働いてたの?」

「ああ。オフィスの中に閉じこもって仕事をしてたら、気が変になりそうだったよ。辞めると決めたときは、破産しようがどうなろうがかまわなかった。ぼくにとっては、正気を保つことのほうが大事だったんだ」

わたしにはレストランやパブ以外で働いた経験がなかったので、彼がシアトルにいたときの会社員生活がどういうものだったのかは想像しにくかった。ギャレットは自分の過去についてあまり多くを語らない。わたしはレストランに向かいながら、リラックスした様子で歩く彼を眺めた。精神的に張りつめているようには見えないが、もしかしたらそういう面は隠しているのかもしれない。

〈キャリッジ・ハウス〉に着くと、ギャレットはドアを開けてくれた。ぱりっとした白のシャツに黒のスラックスを穿《は》いたウェイターにテラス席へ案内された。ウェイターは椅子を引き、ぴしっと背筋を伸ばして、わたしが座るのを待っていた。グラスに水を注ぎおえると、本日の特別料理を説明し、彼は店内へ戻っていった。

ギャレットはウィンクをした。「ほらね。上等な店だろ？」

わたしは笑い声をあげた。「ええ、上等だわ」

テラス席を囲む花の吊りかごの周りをハチが飛びまわっていた。無理もない。うっとりするほど濃いジャスミンの香りがあたりに漂っていた。ギャレットがシアトルの仕事を辞めてここへ来たのもうなずける。秋のレブンワースほど、のどかでリラックスできる場所はないだろう。確かに今は、エディの殺人事件やマックとのごたごたのせいで混乱しているが。ここから見た町の広場は、まるで映画のセットから抜け出したかのようだった。周りの山は紅葉で色づいている。わたしはその空気を吸い込み、笑みを浮かべた。

「真面目な話、きみにはいくら感謝しても足りないよ、スローン。天からの授《さず》かり物じゃないかと思ってる」その真剣なまなざしにはどこか、こちらの気持ちを動揺させるところがあった。

「そのことばはもう聞き飽きたわ。わたしに感謝する必要なんて全然ないのに」わたしは自分の髪をいじった。

ギャレットはため息をついた。「いや、そんなことはない。ちょうど仕事で参ってたんだよ。エクセルのスプレッドシートに殺されかけててね。ここに来ることで何が起きるかはわからなかったけど、とにかくぼくも、何かをしなくちゃいけないってことだけはわかってた。ある日目が覚めたら五十歳になってて、一番いい時期をオフィスに閉じこもって過ごしてた、なんてことにはなりたくなかったから。わかるだろ？」

わたしはうなずいた。狭いオフィスに閉じ込められているのがどんな気分かはわからなかったが、身動きできない感覚なら知っている。もしかしたら、わたしが今までずっとマックと一緒にいたのは、愛ゆえではなく、ただそうすることが楽だったからかもしれない。そんなことをふと思った。危険も顧みず、荷物をまとめて人生をやり直すギャレットの勇気がうらやましかった。マックの浮気に気づかなかったら、わたしは死ぬまでずっとあのままだったのだろうか？

「この町で認めてもらうにはまだまだ長い時間がかかるだろうけど、もしきみがいなかったら、そもそも店を開けることすらできなかったかもしれない。すごすごとシアトルに逃げ帰ってただろうね」

「それはいくらなんでも大げさよ」とわたしは言って、氷の入った水を一口飲んだ。

ギャレットは激しく首を振った。「本気で言ってるんだ。店で出す料理みたいな大事なことを考えてなかったなんて、自分でも信じられないよ。ビールのことに没頭しすぎてたんだろうね。ぼくもそこまでばかではないと思ってたのに」

「考えなきゃいけないことがたくさんあるもの。パブを始めるのはけっこう大変だと思うわよ。だから、自家醸造者《ホーム・ブルワー》の多くが起業できずにいるんじゃないかしら。そんなに自分を責めないで」

彼は何か言おうとしたが、ウェイターが焼き立てのフランスパンとバターを二皿分持って戻ってきた。「お飲み物はいかがいたしましょう?」

ギャレットはこっちを見た。

「生ビールは何がある?」

ウェイターは、〈デア・ケラー〉のビール四種類とブルーインの店のビール二種類、それからシアトルから届いたばかりだという特別なビールを紹介した。

「ぜひ試してみるといいよ、スローン」とギャレットは言った。「仲間のひとりがつくってるビールなんだ」

「じゃあ、それを」とわたしはウェイターに言った。

「カ《C》スケディアン・ダ《D》ーク・エ《A》ールをふたつですね」とウェイターは言った。「お料理はいかがなさいますか?」

わたしはほうれん草サラダを注文した。鶏肉と固ゆで卵、新鮮なイチゴ、甘く味付けしたピーカンナッツがのった、イチゴのバルサミコドレッシングのサラダだ。急にまたおなかが空いてきた。ギャレットはスパイスをまぶした炙《あぶ》りサーモンのサラダを頼んでいた。あまり褒められたことではないと思いつつも、ついマックと比べてしまう。マックはサラダなど絶対に注文しない。新鮮な生野菜が好きなわたしをいつもからかっていた。頼むのは、脂っこいハンバーガーやずっしりしたステーキばかり。ブルーインの肉中心のメニューのほうが断然マック向きだ。

〝やめなさい、スローン〟。ウェイターがビールを取りに戻る横で、わたしはそう自分に言い聞かせた。ギャレットがどういう人間かはまだわからないところがある。なんとなく気持ちが浮ついてしまうのを空腹のせいにしたかったが、それぱかりでないことはわかっていた。ギャレットの真剣なまなざしのせいもあるだろう。

店のことや新しいメニューについて雑談していると、ビールが届いた。このビールをつくったギャレットの友達にはまちがいなく才能がある。このCDAがどれほどビール本来のおいしさを保っているかについて、ふたりで熱く語り合った。色はほとんど黒に近いのに、透き通っていて、グラスには沈殿物ひとつ浮いていない。ヴァンのビールとは正反対だ。

「町の向こう側まで透けて見えそうだよ」ギャレットはグラスをじっと見て言った。

わたしはビールの香りを嗅ぎ、舌の上で味を確かめた。見た目と同じく、味もすっきりしている。「すばらしいわ」

「ああ」ギャレットはビールを飲みながら熱を込めてうなずいた。「だから言っただろ」

話題を変え、今度はオクトーバーフェストのビールについてどうするか意見を尋ねようとしたとき、ギャレットが急に真顔になった。

さらにビールを一口飲み、テーブルにグラスを置いている。彼は眉をひそめて身を乗り出した。「スローン、きみに伝えておいたほうがいいことがあるような気がするんだ。話すべきかどうか悩んだんだけど、やっぱりきみには知らせなきゃいけないと思う」

わたしはごくりとつばを飲んだ。「話して」これ以上何か悪いニュースがあるのだろうか？わたしは身構えた。

「ご主人のことなんだ」

「マックのこと？」わたしは手が震えないようパイントグラスをつかんだ。

ギャレットは花の吊りかごに目をやった。慎重にことばを選ぼうとしているように見える。

「ただのうわさ話かもしれない。ほら、ビール職人がどういうものかはきみも知ってるだろ。いわば兄弟みたいなものだから――いい意味でも悪い意味でもね。ぼくたちはお互いを助け合う仲でもあるけど、牽制し合うライバル関係でもある」

姉妹でもあるわよ、と言い返そうとしたが、結局わたしは何も言わなかった。ちゃんとことばにできるか、自信がなかったからだ。ギャレットは何を知っているのだろう？　マックがほかの女とも浮気しているとか？

「ぼくはこの町の新参者だから、みんな、縄張り争いでぼくの立ち位置を確認しようとしてるだけかもしれない」ギャレットはビールの近くに飛んできたハチを手で払いのけた。「今から言うことは、話半分に聞いてくれて全然かまわないよ。でも、ほかのビール職人たちが話してることはきみの耳にも入れておくべきだと思ってね。もしかしたらもう知ってるのかもしれないけど。うわさになってるから」

心臓がばくばくいっていた。ギャレットは何を言おうとしているのだろう？

ギャレットは話を続けるまえにわたしの顔をじっと見ていた。わたしは、冷静さを保てているか自信がなかった。平然とした表情を崩さないようこらえたが、パイントグラスを力いっぱい握っているせいで、グラスが割れて手にけがをしないかと心配になった。

「さっきも言ったとおり、ただのうわさ話かもしれない。けど、数人から聞いたんだ。〈デア・ケラー〉の経営がうまくいってないって」

「えっ？」わたしは眉間《みけん》にしわを寄せ、グラスから手を離した。オットーとの会話が思い出される。確かに彼も、今は厳しい状況だと言っていた。

ギャレットはうなずいた。「うわさでは、マックが悪い投資に手を出して、商売の手を広げすぎたらしい。かなりの損失が出たって聞いたよ」

ギャレットが耳にしたうわさがわたしに関することではないと知って、少しほっとしたものの、このニュースには正直、当惑した。ウルスラとオットーは無駄のない経営をしている。不必要なお金は一切使っていない。従業員への手当ては厚く、レストランと醸造所の設備もしっかり管理しているが、浪費することは絶対にないはずだった。一方のマックは、華やかなものに目がない。もしかしたら、この国で新たに生活を始めるために切り詰めた生活をしてきた移民の両親のもとで育った影響もあるのかもしれないけれど。とにかく、わたしたちのあいだで繰り返される喧嘩の原因のひとつがマックの無駄遣いだった。とはいえ、まさかその浪費癖が〈デア・ケラー〉にまで影響を及ぼすとは想像していなかった。会社の中でマックの決定権はそう大きくない……わたしの知らないうちに状況が変わっていないかぎりは。

「〈デア・ケラー〉が破産するはめになるかもしれないっていううわさまであるんだ」

「なんですって?」わたしは思わず叫んだ。「だれ? だれが言ってたの?」

「みんなだよ。ブルーインにヴァン。エディも死ぬまえに言ってた。もっと早くきみに伝えるべきだとは思ったんだけど、いろいろあったから……」ギャレットの声が小さくなった。「きみとマックのあいだでね。ふたりの関係をこれ以上こじれさせたくなかったというか」

「つじつまが合わないわ」わたしは反論した。「オットーとウルスラが会社の株のほとんどを所有してるのよ。マックとハンスが持ってるのは少しだけ。長期的な計画では、ふたりが引退したら、息子たちに株を譲り渡すことになってたけど、わたしの知るかぎり、ふたりが近い将来に引退するなんて話は聞いてないわ」

ギャレットは肩をすくめ、グラスに手を伸ばした。「わからないけど、きみの言うことは正しいんじゃないかな。ふたりが引退するとはだれも言ってなかったから。ぼくが聞いたのは、マックが完全にお手上げの状態で、自分が持ってる株を一部売ろうとしてるってことだけだ」

「えっ?」信じられなかった。「そんなこと無理よ。オットーとウルスラの許可なしには売れないもの」

「さあ。ぼくは自分が聞いたことを話してるだけだから」

「ごめんなさい」わたしはこめかみをさすり、冷静さを取り戻そうとした。マックはいったい何を企《たくら》んでいるのだろう？「この話は複数人から聞いた話なのよね？」

ギャレットはむずかしい顔をしてうなずいた。「残念ながらそうだ」そう言って、顔のまえからハチを払った。通りの先で、アコーディオン奏者が自分の楽器の音の出具合を確認していた。レブンワースではよく耳にする曲だったので、わたしはほとんど気に留めなかったが、ギャレットは背筋を伸ばし、音楽が流れてきているほうをもっとよく見ようとしていた。

わたしは自分のグラスを取り、ぐいっとひと飲みした。「でも、わけがわからない。お金がないんだったら、マックはどうしてあなたのレシピを買い取るなんて話を持ちかけたりしたの？」

「それはぼくも思った。作戦だとしたら話は別だけどね。もしかしたら彼は、お金をたっぷり持っているとぼくに思わせておいて、あとで自分の株を買わせるつもりだったのかもしれない」

それはありえる話だ。さもしい行為だが、マックならやりかねない。マックがどうしてギャレットのレシピを買い取ろうと申し出たのかはずっと疑問だった。そんなのは全然彼らしくない。最初は、きっとわたしが理由で、マックはわたしの気を引こうとしているだけだろうと思っていたが、その考えはまちがいだったのかもしれない。ギャレットの推理はいい線を行っているかも。

マックが投資に失敗したといううわさは、別に驚きではなかった。いかにも彼らしい話だ。

彼はいつも自分の成功をどうやって人に見せびらかそうかと考えているし、ビール業界で次にくる大きなトレンドを探している。だが、理解できないのは、ウルスラとオットーが関与していることだった。彼らが財布のひもを固く締めているのは、息子の自制心のなさを理解しているからでもあると思っていた。そんなふたりが〈デア・ケラー〉の経営や財政面を左右する重要な決定権をマックに与えるだなんて信じられない。でも、きっとわたしの見立てがまちがっていたのだろう。

そのとき、料理が届いた。わたしたちは黙って食べた。サラダはみずみずしいイチゴと薫製《くんせい》したローストチキンがのっており、見た目にも食欲をそそった。甘みのあるイチゴのバルサミコドレッシングはサラダとよく合っていたが、わたしはほとんど味を感じなかった。〈デア・ケラー〉が苦境に陥っているという恐ろしい考えで頭がいっぱいだった。浮気するのも充分ひどいが、もしマックが彼の両親を――わたしにとっても唯一の両親を――経済的に困った立場に置くような真似をしたのだとしたら絶対に許さない。殺してやるから。

32

サラダを食べおえると、わたしはすぐに席を立った。「やっぱり、今すぐハンスと話してくる」

ギャレットはうなずいた。「わかった」

「ランチをごちそうさま」わたしはドアへ向かった。

「きっと大したことじゃないよ、スローン」別れ際、ギャレットはそう言って弱々しく手を振った。

彼の言うとおりだといいのだが。けれども、実際は嫌な予感がした。何か大ごとになっているような気がしてならない。破産するはめになるとしたら、ウルスラとオットーはこれから先どうなるのだろう？　また一からやり直すにはふたりとも歳を取りすぎている。今まで人生を賭けて〈デア・ケラー〉を成功させるよう頑張ってきたというのに。

ハンスの作業場に早足で向かったが、興奮で頬が焼けるように熱かった。ここ数週間は確かに、わたしもクラウス家の事情には疎《うと》かったが、オットーとウルスラが〈デア・ケラー〉の経営権をマックに与えるなどということは考えられなかった。ハンスと話をする必要がある。

ハンスはずっとまえに、〈デア・ケラー〉の経営には興味がないとはっきり意思表示していた。彼の情熱の対象は、手を使って働く仕事のほうだ。彼は古い陶芸工房を買い取り、自分の作業場に変えていた。狭い部屋は木材のにおいがし、床はいつもおがくずに覆われている。オーダーメードのピクニックテーブルをつくったり、〈デア・ケラー〉のテラス席に植えたホップ用に複雑な支柱をつくったりするのを日々楽しんでいた。手先が器用で、醸造所《じょうぞうじょ》の設備が壊れたときもよく修理を頼まれている。わたしが働いていたときも一度、夜に作業員がフォークリフトを壁にぶつけてしまったことがあり、その際もハンスは、真夜中に店に来て石膏ボードを直してくれた。〈デア・ケラー〉の会社の株を一部もらうかわりに、そういった仕事を喜んで引き受けている。けれども、彼の店へのかかわりはその程度だ。その状況が今になって急に変わったはずはなかった。まずは彼に話を聞かなければならない。

作業場のドアを押し開けると、テーブルソーのやかましい音に迎えられた。いつものとおり、一歩中に入ると、もうもうと立ち込めるおがくずに包まれた。わたしは咳をし、宙に舞うざらついたほこりを顔から払った。

「ハンス！」テーブルソーの音に負けないよう、わたしは声を張った。

返事はなかった。保護眼鏡をかけた彼の目は、テーブルソーに置かれた木材に据えられている。

わたしはもう一度叫んで手を振った。「ハンス！」

どうやらその動きで気づいたようだった。彼はテーブルソーの電源を切り、顔からおがくずを払った。保護眼鏡をはずし、こっちに歩いてくる。「スローン、こんなところで何をしてるんだ？」

息をつく暇も与えず、わたしは、ここに来るまでのあいだに頭の中で練習したせりふを口に出した。「あなたのお兄さんのことよ。彼が何をしでかしたか知ってる？　うわさは聞いた？」

「まあまあ、落ち着いて」ハンスは保護眼鏡をオーバーオールにしまい、心配顔でこっちを見た。「何があったんだ？」

「マックよ！　聞いた？」

「聞いたって何を？」

「彼が会社の株を売ろうとしてるってこと。悪い投資に手を出したとかで、お金に困ってるそうじゃない」

ハンスは頭を掻いた。「そうなのか」

「そうなのかって、それだけ？」

「それだけって？」

「驚いてるようには全然見えないけど」

彼は目を細めてわたしを見た。「だって、あの兄さんだぜ？」

「わかってるわよ、そんなこと。でも、あなたのご両親は？ オットーとウルスラは彼に株を譲り渡したの？ どうしてこんなことになったのよ？〈デア・ケラー〉が破産するって、もっぱらのうわさじゃない」

ハンスは首を振った。「〈デア・ケラー〉は破産しない。そうならないよう、母さんと父さんがちゃんとやってるよ」

「どういう意味？」

「最後に姉さんちの郵便をチェックしたのはいつだい？」

「さあ」わたしは肩をすくめた。自宅に郵便物が届くことはめったになかった。マックも個人宛ての請求書はすべて〈デア・ケラー〉宛てにしている。そのほうが確実に届くと思っているらしい。もしかしたらただ単に、わたしに見られたくないだけかもしれないけれど。わたし自身も個人宛ての手紙が届くことはほとんどなく、アレックスも友達とはメールでやりとりをしている。郵便受けに入るものといえば、ダイレクトメールかカタログくらいだった。

「スローン、郵便受けを確認しないと」

「いったいなんの話？」

ハンスはオーバーオールを払ってきれいにしようとしたが、くっついているおがくずの量が多すぎて、一部しか取れなかった。「オフィスで話そう」

「どうして？」

「いいから来てくれ」彼はわたしに言い返す隙を与えなかった。

ハンスの〝オフィス〟は作業場の奥にある。彼は外に緑廊《パーゴラ》を建てて、小さな石の庭園のそばに手作りのロッキングチェア二脚とサイドテーブルを置いていた。ハンスの職人としての腕前は庭園にも遺憾なく発揮されている。大きなシーダー材の鉢植えには、赤い葉をつけたイロハモミジと香りのよいジャスミンが植えられていた。隅には小さな噴水まである。シーダー材の花壇はこの季節に取れるハーブでいっぱいだ。

「レモネードでも飲んで」ハンスはレモネードの瓶をわたしのほうに投げ、ロッキングチェアを指差した。

わたしは素直に椅子に座った。「ハンス、いったい何がどうなってるの？　なんで他人の家の郵便のことなんか訊くのよ？」

彼はゆっくり蓋を開け、じっくり時間をかけてレモネードを飲んだ。じれったそうに待っているわたしと、ため息をつきながら視線を合わせる。アスファルトに置いたわたしの足が小刻みに揺れていた。「この話は、母さんと父さんが姉さんに直接するのかと思ってたけど、どうやらまだしてなかったみたいだね」

「なんの話？」

「〈デア・ケラー〉の話だよ」

「やだ。ほんとに困った状況なのね？　マックは何をしでかしたの？」

「ちょっと姉さん、落ち着いて。大丈夫だから」ハンスはまたレモネードを飲んだ。「ここ最近いろいろあっただろ。それで、父さんと母さんは決めたんだ。そろそろ自分たちは一線を退くべきだって。姉さんとマックとのあいだで起きたことは自分たちのせいだとふたりは考えてる」

「なんですって？」

「言いたいことはよくわかるよ。ぼくも、姉さんが考えそうなことは全部ふたりに伝えたんだ。けど、父さんも母さんも全然聞く耳を持たなかった。自分たちに責任があると思い込んでるのさ」

「わたしが直接話すわ」

「ああ、そうしたほうがいいかもしれない。それでも状況は変わらないと思うけどね。ふたりがどれだけ頑固かは、姉さんも知ってるだろ」

穏やかで優しいオットーとウルスラの顔を思い浮かべるとつい笑みがこぼれた。けれども、ふたりに頑固なところがあると言ったハンスのことばも事実だった。頑固な性格だからこそ、ここレブンワースで成功できたのだろう。失敗など、意地でも受け入れなかったはずだ。

「だから父さんも母さんも姉さんには言わなかったんだと思う。姉さんに断られるのを心配して」

わたしは混乱した。わたしが何を断るというのだろう？

ハンスはレモネードの蓋を片手で宙に投げた。「ふたりは、会社の経営体制を変えるのにちょうどいいタイミングだと思ったらしい」

わたしは息をのんだ。ハンスはどうしてこんなに冷静でいられるのだろう？　ウルスラとオットーが会社を再編したとすれば、まちがいなくマックの権限が増えているはずなのに。わたしとマックが一緒に働いていたときは、オットーとウルスラが〈デア・ケラー〉の株の七十パーセントを保有し、残りの三十パーセントをハンスとマックのふたりで折半していた――十五パーセントというのは、配当金を得るには充分だが、経営上の決定権という意味においてはそれほど多くない。マックはそれに加えて、ほかの従業員と同じく、醸造責任者としての給料ももらっていた。

「だけど、母さんも父さんもばかじゃない。マックが後先考えずに行動するのはわかってる。だから、株の十パーセントは自分たちで持ちつづけることにして、三十パーセントをぼくにくれたんだ」

わたしは彼の話を遮った。「それじゃあ、マックがかなりの株を保有することになるじゃない！」

「ちょっと待って、姉さん。話はまだ終わってないよ」

「ごめん」

「両親はマックに株の三十パーセントを譲り渡したんだ」

わたしの顔には、はっきり戸惑いが表れていたと思う。ハンスはロッキングチェアをうしろに傾け、にやりと笑った。わたしは言った。「よくわからないんだけど」

「郵便受けを確認しろって言ったのはそのためだよ。父さんと母さんは残りの三十パーセントを姉さんに譲り渡したんだ」

「わたしに？」今のは聞きまちがいにちがいない。

ハンスの笑みが大きくなった。「そうだよ。会社の株の三十パーセントを姉さんに譲ったんだ。当然だよ。姉さんは今までそれだけの働きをしてきたんだから。ほかのだれにも負けないくらい会社に貢献してきた」

「だめよ、だめ！　そんなに多くの株をもらうわけにはいかないわ。そもそも株なんてほしくないもの」

「そう言うと思った。だからこそ、父さんたちは姉さんに株を譲ったんだよ。そしてそれを姉さんには言わなかった」

「待って。ほんとにだめ。こんなのまちがってるわ」これは現実なのだろうか？　どうしてオットーとウルスラは〈デア・ケラー〉の株をそんなにくれるの？「あなたたち家族の商売でしょ」

「スローン、家族なのは姉さんも同じだ」

「わたしの言ってる意味はわかるでしょうに」

「姉さんの名字はクラウスじゃなかったっけ?」ハンスはそう言って眉を吊りあげた。

「今はそうだけど、もしかしたら近い将来変わるかもしれない」

「スローン、父さんも母さんも姉さんを心から愛してるんだ。ふたりにとって姉さんは娘も同然だよ。マックとのあいだで何があってもね。まちがいなく〈デア・ケラー〉の将来にかかわってほしいと思ってるはずだ。実際、父さんははっきりこう言ってたと思う。〝スローンなしに未来はない〟って」

「でも、会社の株を譲り受けることになるとは思わなかった」

「わかるよ。でも、だからこそ姉さんは残りの株を持っておくのにふさわしい人なんだ。マックは会社を潰してしまうかもしれない。わざとじゃなくても、後先考えずに行動する男だから。母さんと父さんは抜け目のない経営者だ。何も簡単に決めたわけじゃない。何年も考えつづけてきたことなんだ。そうぼくに話してくれたよ。で、ぼくもその考えに百パーセント賛成だ。そういうタイミングがきただけだよ」

「どうして? なんで今なの?」

「さっきも言ったとおり、ふたりは責任を感じてるんだ。姉さんに〈デア・ケラー〉の株を渡せば、姉さんは自由になれる。もう〈ニトロ〉で働かなくてよくなるからね。働きたいなら話は別だけど。それに正直な話、若干強引だとは思うけど、ふたりの判断は賢いと思う。姉さんとマックはこれから先、協力して会社の決定をしなくちゃいけなくなるから。姉さんたちがよりを戻してくれることを期待してるんじゃないかな」

「あいにく、そうはなりそうにないけど」

「ああ。でも、期待するのは勝手だろ。しかも、マックはこの先、なんでも姉さんのところに相談しにこなきゃいけなくなる。ぼくたちのどちらか、もしくはふたりともが承認しないと、会社のことは何も決められないからね」ハンスはウィンクをした。「父さんと母さんは一見、か弱くて小さなおじいさん、おばあさんに見えるかもしれないけど、やっぱりふたりの鋭い経営判断があってこそ今日の〈デア・ケラー〉があるんだよ」

喉がざらついている――そんなふうに感じられた。ただし、渇いているせいではない。信じられなかったのだ。クラウス夫妻が数百万ドル規模の会社の株を三分の一近くわたしに譲り渡したことが。そのニュースにわたしはうれしく思うと同時に、どうしたらいいか途方に暮れた。

33

「ハンス、やっぱり〈デア・ケラー〉の株の三十パーセントなんて、いくらなんでも受け取れないわ」わたしは立ちあがった。「誤解しないで。こんなにすばらしいプレゼントはないと思ってる。でも、受け取るわけにはいかない」

ハンスはレモネードの蓋をねじった。「選択肢はないんだよ、スローン。事務手続きはもう終わってる」

「きっと何か方法があるはずよ。会社の株をそう簡単に人に譲り渡せるわけがないもの」

「ぼくの両親のことは知ってるだろ？」

「じゃあ、わたしの言いたいこともわかるでしょ。拒否する権利はあるわ」

「まあ、好きにするといいさ」ハンスはえくぼを見せてほほ笑んだ。「健闘を祈ってる。もしよかったら、今からふたりのところへ一緒に行ってもいいよ。どうなるか、ぼくも気になるから」

頑固な両親の意思は変えられないというハンスの意見ももっともだ。日曜の夕食を食べにこいというウルスラの誘いは断れた例《ため》しがないし、アレックスのサマーキャンプ代を払うというオットーの申し出も一度として拒否できたことがない。今回も、どうしたらそんなふたりの提案を断れるだろう。

「マックが変な投資に手を出して、株を売ろうとしてるとかいう件については何か知ってる？」わたしは話題を変えた。

ハンスのえくぼが消えた。「あまり詳しくは知らない。兄さんはあまり腹の内を明かさないからね、ぼくには。反対されるのがわかってるんじゃないかな」

「何に投資したかは見当がつく？」

「ホップ農場ってことばを何度か聞いたような気がするけど、もしかしたらそれも口先だけかもしれない。ほら、マックのことだから」

確かにそのとおりだ——マックは大風呂敷を広げるのが得意な男だった。初めて会ったときも、自分のことや将来の夢について大げさに語っていた。それを聞いて、わたしはうっとりしたものだ。だが、日々一緒に暮らす中で、わたしのその情熱は徐々に冷めていった。マックが実際に自分のアイディアを最後まで遂行した例しはほとんどない。だから、彼のひらめきや計画については話半分に聞くようにしていた。マックはいつも、一日か二日は新しいアイディアのことで張り切っているのだが、すぐに興味を失ってしまう。もしかしたら今回も、そういうパターンだったのかもしれない。投資の話を周囲に散々触れまわっておいて、実際には手を出していなかったのかも。そうだとしたら、いかにも彼らしい。

「姉さん、そんなに不安そうな顔をしないでよ。最悪の場合でも——もしマックが投資で大損してたとしても——姉さんとぼくで〈デア・ケラー〉の経営権の大半を握ってるんだから。きっと大丈夫だって」

ハンスの自信には元気をもらえたものの、わたしはそう簡単に納得できなかった。そのとき、ハンスの工具ベルトでブザーが振動した。ハンスはボタンを押してスイッチを切った。「さて、仕事の時間だ」そう言ってわたしの肩に腕を回し、一緒に作業場のほうに移動する。「姉さん、何もかもきっと丸く収まるよ。ぼくが保証する」

「そうだといいけど」わたしは弱々しい笑みを浮かべながらドアに向かった。

「これから母さんと父さんと話し合いにいくの？」ハンスは木材の着色剤の缶を振りながら言った。

「ええ、そのつもりよ」

わたしはこれまで、静かで落ち着いた生活を送れていることが何よりの誇りだった。変化なら、若い頃に一生分経験している。つい数週間前までは、波乱のない生活を送っていたのに。日々やることといえば、〈デア・ケラー〉に出勤して、アレックスとマックのために料理をつくることだけ。それが急に、こんな大きな変化が生じるとは。自分が今、どう感じているのかもわからなかった。

どんよりした空の下、歩いて〈デア・ケラー〉へ向かった。雨の予報が出ており、今にも降り出しそうな気配だった。まるでわたしの心の中みたいだ。これ以上どこまで耐えられるか、いつまで冷静さを保てるか、自信がない。

わたしの姿に最初に気づいたのはオットーだった。店のまえに植えられたホップと花にステンレスのじょうろで水をやっている。「スローン、よく来てくれた！　これはうれしい驚きだ」

オットーはじょうろを椅子に置き、わたしの両頬にキスをした。喉がぎゅっと締めつけられた。彼の申し出をこれから断らなければならないと思うと気が引けたが、わたしにはそうするしかない。

「ウルスラはいる？」とわたしは尋ねた。

彼は裏のテラス席のほうにあごをしゃくった。「ああ《ヤー》。テーブルの拭き掃除をしてるよ」

いかにもウルスラらしい。外のテーブルや椅子を拭く作業ならほかの従業員に任せればいいものを、彼女はいつも、木を磨いていると若さを保てると言って聞かない。マックはどうして両親の勤勉さを受け継がなかったのだろう。またそんなふうに思わずにはいられなかった。

「少し三人で話せる?」

満面に笑みを浮かべていたオットーが急に真顔になった。「もちろん。でも、ずいぶん浮かない顔をしているね」

わたしはうなずいた。「大丈夫よ。でも、ウルスラと三人で話がしたいの」

「さあ、こっちへ来なさい。ウルスラのところに行こう」オットーは軽快な足取りで店内を移動し、途中、ウェイターに軽くうなずきかけた。ウェイターは、客のグラスが空《から》になりかけているのに気づくとすぐ行動に移した。オットーは何ひとつ見逃さない。しかも、客ひとりひとりの名前を知っていて、テーブルの横を通りすぎるたびに愛想よく手を振ってあいさつしていた。

「スローン!」わたしを見たとたん、ウルスラは顔を輝かせた。分厚い黄色のゴム手袋をつけている。普通の人なら肘くらいまでの長さだろうが、小柄なウルスラが身につけると二の腕まで覆われていた。彼女はスポンジをバケツに突っ込み、ゴム手袋をはずした。「元気?」わたしを長々と抱きしめ、わたしの髪に触れる。「こうやって下ろしてるのもいいわね。顔にふんわりとかかって」

「ありがとう。おかげさまでわたしは元気よ」わたしはハグを返した。その手を離したくなかった。オットーとウルスラの申し出を断れば、ふたりががっかりするのはわかっている。でも、やはり株を受け取るのはおかしい気がした。

「ほら、座って」とウルスラは言って、拭き掃除が終わった、そばのテーブルを身振りで示した。「雨が降りそうね――中の席にしたほうがいいかしら？」

「ううん、ここで大丈夫」とわたしは言った。大勢の町民がいるまえでこの話はしたくなかった。

オットーとウルスラは意味ありげに顔を見合わせ、わたしの向かいに腰を下ろした。

「今ハンスと話してきたの」とわたしは切り出した。

オットーはふさふさの白い眉毛を片方だけ吊りあげた。「ハンスと？」

「〈デア・ケラー〉の最近の決定について聞いたわ」

「そうなのね。満足してくれた？　でしょ？」ウルスラはわたしの顔を見て晴れやかにほほ笑んだ。

「すばらしい心遣いだわ。ほんと、どうお礼を言ったらいいのかわからないくらい」わたしはそう言いながら、髪を指に巻きつけていることに自分で気づいた。

オットーが口を挟んだ。「いや、感謝する必要なんか全然ないさ。おまえはこの店を成功に導いてくれたんだから。わたしたちはその会社の株の一部をおまえに持っていてもらいたいと思ってる」

「それはありがたい話だけど、やっぱり受け取れない。恐れ多いもの」

「ほらね。だから、こう言われるって言ったのよ」ウルスラは、オットーの肩を拳《こぶし》で叩いた。

オットーは首を振った。「いや、これはわたしたちの気持ちなんだ、スローン。でも、プレゼントじゃない。おまえが受け取って当然のものだよ」

「でも、会社の株の三分の一近くなんて受け取れないわ。そんなのおかしい気がする」

ウルスラは背筋を伸ばした。「いいえ、おかしくなんかないわ。あなたは受け取らなくちゃいけないの」

予想よりむずかしい説得になりそうだ。

「ほんとに無理よ。なんとなく不自然な気がして」

ウルスラはオットーの腕を肘で小突いた。「ね？　こうなるって言ったでしょ。あなたからもっと言ってやって」

オットーは妻に向かってうなずいたあと、わたしの顔をじっと見た。「スローン、おまえはわたしたちの娘だ。ずっと女の子がほしいと思ってたら、おまえが来てくれたんだよ。おまえを娘に持てて、わたしたちはとても運がいい。しかも、その娘はうちで一番のビール職人ときてる。おまえには業界で言う〝鼻〟がある。わたしたちにとってもそれはありがたいことで、〈デア・ケラー〉にはなくてはならない存在だ。ウルスラとわたしはこれから徐々に仕事の量を減らしていくつもりでね。わがままな頼みかもしれないが、どうしてもおまえの力が必要なんだ。わたしたちは少し体を休めたい」オットーはきらきらした目で付け足した。「な？　わたしたちを助けてくれよ？」

彼のことばにほろりとさせられた。真摯《しんし》なまなざしを受け止めながら、わたしはまばたきして涙をこらえた。こんなふたりの申し出をどうしたら断れるだろう?

「でも、マックは？　わたしたちが一緒に働くのはあまりいいアイディアだとは思えないの。それに、ギャレットもいる。彼には店のことで協力するって約束しちゃったから。彼のことを放っておくわけにはいかないわ」

ウルスラはその瞬間、勝ちを確信したようだった。両手を叩いて言った。「それは全然問題ないわ。そのことについてはもうふたりで話したの。マックには日常業務をこなしてもらって、あなたにはさしあたり、ビールの醸造《じょうぞう》監督と役員会への参加をお願いするつもりよ。わたしたちも段階的に身を引く予定だから、いきなりいなくなったりはしない。あなたは好きなだけギャレットのところで働けばいいわ。ね、完璧でしょ？　ふたりでよく話し合ったの。あなたにとって一番いいようにしたかったから」

「ありがとう。ふたりにはいくら感謝しても足りないわ。でも、まだ自分の気持ちがわからない。マックとの関係がこれからどうなるかも見えないし……」〈デア・ケラー〉の財政状況の話は持ち出したくなかった。ふたりに心配をかけるまえに、マックがほんとうに投資に深入りしているのか確かめなくてはならない。

「ああ《ヤー》、ああ《ヤー》、そのことならわかってる」とオットーは言った。「マックのことは心配しなくていい。わたしたちが直接息子に話すから。ハンスも、わたしたちの計画には賛成してくれたよ。あいつもおまえには引き続き会社に残ってほしいそうだ。おまえは家族の一員だよ、スローン。〈デア・ケラー〉はこれからも家族みんなで経営していきたい」

ウルスラはテーブルの向こうから手を伸ばし、歳を感じさせる手をわたしの手に重ねた。

「ええ《ヤー》、家族みんなでね。そのとおりよ。わかる?」

わたしはうなずき、目から涙を拭った。「ありがとう」

オットーはお祝いに三人分のビールを注文した。わたしとしては別にお祝いをしたい気分ではなかったが、それでも、自分には支えてくれる人がいて、しっかり愛されているのだと実感できた。オットーとウルスラはわたしにとって両親と言える存在だ。気前のよい贈り物をどれだけ断りたくても、それはできなかった。きっと今まで手のひらで転がされていたのだろう。わたしの助けが必要かどうかなどほんとうはどうでもよく、なんと言えばわたしが〈デア・ケラー〉に留まるか、ふたりはちゃんとわかっていたのだ。おかげで、今やわたしはレブンワースで一番大きなビール醸造所の共同所有者になってしまった。

34

オットーとウルスラに別れを告げて〈ニトロ〉へ戻ると、ギャレットがすでに店を開けていた。もうそんな時間になっていたとは。

わたしは口だけ動かしてギャレットに謝罪の意を伝え、厨房へ急いだ。慌てて今夜のおつまみを用意する。新しいメニューは来週から始めようと決めていたので、それまでは手元にあるものですます予定だった。今夜はクラッカーとナッツ、それに、今朝つくっておいたデザートがある。

今週はおつまみを無料で提供するつもりだったため、それぞれの料理の値段設定については心配する必要がなかった。食べ物をトレイにのせると、それを持って店内を回った。まだそれほど混んではいなかった。カウンターに数人いるのと、十二あるテーブルのうち三つが埋まっているだけだ。

わたしはテーブルのあいだを縫ってカウンターに戻った。「遅くなってごめんなさい。つい時間が経つのを忘れちゃって」ギャレットにそう言って、カウンターのうしろにトレイを置いた。カウンターのまえか店の中央にトレイを置いておこうものなら、ほんの数分で酒飲みたちがおつまみを食い尽くしてしまうだろう。

「しかたないよ。今はいろいろと大変な時期だろうから」ギャレットはそう言ってビールを注いだ。

わたしが〈デア・ケラー〉の共同所有者になったことも彼は知っているのだろうか？

「大丈夫かい？」ギャレットは眉間《みけん》にしわを寄せた。

「何が？」

「様子が変だから。何か問題でも？　ランチのときにした話のせいで怒ってるわけじゃないよね？」

「もちろん。わたしは大丈夫よ。あの話はしてくれてよかったと思ってる」わたしはこめかみをさすった。「何か手伝えることはある?」

ギャレットはビールが四つのったトレイをわたしに渡した。「これを二番のテーブルに届けてくれるかい?」

「了解」わたしは片手でバランスよくトレイを持ち、カウンターを離れた。考えをまとめる時間ができてありがたかった。

二番テーブルは、レブンワース郊外にあるリゾート施設〈スリーピング・レディ〉で開かれている会議のために町を訪れている出張者たちの席だった。〈スリーピング・レディ〉はすばらしいリゾートで、冬のスキーや夏のハイキング、家族での休暇、結婚式、社員旅行を目当てに、毎年各地から旅行客が訪れる。

わたしはビールを配り、ハイキングに適した場所をいくつか客に紹介した。カウンターに戻ろうとしたそのとき、外でマックとエイプリルが立ち話をしているのに気づいた。カウンターをちらりと見ると、今のところ、手は足りていそうだった。そこで、トレイを小脇に挟み、入口のドアを半分開けた。

「どうしたの?」とわたしは訊いた。エイプリルは油断も隙もない女だ。わたしが自宅を売る準備をしているとかいう話をでっちあげているだろうということはだいたい想像がつく。今一番避けたいのは、ただでさえ炎上中のマックとの関係にこれ以上油を注がれることだった。

「あらスローン、いたのね。ちょうどあなたの話をしてたのよ。ね、マック?」エイプリルはマックのほうを向いてつけまつげをぱちぱちさせ、彼の腕に自分の腕を絡めた。「それにしても鋭い人だこと」

マックはなぜか怒っているように見えた。突き刺すようなまなざしでこっちを見てくるので、わたしはもう少しでトレイを持ちあげて、視線の攻撃から自分の身を守りそうになった。

「あら、そうだったの？」わたしはさりげなく答えたが、マックが何かに腹を立てているのは確実だった。エイプリルに何か気に障ることを言われたか、それとも、彼の店の株の多くを今やわたしが所有しているという事実を知ったかだ。オットーとウルスラが引退したら、自分ひとりで店を経営しようとずっと考えていたのは知っている。ハンスがビールの仕事に興味がないのはマックにもわかっていたし、実のところ、それはちょうど彼の都合にぴったり合っていた。両親が経営権を手放したら、完全に自分が主導権を握るつもりだったはずだ――マックは主導権を握るのが大好きだ。だが、オットーとウルスラが店の株の一部をわたしに譲り渡したことで、彼の計画には大きなひびが入ってしまった。

「ふたりとも、ビールを飲みにきたの？」わたしは軽い調子で尋ねた。

「いいえ、わたしはこれから、町を訪問中の実業家のお偉いさんたちに会いにいくところよ」エイプリルはフリルのついた民族衣装のスカートを撫でつけた。果たしてこの格好は仕事向けと言えるだろうか？

「マックは？」

彼はわたしをにらみつけた。「いや」

マックとエイプリルはそれ以上何も言わずに去っていった。彼は相当頭にきているらしい。わたしはせいせいした。〝ありがとう、ウルスラとオットー〟。胸の内でそうつぶやき、小躍りしながら店内に戻った。

「おやおや？　だれかさんの態度がころりと変わってるぞ」とギャレットは言った。

わたしはトレイをほかのトレイの上に重ね、おかわりを注ぐため、カウンター客から空《から》のグラスを受け取った。「そんなにわかりやすかった？」

ギャレットは別の客に試飲用のトレイを渡しながら言った。「ああ。ご主人と話してるのが見えたから、実を言うと、こういう反応が返ってくるとは、予想してなかったんだけどね」

オットーとウルスラから株を譲り受けたことについて口を滑らさないようにするには、わたしも太ももの上をつねらなければならなかった。それにしても、ギャレットはずっとわたしのことを見ていたらしい。新しい上司として、部下のことがそんなに心配なのだろうか？　それとも、彼もわたしたちのあいだに何か引かれ合うものを感じている？

わたしは笑みを浮かべた。「正直に言うと、わたしも予想してなかったわ」

その後一時間は店が忙しくなったので、マックのことについてじっくり考えている暇はなかった。それに関していえば、オットーとウルスラから譲り受けた株についても。ギャレットとふたりで次から次にビールを注いだ。お互いのリズムが心地よかった。それに町のみんなも彼のビールを気に入ってくれているらしい。数時間後、ようやく帰宅する頃には、さまざまな考えが頭の中を駆けめぐっていて、もう少しで脳みそが爆発するかと思った。

35

自宅の私道に車を乗り入れると、マックのハマーが家のまえに停まっているのが見え、一気に気持ちが沈んだ。

〝そろそろ嫌なことに向き合わなくちゃ〟。わたしは胸の内でそうつぶやき、時間をかけて荷物をまとめ、できるだけゆっくり玄関に向かった。

「スローン、話がある」マックは腕組みをして入口を塞《ふさ》いでいた。

「ここで何をしてるの？」わたしは爪先立ちになって彼の向こうを見ようとした。アレックスは家にいるのだろうか？　息子のまえで言い争いはしたくなかった。

「あの子はいないよ。まだ練習中だ」マックはいらいらしたように言った。「今日は練習メニューを倍こなす日だろ。覚えてなかったのか？」

「どうやって中に入ったの？」

マックは怒りの形相でキーホルダーを見せてきた。「鍵だよ。ここの所有者はおれだ。忘れたのか？」

「わたしを中にいれてくれるの？　それとも、ずっとそこに立ってる？」わたしは肩にかけたバッグを持ち替えた。

マックはため息をつき、横によけてわたしを家の中に通した。うしろからぴったりついてきて、キッチンまで入ってくる。

「さっきの質問にまだ答えてもらってないわ。ここで何をしてるの?」わたしは落ち着いた口調を崩さぬよう心がけた。ソーシャルワーカーから教えてもらった生き方のこつのひとつに、不安を感じたときは何かひとつのことに集中するといいというのがあった。部屋にある黄色いものを探すとか、自分の呼吸に注意を向けるといった単純なことだ。マックの鋭い視線を感じながら、わたしは雨音に意識を集中させた。屋根を打ちつけるリズミカルな音を聞いていると、自然と笑みがこぼれた。

「なんで笑ってるんだ?」マックはカウンターからスツールを引っぱり出してそこに座った。まだわたしから視線をはずさずにいる。その目は、青く透き通ったレーザー光線を思わせた。

「雨よ」わたしは梁《はり》がむき出しになった天井を指差した。

マックの表情が一瞬緩んだ。「昔から雨は好きだったよな」彼はあきれたように笑って首を振った。「土砂降りの夜だって、きみは絶対に窓を閉めさせてくれなかった」

「体にいいのよ」わたしは言ったそばから、カウンターにバッグを置いて、引き戸と窓を開けた。その瞬間、玄関ポーチに当たる雨の音が響き、湿った秋の香りが吹き込んだ。

「おなじみのスローンだ」マックはそう言うと、器に入ったオレンジに手を伸ばし、皮をむきはじめた。ダイニングルームの暖炉に目を向けて言う。「結婚式の写真はいつ片づけたんだ?」

「えっ?」わたしは彼の視線をたどり、リサイクルした引き戸を彫ってつくられたマントルピースに目をやった。マックの言うとおりだ。結婚式の写真がなくなっている。「変ね。わたしは触ってないけど」

マックは顔をしかめた。「ふうん。まあ、結婚指輪もひとりでにはずれたんだもんな」

そう言われても、あの写真にはほんとうに触った覚えがなかった。わたしは背筋が寒くなるのを感じた。外から吹き込んでいる風のせいではない。ひょっとしてアレックスが片づけたのだろうか？　彼がやりそうなことには到底思えないが。とはいえ、よく考えてみると、彼にとっても今はつらい時期なのかもしれない。両親の結婚式の写真を見ると、気分が落ち込んでしまうとか。一方で、わたしは例のオートバイと私道に停まっていた妙な車のことを思い出していた。マックに話すつもりはないが、だれかがこの家に侵入した可能性はないだろうか？　でも、それならなぜ結婚式の写真を盗んでおいて、高価なアンティークのビールジョッキや脚付きのクリスタルグラスには手をつけずにいる？　そんなのはおかしい。きっとわたしが大げさに考えすぎているだけだ。

「ところで、どうしてここにいるの？」わたしは自分のグラスに水を注ぎながら話題を変えた。マックの反応に備えて心の準備をする。

「その理由は自分でわかってるだろ」彼は挑戦的な表情を浮かべた。

「ということは、ご両親と話したのね」

「おれの両親と？　なんでいきなり両親の話が出てくるんだ？」

まさか、わたしが無理にオットーとウルスラを説得して株を譲らせたとマックは思っているのだろうか？「なんでもよ。だって、これはそもそもあのふたりの考えだったの。わたしが言い出したことじゃないわ」

「父さんと母さんがこの家を売ってほしいって言い出したのか？」マックはキツネにつままれたような顔をしていた。

「なんですって？」

「この家だよ」マックは腕を振って部屋全体を示した。「ここ。おれたちの家。あのふたりがここを売ってほしいと思ってるって？」

マックと自分はまったく別の話をしているのだと、わたしはこのとき気がついた。「いいえ、もちろんちがうわ」わたしは水をごくごく飲んだ。「ねえ、エイプリルにいったいどんな話をされたの？」

「きみが昨日、彼女の店に行ったたって聞いたよ。それで、ここを売ることを検討してると話したと――それも早急に売ろうとしてるって」

何が〝力になる〟だ。エイプリルの首を絞めてやりたくなった。「マック、あなたも町のみんなと同じくらいエイプリルのことはよく知ってるでしょ。わたしは売りたいなんてひと言も言ってないわ。彼女が勝手に言い出したことよ」

わたしがうそをついているかどうか見極めようとするかのように、マックはわたしの顔をのぞき込んだ。「売る気はないのか？」

「ええ。というか、わからないけど、とりあえず今のところはね。いろいろと片づけなくちゃいけない問題があるでしょ」

マックは体を起こした。「ということは、チャンスはまだあるんだね？　ベイビー、ここ最近で一番いいニュースを聞いたよ」

「落ち着いて。そうとは言ってないわ。片づけなきゃいけない問題がたくさんあるって言っただけ」

「なあ、前向きに考えてくれるなら、おれだってもちろん頑張るよ。言っただろ。きみを取り戻すためならなんでもするって。ほんとになんでもだ」

「マック、やめて」空に雲が立ち込めていた。遠くで雷が鳴っている。天気の神様がわたしたちのやりとりに反応しているようだった。

「信じてくれなくてもいいけど、絶対に証明してみせるよ、ベイビー」

「何も証明する必要なんてないわ。それから、お願いだからベイビーって呼ばないで」

マックは、むいたオレンジの皮をきれいに重ねた。「でも、この家を売るつもりはないんだろ？」

「ええ。それは約束する。この家を売るつもりはない――今のところは」

危機を回避できた――わたしは一瞬そう思った。マックは彼の両親についてわたしが口を滑らせたことを忘れている。だが、マックは頭の切れる男だった。最初に彼を魅力的だと感じたのもその点だった。彼は、わたしが自宅を売るつもりがないということを理解するや、顔をしかめて言った。「じゃあ、どうしておれが両親のことでここに来たと思ったんだ？」

わたしはなんと答えようか悩んだ。うそをつくこともできるが、遅かれ早かればれるだろう。それならいっそ、その場しのぎはやめてさっさとけりをつけたほうがいい。「お店のことについては、まだご両親と話してない？」

「お店のこと？　どうして？」

「ハンスとは話した？」

「スローン、もったいぶるのはやめてくれ。〈デア・ケラー〉については家族のだれとも話してないよ。いったい何が起きてるっていうんだ？」マックは器からリンゴを取り、片手で宙に放り投げた。

「ビールでも飲む？」わたしはため息をついた。

「いや、やめとく。どうせうちの冷蔵庫は今、あいつのビールでいっぱいだろうからな」マックは悪意を込めて〝あいつ〟と言った。

「どうぞお好きに」わたしは冷蔵庫を開け、先日持ち帰ったビール容器《グラウラー》から自分用にパカーアップIPAを注いだ。

「それで、〈デア・ケラー〉がどうなってるって？　エディが殺された事件と何か関係があるのか？」

「いいえ、それとはまったく関係ない話よ」

「じゃあ、何？」

わたしは深呼吸をした。「ご両親が会社の経営体制を再編したの」突風が家の壁を打ちつけ、ダイニングルームにかかったギンガムチェックの赤いカーテンを揺らしていた。農家風のテーブルのほうに翻っている。

「ああ、そのことか。近いうちに再編するとは聞いてたよ。仕事を減らしたがってたから。いいことだよ。今まで自分たちの時間を犠牲にしてきたんだし。引退はおれも賛成だ」

「でも、新しい書類は見た？」

マックは首を横に振った。「見てない」

「ちょっと待ってて」わたしはキッチンを出て、玄関の横のフックにかかった郵便受けの鍵を取った。レインコートはわざわざ着なかった。外に出ると、大粒の雨が顔に落ちてきたが、おかげでむしろ気分がすっきりした。思ったとおり、郵便受けには大きなマニラ封筒が入っていた。宛先はわたしで、差出人住所は〈デア・ケラー〉の弁護士事務所になっている。

中に戻ると、雨に濡れた封筒をマックのほうに差し出した。「読んでみて」

わたしはカウンターの端をつかみ、マックが怒りを爆発させるのを、固唾《かたず》をのんで待った。

36

書類を見ているあいだ、マックはひと言も発しなかった。順にページをめくり、わたしがまだ読んでいない法律文書の文字を一語一語ていねいに追っている。表情はわからなかった。書類に集中していて、ほとんど顔も上げない。

わたしはキッチンを行ったり来たりしながら、食器洗い機の中身を片づけたり、冷蔵庫の在庫を点検したりと、忙しくしていた。マックが分厚い文書を隅々まで点検しているとは思えなかった。まちがいなく怒っているはずだ。彼がこんなに長いあいだしゃべらないのはめずらしい。それどころか、一瞬たりとも黙っていられない人だった。

しばらくしてようやく読みおえると、マックは書類を整え、腕組みをしてスツールの背にもたれた。「こうなるとは予想してなかったよ」

「わたしも。そんな目で見ないで。このことにわたしは一切かかわってないから。わたしも今日の午後に知ったばかりなの」そう言って、パイントグラスをつかみ、一口飲んだ。

「別にきみが一枚噛《か》んでるとは言ってないよ」マックは唇をきっと結んだ。「これは両親の考えだって、そこらじゅうに書いてある」

わたしは、染みひとつないカウンターを磨いた。これで三度目だ。「ご両親のことは責めないであげて。オットーとウルスラも、〈デア・ケラー〉の将来にとっていいと思うことをしようとしてるだけなんだから。でも、ふたりには言ったのよ。受け取るわけにはいかないって」

「えっ？　何を言ってるんだ？」マックは椅子からぱっと体を起こした。「株は受け取らなきゃだめだろ。もちろん、受け取るべきだ。こんな申し出を断るなんてどうかしてるよ。とくにうちの両親からの申し出なら」

「怒ってないの？」

「もちろん怒ってるさ。けど、もらって当然のものをきみが受け取るからじゃない。そうじゃなくて、両親がおれのことをあまり信用してないみたいだからだ。ひょっとして、おれが激怒して取り乱すとでも思ったのかな？」

「たぶんね。わたしも実際にそう思ったから」

彼は目を閉じ、しばらく両手で頭を抱えていた。「スローン、おれがへまをしたのはわかってるよ。大変なことをやらかしてしまった。きみが腹を立てるのは当然だと思う。それに関して言えば、家族――ハンスと両親も。ああ、おれは今や町のみんなに目の敵《かたき》にされてるんだろうな」

わたしは口を開こうとしたが、彼に遮られた。

「まだ話は終わってない。でも、しょうがないよな。当然の報いだ。おれがへまをしたんだから。自分の身に起きた一番の幸せを自分でぶち壊しにしたんだから」彼の目は真剣で鋭かった。わたしは彼のことばをもう少しで信じそうになった。「そういうのは自業自得っていうんだよな。だから、おれも罰は男らしく受け入れるつもりだ。両親にもそれは話した。ふたりにも謝ったよ」

「ふうん、そうなんだ」

「そんな顔をしないでくれ。並大抵の努力じゃ無理だってことはわかってる。心底反省してて、これから変わるつもりだということをきみに証明するのは。けど、おれにも時間だけはあるんだ、スローン。これからは、きみにわかってもらうことを自分の使命にするつもりだ」

別にそんなことをしてくれなくてもいいから、とわたしは言いたかった。

「ベイビー、おれも自分の過ちは認めてちゃんと改心するつもりだよ。だけど、きみとのことを失敗したせいで、両親の信頼まで失うとは思ってなかった」マックの声は少しうわずっていた。

わたしは、彼のそばに行って慰めようとする自分を抑えなければならなかった。マックの言うとおりだ。彼が今の状況にいるのは自分が取った行動のせいだ。彼の気分を楽にさせるのはわたしの仕事ではない。

「この件はハンスも知ってるのか？」マックは大きく膨らんだカーテンに目をやった。

わたしはうなずいた。

彼はまたこっちを見たが、その目には、傷ついた心がありありと表れていた。「そうか」

「もう一回訊くけど、ほんとにわたしのことで怒ってるわけじゃないのね？」

「どういう意味だ？」

「わたしが会社の株をあなたと同じだけ譲り受けるのを、ひょっとしてよく思っていないのかなと」

マックはいっそうつらそうな表情を浮かべた。「スローン、その株はきみがもらって当然だよ。おれだって、ひと言相談してくれれば、まちがいなく賛成したのに。そのプランで進めてくれって、両親に言ったはずだ」

彼のことばを信じていいものかわからなかった。マックにしてはあまりに物分かりがよすぎる。わたしを取り戻そうとする作戦の一環ではないかというような気がしてきた。

「でも、わたしもまだ文書を見てないの」わたしはマックとのあいだに置かれた書類のほうへあごをしゃくった。

「目を通してみるといい。逃げ道はないよ。おれの両親のことは、きみだってよく知ってるだろ。どうあがいてもふたりの気持ちを変えるのは無理だ。つまり、否が応でも、おれたちが〈デア・ケラー〉の将来を担っていくってことだ」

そういう観点から考えるのは初めてだったが、果たしてそれはいい考えだろうか？ これからひとりで人生を切り開いていこうというときに、マックに縛りつけられたままの状態でどうやってまえに進めばいい？

「でも、うちの両親もなかなかやるよな」マックは書類の束を指で叩いた。「まだ切り札を隠し持ってたなんて」そう言って首を振り、くすりと笑った。「おれたちの反応を想像して陰で笑ってたのかもしれない」

「そんな意地悪なことをするような人たちじゃないでしょ」わたしはビールをもう一口飲んだ。少し気が抜けていた。

「きみならそう言うだろうね」

会話が思いのほかいい方向に進んでいたので、わたしは、ギャレットから聞いた話を直接本人にぶつけてみることにした。「マック、ところで大丈夫なの？ うわさを聞いたんだけど、なんというか、お金に困ってるんですって？」

マックは頬を紅潮させた。「だれから聞いたんだ？」

「それは関係ないわ。いったいどうなってるの？」

「なんでもないよ。ちょっと投資に失敗しただけだ。全然心配要らないさ、ベイビー」

わたしはさらに問い詰めたかったが、そのとき、カウンターの上でわたしの携帯電話が鳴動した。アレックスからだった。練習が終わったので車で迎えにきてほしいらしい。

「おれが行く」とマックは言った。「エイプリルのうわさを耳にするまえに実情を話しておいたほうがいいだろ。子供の頃から住んでる家が売られそうになってるなんて、だれも聞きたくないと思うから」

「ほんと、エイプリルときたら信じられない」怒りがよみがえってきた。

「まったく大した女だよ」

マックと意見が合うこともたまにはあるものだ――ふたりともエイプリルを嫌いだという点では意見が一致している。彼は車のキーをつかむと、玄関に向かった。「なあ、この話は知ってるか？　彼女はエディとつきあってたんだぜ」彼はドアノブを回しながら気軽な調子で言った。

「ほんと？」

「ああ。信じられるか？　エディとエイプリルだぞ。てっきりエイプリルはエディのことが大嫌いなんだと思ってたのに。彼女が抱くレブンワースの完璧なイメージにエディはそぐわないから。ほら、あのタトゥーだろ」

「待って。本気で言ってるの？　エイプリルとエディがつきあってたって？」

「大真面目な話さ。まあ、エイプリルはだれにも知られたくなかったみたいだけどね。だからああやって、みんなのまえでは大げさにエディのことが大嫌いなふりをしてたんだろう。おれが聞いた話では、ふたりはしばらくつきあってたらしい。エディから別れを切り出したもんだから、エイプリルとしてはそれがうれしくなかったようだ」

「エイプリルとエディが？」わたしはしつこく訊いた。「ほんとに？」

「ああ。なんでそんなにびっくりしてるんだ？」

「別に。ただ、エディとエイプリルが一緒にいるところなんて想像できないと思って」

「なんでわざわざ想像しなきゃならない？」マックは顔をしかめ、そのままアレックスを迎えにいった。

マックが今明かした事実について考えているうちに、〈デア・ケラー〉の将来とマックに関する悩みはわたしの頭から消えた。エイプリルを敵に回すなどもってのほかだが、彼女がエディを殺した犯人だという可能性はあるだろうか？　もしエディにごみのように捨てられたのだとしたら、それもありえる話かもしれない。

37

翌週は、ビールの醸造《じょうぞう》に加えて〈ニトロ〉で新しいメニューの提供が始まり、アレックスの学校とサッカーの試合の送り迎えもしなければならなくて忙しかった。しかも、〈デア・ケラー〉の顧問弁護士と会う約束もあり、ほかのことに集中する暇がまったくなかった。エディの事件のことさえ頭の片隅に押しやられていた。マイヤーズ署長に頼まれたとおり、有益な情報がないか注意するようにはしていたが、そんな情報はどこにもなく、事件には進展も、新たな逮捕者も出ていなかった——少なくとも世間に公表されているかぎりでは。

ここ数日は、来たるべきオットーとウルスラ、ハンス、マックとの公式な会合にびくびくしていた。会社の株について取り決めた最終的な契約書に署名したあと、具体的にどうやって会社を運営していくか、話し合うことになっていたのだ。この件については、ギャレットにはまだ打ち明けていなかった。無駄な心配をかけたくなかったからだ。オットーとウルスラが約束を守ってくれるとしたら——守ってくれない理由はひとつも思いつかないが——〈デア・ケラー〉の株を保有したからといって、〈ニトロ〉の仕事にはおそらく影響しないだろう。少なくともわたしはそう前向きにとらえていた。

実際にその日がくると、緊張で胃がきりきりした。開店前に〈デア・ケラー〉で会う約束だった。オットーは従業員にはまだそのニュースを知らせていなかった。わたしもその考えには賛成だ。入口のドアをおずおずと開けて中に入ると、店にはハンスひとりしかいなかった。強いコーヒーとスパイスの効いたアップルケーキの香りに、わたしは迎えられた。

「おはよう、スローン」とハンスは言って、コーヒーの入った大きなマグカップを乾杯するように持ちあげた。「ドイツ風のケーキを母さんがつくってくれたんだ。これを食べれば、話し合いも順調に進むんじゃないかって」

「それで、あなたはコーヒーを淹《い》れてくれたわけね」とわたしは言った。「キスしたい気分だわ」

「どうぞ遠慮なく」彼はそう言って、頬を突き出した。

わたしは彼の頬にキスをし、自分用にコーヒーを注いだ。「あなたが淹れてくれてよかった」ハンスとわたしは好みが一緒だ。ビールにしてもコーヒーにしても、濃く強いのが好きだった。

「みんなは？」

席につくと、ハンスがウルスラのケーキを大きめに取り分けてくれた。「さあ。母さんにはさっき、ケーキを取りにくるよう呼ばれたんだけどね。てっきり父さんと一緒にすぐあとから来るものだと思ったら、ここに着いてもう十分になるよ」

「マックは？」わたしは暗い店内を見まわした。

「ろくでなしはまだ影も形もさっぱりだ」ハンスはウィンクをした。

わたしはマグカップを包んで手を温めた。「彼の投資については、あれから本人と話してみた?」

ハンスは首を横に振った。「機会がなかったんだ。けど、心配しないで。ぼくは姉さんの味方だから。今朝、その話題を持ち出してみようかと思ってる。ちゃんとリストに載せてるよ」

「リストをつくってきたの?」わたしは笑みを浮かべた。

ハンスはカーハートの丈夫なジーンズのポケットに手を突っ込み、巻き尺と黄色の小さなHBの鉛筆を取り出してテーブルの上に置いた。さらに奥を探ると、くしゃくしゃの方眼紙が出てきた。「ほらね」

「冗談で言ったのに」わたしは濃いコーヒーを飲んだ。おなじみの安心感に包まれた。「完璧な味だわ」

「ありがとう」ハンスはうなずいた。「今朝はほかに何を話し合えばいいと思う?」

「どこから始めたらいいかしら?」わたしはしっとりしたケーキにフォークを突き刺した。リンゴとシナモン、しょうが、クローブの懐かしい香りがした。ウルスラは少なくとも週に一度、従業員たちのためにケーキを焼いている。アップルケーキはわたしの大好物だった。ワシントン州産の青りんごのグラニースミスは酸味があり、ケーキをしっとりさせ、香りの強いスパイスと見事に調和した風味を引き出す効果がある。今日のケーキも期待を裏切らない味だった。

ハンスが切り分けてくれた分もすぐに半分食べてしまった。

「日常業務については何か考えてみた?」わたしがケーキを食べるのを見ながら、ハンスは言った。

「まだ何も。というか、考えてはみたんだけど、わたしも正直なところ、毎日ここにいるのは避けたいの。まだそこまでの準備ができていないというか、ギャレットのことも見捨てたくなくて。六ヵ月は一緒に働くって、彼にもう約束しちゃったから。それを破りたくないのよね」

ハンスはうなずいた。「ぼくも毎日はいたくないよ。大工仕事があるしね。でも、両親は心のどこかで思ってるんだろうな。そっちは趣味としてやってほしいって。まあ、ぼくのことは応援してくれてるんだろうけど」

「そうね」ハンスの言うことは正しかった。オットーとウルスラは、息子たちを愛している。しかし、愛しているのは〈デア・ケラー〉も同じだった。彼らが家業を繁栄させつづけ、家族を団結させたいと望んでいるのは知っている。

みんなを説得する計画を立てておえるまえに、マックが姿を現した。「よお」彼は弟にぞんざいに会釈した。「ふたりでおれを始末する作戦でも練ってたのか」マックの頬にはむさくるしい金髪の無精ひげが生えており、髪はぼさぼさだった。〝ゆうべは遅かったのね〟とわたしはつい思ってしまった。

「朝のコーヒーを飲んでただけだよ」ハンスの声はいらついていた。

「母さんと父さんは？」マックは椅子を引っぱり出し、ハンスとわたしの向かい側に座った。

「ちょうどぼくも同じ質問をしようとしてたところだ」とハンスは言って、手首にはめたデジタル時計に目をやった。「おかしいな。すぐ来ると思ったんだけど」

マックは自分用に特大サイズのケーキを切り分けた。目を奪われているわたしと視線が合うと、まばゆいばかりの笑みを向けてきた。「大丈夫、ちゃんとおすそ分けはするさ、ベイビー」

わたしはあきれて目をぐるりとまわし、椅子をハンスのほうに近づけた。

ハンスは小声で何かつぶやいた。何を言ったのかはわからなかったが、きっと兄の悪口だろう。わたしとハンスは、引き続きコーヒーを飲みながら、黙って残りのケーキを食べた。

二十分か三十分が経った頃、ハンスが椅子をうしろに押しやって窓のそばに移動し、外を見た。「あのふたりらしくないな」続いて、マックのほうを向いて言う。「携帯電話は持ってるか、兄さん？」

「作業場に置いてきてしまったんだ」

マックは自分の携帯電話をさっと取り出した。「もちろん」

「電話してみてくれ」とハンスは言った。心配そうな顔をしている。ハンスがこんな表情を浮かべるのはあまり見たことがなかった。わたしは、指先で血がどくどくいうのを感じた。

マックは肩をすくめ、両親に電話をかけた。相手が出るのを待ちながら、冗談めかして言う。「あのふたりが電話に出た例《ため》しがあるか？」

これはわたしたちのあいだの定番ジョークだった。オットーとウルスラは、周囲からの執拗な圧力に負け、ようやく共用の携帯電話を一台手に入れていた。ろくに電話に出ないとはいえ、アレックスのおかげで、すぐにこの新しい機器の使い方を学び、今ではメールまで打てるようになっている。ウルスラとオットーからビールの絵文字が送られてくるたびに、わたしはつい笑ってしまうのだった。

「父さん？」ハンスの不安顔と同じくらい、マックの声も動揺していた。「父さん、落ち着いて。全然聞こえないよ」

わたしは皮膚に跡ができるくらい強くフォークを握った。ハンスも窓のそばから戻ってきて、マックのうしろに立っている。

「なんだって?」マックはわたしのほうをちらりと見た。わたしが何事か尋ねようとすると、首を振る。「わかった。そこで待ってて。すぐ行く」

彼は電話を切り、真剣な口調で言った。「母さんが転んだらしい」

「大丈夫なの? どういうこと?」わたしは持っていたフォークを落とした。

「わからない。サイレンのせいでほとんど聞き取れなかった」

サイレン。

ハンスもわたしと同じことを考えているらしい。「サイレン?」

「父さんが救急車を呼んだんだって。今、病院に搬送してるそうだ」

「何をぐずぐずしてる? 行こう」ハンスはすでにドアへ向かっていた。マックとわたしは急いであとを追った。〝お願い。ウルスラ、無事でいて〟。わたしは心の中でそう祈りながら車に向かって走った。

38

マックが法定速度の三倍のスピードで角を曲がるたびにタイヤがきしんだ。一緒にいたときは、そのことが原因でよく喧嘩をしていた。だが今日は、アドレナリン・ジャンキーとも言える彼の性格にいつの間にか感謝している自分がいた。おかげで、これ以上ないほど早く病院に着いた。

すべてが夢の中のできごとのようだった。マックは緊急治療室の入口でわたしとハンスを降ろすと、急いで駐車スペースを探しに向かった。オットーはすぐに見つかった。ナースステーションの近くの椅子に座っており、両手で頭を抱えていた。

「父さん、何があったんだ?」ハンスはオットーの横に膝をついた。

オットーは潤《うる》んだ目でわたしたちを見上げた。涙の筋が頰にくっきり残っている。「転んだんだ」

「それはさっき聞いたよ」ハンスはわたしと目を合わせ、オットーの横の空いた椅子をあごでしゃくった。

わたしは素直にオットーの横に座った。彼の膝に手を置く。

オットーはつらそうな笑みをわたしに向け、長いため息をついた。「階段を下りるとき、手を貸せばよかったんだ。だけどウルスラときたら、全然言うことを聞いてくれなくて」

「ということは、階段で転んだんだね？」ハンスは父親にプレッシャーをかけないよう配慮しながら詳細を聞き出そうとしていた。

「ああ《ヤー》。最後に足を滑らせて激しく転倒したんだ」オットーは身震いした。

わたしは彼の膝に置いた手に力を込めた。

「それで、救急車を呼んだ？」とハンスは訊いた。「頭を打ったのかい？」

「いや」オットーはこめかみをさすった。「頭は打ってないと思う。横向きに転んだんだ。腰の骨が折れてる可能性があるらしい」

わたしはもう一方の手を自分の胸に当てた。恐ろしい話だ。彼女の年齢で腰の骨が折れたとなれば、痛いのはもちろん、回復に長い時間がかかるだろう。

「母さんは今どこに？」とハンスは訊いた。その落ち着いた態度に、わたしは心底感心した。

「X線で検査してる。もし骨が折れていれば、手術するそうだ」

「今から？」

「救急車ではそう聞いたよ」

顔を上げなくてもマックが現れたのはわかった。看護師のひとりが同僚を肘で小突いてドアを指差していたからだ。マックに軽く手を振り、媚《こ》びた笑みを浮かべている。毎度のことだ。緊急事態のさなかに異性の気を引けるのもわたしの夫くらいのものだろう。

「父さん、何があったんだ？」マックのアプローチは弟とは正反対だった。わたしたちのまえを行ったり来たりして、待合室全体に響きわたるほど大きな声でしゃべっている。ハンスは床から立ちあがり、マックの肩に腕を回した。「腰の骨が折れてるかもしれないそうだ。今、X線検査を受けてる」

マックはハンスの答えに満足しておらず、しかも、弟のほうが自分より現状をよく把握していることに我慢ならないようだった。バーに行くかのごとくナースステーションに近寄ると、カウンターに片腕をのせた。看護師たちは顔を上げ、彼にほほ笑みかけた。さわやかな彼の態度に完全に騙されている。わたしは吐きそうになった。ウルスラへの心配で気分が悪いうえに、マックのあからさまなふるまいに胸がむかむかした。

結局マックが手に入れた情報は、ハンスから聞いたのとまったく同じ内容だった。それでも彼は、看護師から聞いた話を全部わたしたちに伝えた。しばらくすると、ミントグリーンの手術着とフェイスマスクを身につけた外科医が話をしにきた。どうやらウルスラはほんとうに腰の骨が折れているらしい。手術が必要な状態だという。

ウルスラは強いが、どんな手術にもリスクは伴う。手術にどれくらいの時間がかかりそうか、外科医にもわからないようだった。二時間から三時間ほどを予定しているが、もしかしたらもっと長くかかるかもしれない――そう言われたわたしたちとしては、待つしかなかった。マックは待合室の中をうろうろしていた。ハンスはオットーのためにコーヒーを探しにいき、わたしはオットーの横に座って彼の手を握っていた。

「きっと大丈夫よ」わたしはオットーを励ました。「ウルスラは強いもの」

「ああ《ヤー》、スローン。ありがとう。わかってる」オットーは納得していない様子だが、平静を装《よそお》っていた。

さっきはあまりに混乱していたせいで、アレックスのことをすっかり忘れていた。ハンスが病院の食堂で手に入れた、発泡スチロールのカップ入りのコーヒーを手に戻ってくると、わたしは外に出て、アレックスに電話した。最初の呼び出し音で彼は出た。

「母さん、学校にいるときに電話されたら困るんだけど」

「ハニー、それはわかってるわ。でも、事故があって」

「事故?」彼は素っ頓狂な声を出した。

「おばあちゃん《オーマ》のことなの。今朝転んで、今病院にいる。これから手術をするところよ」

「何があったの?」

「腰の骨が折れてるみたい。大丈夫だけど、一応あなたにも知らせておきたくて。今から迎えにいきましょうか?」

「うん。もちろん、すぐ来て」

「わかった。しっかりね。五分で着くから」

わたしは電話を切り、車のキーを貸してくれるようマックに頼んだ。「アレックスを迎えにいってくる」

マックはわたしの手を取った。「おれが運転する」

わたしは反論しなかった。今は喧嘩をしている場合ではない。ふたりで手を取り合って駐車場へ移動する中、マックの手のひらが汗ばんでいるのに気づいた。「きっと大丈夫よ」これは彼を励ますためでもあるが、自分に向けたことばでもあった。「ウルスラはしぶといもの」

マックはわたしの手をぎゅっと握った。「母さんは戦士だ。子供の頃は、父さんのことは全然怖くなかったけど、母さんは別だったよ。あの鋭い目で見られたら、隅っこで縮みあがってるしかなかった。まさに一発KOさ――あのひとにらみで」

わたしはくすりと笑った。

「最近のおれは、よくそんな目で見られてるけど」マックの声には後悔と複雑な思いがにじんでいた。「母さんを失望させてしまった。おれときたら、いったいどうしちまったんだか」

「マック、ウルスラはあなたを愛してる。これから埋め合わせをしていけばいいじゃない」

話しながら歩くうちに、車のまえに着いた。マックはわたしの手を放し、助手席のドアを開けた。

エンジンをかけ、午前中の散歩に出ている看護師たちのまえを車で通りすぎた。「スローン、おれは取り返しのつかないことをしてしまったよ、ほんとに。でも、これからどうにかして挽回するから」

「マック、今はその話はしたくない」

彼は何か言おうとしたが、口をつぐみ、運転に集中した。

学校に着くと、アレックスが校門の近くで待っていた。彼は後部座席に飛び乗るや、祖母の容体について何か進展はあったかと尋ねた。わたしは状況の説明をマックに任せた。アレックスは冷静に受け止めているようだった。うしろからわたしの肩をマッサージしながら言う。

「おばあちゃん《オーマ》は大丈夫だよ、母さん。なんてったって、おばあちゃん《オーマ》の血管にはドイツの鋼《はがね》が流れてるんだから――そうだよね、父さん？」

マックは息子のことばに同意した。「おばあちゃん《オーマ》は世界一強い女性だ。それはまちがいない」

ふたりの言うことが正しいのはわかっていたが、それでもわたしはウルスラのことが心配でならなかった。もし彼女の身に何かあったら――そう思うと、マックとの未来がどうあれ、胸が張り裂けそうだった。

39

ウルスラの手術が成功したとようやく外科医から知らせを受けるまで、何時間にも感じられた。医者は、骨折した部位をつなぎ、ウルスラは見事に手術を切り抜けた。今は回復室にいるので、面会できるまでまだもう少し時間がかかるという。だが、手術が無事終わったという知らせのおかげで、みんなの気分が明るくなった。

待合室はパーティーみたいな騒ぎになった。ウルスラの事故のうわさはすぐさま町じゅうに広まり、同業者や友人、隣人らが、クッキーやサンドイッチ、花束、風船を持って病院に駆けつけていた。ギャレットまで姿を現す事態だった。居心地が悪そうに自動ドアのそばをうろうろしている彼を、わたしは見つけた。

みんなにひと言断ってから、彼のほうに近づいた。「あら、あなたもニュースを聞きつけたのね」

ギャレットは怪訝《けげん》な顔をした。「あれ？　きみが連絡してくれたんじゃなかったっけ？」

「あっ、そうだった」病院に向かう途中にメッセージを残しておいたことをすっかり忘れていた。「ごめんなさい。ここ数時間ばたばたしてたから」

「気にしないでくれ」ギャレットは足元に置いた紙袋に手を伸ばした。「きみにこれを持ってきたんだ。大したものじゃないけど、これくらいしか思いつかなかったから」

「ありがとう。そんなのかまわないのに」

「まあ、そう言われるとは思ったけど」

彼の顔が赤くなっていると感じたのはわたしの気のせいだろうか？　ギャレットは、マックとアレックス、ハンス、オットーが軽食を食べながら友人たちと話している待合室の入口のほうに目をやった。「悪い、店に戻らなくちゃいけないんだ。きみが大丈夫で、必要なものがないかどうか、確かめたかっただけだから」

「優しいのね。わざわざ来てくれなくてもよかったのに。でも、ありがとう」

ギャレットは紙袋をわたしに押しつけた。

「ウルスラの様子が確認できたら出勤するわ」

「今日は来なくていいよ」彼はそのままうしろに下がってドアから出ていこうとした。「家族でゆっくりしてくれ」

家族。わたしは紙袋の中をのぞいた。ドリトスのクールランチ味が袋いっぱいに入っていた。少なくとも八袋はありそうだ。スーパーマーケットに寄って、その店にあるドリトスを買い占めてきたのだろうか。みんなのもとへ戻りながら、わたしは笑みを隠しきれなかった。

その頃、オットーも同じくらい大きな笑みを浮かべていた。ウルスラが目を覚ましたので面会ができるようになったと外科医に告げられたからだ。その瞬間、待合室にいる全員が歓声をあげた。クラウス家は人々に愛されている。町のみんなが、何か自分にできることはないかと病院に集まっていた。ウルスラの回復には長い時間がかかるだろうが、待合室が今こんなに人でいっぱいなら、ウルスラはこの先、救いの手には困らないにちがいない。

面会の順番がまわってくると、わたしは胸を張って最悪の事態に備えた。だが、病室に入って目にしたウルスラの顔色は、思ったほど悪くなかった。かといって、よくもなかったけれど。彼女の顔は血の気がなく、いつもはきらきらした目もぼんやりしていた。

わたしだとわかると、ウルスラは少しだけ目を輝かせたが、まだぼうっとしているようだった。麻酔が完全には切れていないらしい。「スローン、入って。ほら、座ってちょうだい」

わたしはベッドの横の椅子に腰を下ろした。ウルスラはさまざまな装置や点滴につながれていた。わたしは呼吸を整えようとした。心配していることを悟られたくない。

ウルスラは震える手を伸ばした。わたしは彼女の小さくて骨ばった手を握った。「気分はどう？」

「大丈夫よ。何も心配要らない。どのみち新しい腰が必要だったのよ。これはもう、わたしと同じでかなり古びてるから」ウルスラは冗談を言った。

「でも、どきっとしたわ」

「なんてことないのよ。わたしのことは心配しないで。スローン、心配なのはあなたのほうだわ」

「何言ってるの。わたしの心配をしてる場合じゃないでしょ。今は自分の体のことを考えなくちゃ」

「ええ《ヤー》、ええ《ヤー》、わたしのことなら大丈夫。すぐに起きあがって動けるようになるから」

「お医者さんの指示にはちゃんと従ってね」わたしは決然とした表情で言った。

ウルスラは笑い声をあげた。笑っているのを見ると、少しだけ気が楽になった。「そうするわ。嫌だって言っても、どうせ無理矢理ベッドに寝かせられるんでしょ」彼女はとろんとした目を細めた。「ねえ、スローン、ほんとにあなたのことが心配なのよ。あなたときたら、いつだって張りつめてるから」そう言って、彼女は自分の胸を叩いた。「ここのところが」

声が出なかった。目の奥に涙が込みあげてきた。

「ときにはだれかに頼っても大丈夫だからね」

わたしはまばたきして涙をこらえながら、空いた手で目元を拭った。

「今までつらい人生を歩んできたかもしれないけど、今ではあなたもクラウス家の一員なの。

それは一生変わらない。何が起きてもね」

そのことばは胸に刺さった。わたしは感情を抑えられなかった。すすり泣きがもれ、とどめようとしていた涙が目からこぼれた。

ウルスラはわたしの手をさらに強く握り、そのまま泣かせてくれた。「いいわ。その調子よ」

ようやく呼吸を整えると、ウルスラはわたしの手を離して、ベッド脇のテーブルに置かれたティッシュ箱を指差した。わたしはティッシュを取り、目元を押さえた。「ごめんなさい。泣くつもりはなかったの。ただ、あなたがいなかったらわたし、どうしたらいいのかわからなくて」

彼女は優しい笑みを浮かべた。「それはわたしも同じ。あなたはわたしの娘だもの、スローン」

わたしははっと息をのんだ。また喉が締めつけられた。〝もう涙はおしまい〟。そう自分に言い聞かせる。「何か必要なものはある?」

「大丈夫よ」ウルスラは答える際、頭を動かさなかった。できるだけ動きを少なくしようとしているのだろう。「もう少ししたらまた眠ると思う」

「ゆっくり休んで」とわたしは言って、椅子をうしろに押しやった。

彼女はうなずいた。「ええ。じゃあ《ヤー》、またね」

目が腫《は》れて赤くなっていないだろうかと考えながら、わたしは廊下を歩いて待合室に戻った。あんなに泣きじゃくってしまうとは予想外だった。ウルスラのために強くありたかったのに。

強くいてくれたのはむしろ彼女のほうだった。ウルスラみたいな母親がいて、わたしはなんと幸運なのだろう。

次はアレックスの番だった。「どうだった、母さん？」

「おばあちゃん《オーマ》は相変わらず元気いっぱいよ。いつもより少しおとなしめだけど。かなり薬が効いてるみたい。疲れてきてるようだから、手短に終わらせたほうがいいかも」

「わかった。おばあちゃん《オーマ》の顔が見られれば、ぼくはそれでいいから」

わたしは息子の頭のてっぺんにキスをした。「そうよね」彼をつかまえ、きつく抱きしめる。そのまま離したくなかったが、そうはせず、廊下を歩いていく息子のうしろ姿を見送った。呆然としていたせいで、耳元でささやかれるまで、マックがとなりに来ていたことにも気づかなかった。

「立派な子に育ったな」

わたしはマックを見てうなずいた。「ほんとにそう」

「母さんは大丈夫そうだね」

「ええ、すごく元気そうだった」わたしは同意した。

「でも、徐々に仕事の量を減らしていくっていう両親の計画には変更が生じるかもしれない」マックはそう言って、うしろで看護師と話しているオットーに目をやった。

〈デア・ケラー〉のことについて、わたしは何も考えていなかった。ウルスラのけがが店の経営にどう影響するかについては何も。「退院の時期とその後の治療に関して、何か聞いてる？」

「父さんが今、そのことについて看護師と話してるよ。最低でも三、四日入院するみたいだ。退院したあとは、家で二十四時間つきっきりの介護をする必要が出てくるだろう。階段ののぼり下りはまず無理じゃないかな」

クラウス夫妻が住んでいるのは三階建てのビクトリア様式の家だ。寝室は三階にある。

「このあともう少ししたら、ハンスと一緒に店に戻って、介護を手伝いにきてくれる人を雇うかどうか話し合うつもりだ。父さんは耳を貸そうとしないと思うけど、父さんひとりじゃとても無理だろうからね」

「無理よ。ひとりじゃ絶対に無理。ウルスラを担いでシャワーを浴びさせるなんてできないでしょ。でも、寝室はどうするの？」

マックはうなずいた。「そうなんだ。ハンスとふたりでベッドを一階の小部屋に移動させようかと思ってる」

「わたしも手伝うわ」

「そんなことしなくていいよ、スローン」彼は探るようにわたしの目を見た。「きみもこんなことにかかわるのはつらいだろ……ほら、おれのせいで」

「マック、やめて。わたしにとっても、あなたのお母さんは大事な人なの。ご両親を愛してるわ。あなたへの気持ちが今どうであれ、わたしにできることはなんだってするつもりよ」

「ほんとに？」

「ええ、ほんとに」

数分後、アレックスがウルスラとの面会から戻ってきた。わたしたちはみんなでマックのトラックに乗り込み、オットーとウルスラの家に向かった。男たちが三階から一階に重い家具を運んでいるあいだ、わたしはチキンヌードルスープをつくり、ピーナッツバタークッキー（オットーの大好物）をいつもの倍の量焼いた。マックには二十回くらいお礼を言われたような気がするが、家族が困ったときはこうするのが普通だ。どうあがいても、マックはわたしの家族だから。

40

男性陣が引き続き、一階の小部屋を片づけて、オットーとウルスラのベッドと化粧台を一階に運んでいるあいだ、わたしは夕食の最後の仕上げをした。キッチンはニンニクと新鮮なハーブの香りがした。オットーが家に帰ってきたら、熱々の状態で出せるようにしておきたい。スープの鍋に蓋をしたところで、マックが姿を現した。彼は冷蔵庫から炭酸水を取り出し、タイル製の調理台にもたれかかった。「すぐにでも在宅介護サービスを手配したほうがいいと思うんだよな」

「確かにそのほうがいいかもしれないわね」わたしは鍋の火を弱火にした。

マックは炭酸水のボトルの蓋をねじった。「一口飲む？」

わたしは断った。

「スローン、さっきも言ったけど、きみがいなかったら今頃どうなってたか」彼はそこでことばを切り、炭酸水を勢いよく飲んだ。「おれはみんなの期待を裏切ってしまった。とてもきみに手伝ってもらえる立場じゃないのに」

「みんなの期待を裏切った?」

マックの口調はいつになく神妙だった。彼が言いたいことはなんとなくわかるような気がしたが、それでもわたしは本人の口から聞きたかった。

「とぼけないでくれ。わかってるだろ」

「投資のこと?」

マックは一瞬、ウルスラのドイツの磁器コレクションに目をやったあと、わたしと視線を合わせた。「どこでその話を?」

「だってここはレブンワースだもの」

「そうか。母さんの耳にもその話は入ってたらしい。いい顔をしてなかった」

「いったい何に投資したのよ?」

「ホップさ。確実にもうかると思ったんだ。ヴァンの説明には説得力があったし。彼の話では、自分がかけ合わせたホップに、もう五年先の注文まで入りそうだってことだった」マックはそう言って炭酸水を飲み干した。

「わたしもそのようなことを聞いたわ」

「けど、実際はちがったんだ。あいつはホップなんてひとつも持っていやしなかった。畑には何もなかったよ。つまり詐欺だったんだ。やつの土地より、うちにあるホップのほうが断然多いくらいだった」

「なんですって？」

マックはため息をついた。「ああ。まんまと騙されたわけだ」

「でも、彼は〈ニトロ〉に自分のホップを届けにきたわよ。ギャレットとわたしは現に、彼のホップを使って新しいビールをつくったんだから。どういうことなのか、全然理解できない」

「そのホップがどこからきたのかは知らないけど、やつの畑のものではない。先週、現地に行ってこの目で確かめてきたから、それははっきり言える。そもそも、実際の農地を見もせずに投資に手を出すなんておれもばかだよな。けど、あのときはほんとに確実に思えたんだ」

わたしはマックの言っている意味を理解しようとしたが、無理だった。「待って。本気で言ってるの？　ヴァンがホップ農場を所有してないって？」

「ああ。あそこは更地だったよ」

「まだ苗を植えるまえとかじゃなくて？」

「ああ。その証拠に、本人はもう町を去った」

「えっ？」

マックはうなずいた。「おれの金を持って逃げたんだ。で、おれの手元にはなんにも残ってないわけさ」

「それで、そのことをウルスラも知ってるの？」

「正直に話すしかなかったんだ。もちろん両親はいい顔をしなかったよ。ビジネスのことに関しては今までちゃんと教えてきたつもりなのにって悔しがってた。ふたりのがっかりした顔を見るのは、金を失うのよりこたえたよ。母さんはもともと、そのことで今日〈デア・ケラー〉の顧問弁護士と会う予定だったんだ。この先もしヴァンの行方がわかったら、お金は取り戻せるかもしれない――まあ、おれが渡した金にやつがまだ手をつけてなかったらだけど」

「でも、ヴァンはもともとビールづくりがしたいんじゃなかったの？　わたしも自家製のビールを味見させてもらったわ。ブルーインの面接を受けるとかで」

「わからないけど、それもはったりだったんじゃないのか？　あの男はビール職人ではない。それはまちがいないよ。ああ、おれもどうしてあんなやつにまんまと騙されたんだろう」

　エディを殺したのはエイプリルではないかとわたしは疑っていた。そっちに気を取られているあまり――確かに、彼女を犯人に仕立てあげたい気持ちもどこかにあったかもしれない――ヴァンのことをすっかり見過ごしていた。ヴァンは詐欺を働いていたらしい。ということは、彼が詐欺以上の犯罪行為に手を染めた可能性はあるだろうか？　そう考えると、頭がくらくらした。もしヴァンがエディを殺した犯人だったら？

　その思いは、アレックスに遮られた。「ねえ、ハンスとぼくで三階の作業は終わったよ。おじいちゃん《オーパ》から電話があった。今日は病院に泊まるかもしれないんだって」

　マックは首を横に振った。「それはどうだろう。病院に行って、腕ずくで父さんを家に連れ帰ったほうがいいかもしれないな」彼はそう言い、アレックスに向かってウィンクをした。

わたしたちはここで別行動することにした。マックとアレックスは病院に戻って、今日は家に帰るようオットーを説得する。一方のわたしは、オットーは意地でもウルスラのもとを離れないのではないかという予感がしたので、念のため熱々のスープを保存容器に入れ、ピーナッツバタークッキーを袋に入れておいた。ハンスは〈デア・ケラー〉に行って、ことの次第を従業員に説明することになった。わたしもひとまず現状をギャレットに伝えたかった。

クラウス夫妻の自宅から町の中心部までは歩いてすぐだった。外の新鮮な空気が吸えて気分がよかった。時刻は七時過ぎだが、もう空が暗くなりはじめている。来月には、六時の時点で真っ暗になっているだろう。角を曲がって大通りに出たところで、エイプリルとばったり会った。

「あら、スローン、大丈夫？　気の毒なニュースを聞いたわ。ウルスラが転んだんですって？」

エイプリルはまた派手な衣装を着ていた。今日のはオレンジと黒の格子縞で、口紅も濃いオレンジ色だ。カボチャを彷彿《ほうふつ》とさせる格好だった。

「転んだなんて、そんなかわいいものじゃない。腰の骨を三個所折ったのよ」

エイプリルは手で自分の顔を扇いだ。「まあ、大変！　それはお気の毒に。あんな優しいおばあさんの身にそんなことが起きるなんて」

偽物のまつ毛と同じくらいうそくさいことばだった。もしかしたらそう感じるのも、わたしのほうがぴりぴりしていて、ウルスラを守らなければならないと強く感じているせいかもしれない。だが、エイプリルの見せかけだけの気遣いは、もう一分たりとも見ていられなかった。

「そういえば、ちょうどあなたと話がしたいと思ってたの」わたしは作り笑いを浮かべて言った。

「そうなの？　ご自宅の件で？」

「いいえ。エディのことで」

エイプリルの顔に一瞬、狼狽《ろうばい》の色が表れた。せわしなくまばたきをしている。「エディがどうしたの？」

「実は興味深い話を聞いたの。あなたと彼、つきあってたんですって？」

エイプリルの顔が青ざめた。そのせいで派手なメイクが余計にけばけばしく見えた。「えっ？」

「町じゅうのうわさになってるわよ。あなたとエディなんて、わたしには想像もつかないけど」

褒められたふるまいではないが、確かに気分がいいものだ――自分がされたのと同じ手で相手に報復するのは。

彼女は一歩うしろに下がった。「なんでもないのよ。ほんとに。それにしても、この町の人はなんてうわさ好きなのかしら」

わたしは声を出して笑いたくなるのをこらえた。いつもと逆の立場にまわるのは嫌な気分でしょう、エイプリル？

「みんな驚いてるのよ。だって、あなたときたら、エディとはあまり仲がよくないみたいにふるまってたから」

「仲良くなんてなかったわよ」エイプリルはぐるりと目を回した。「ほんのいっときの遊びよ。決してそれ以上の関係ではない。実際に本人にもそう言おうとしたんだけど、向こうがあきらめてくれなくて。わたしから別れを切り出したら、すっかり思いつめちゃったみたい」

「あなたから別れを切り出したの？」

「だってうまくいきっこなかったのよ。この町の雰囲気にもっと溶け込んだほうがいいっていうわたしのアドバイスを、彼は全然聞こうとしなかったから。じゃあ、もう終わりだって、こっちから告げたわけ」

「で、そのあとは？」

「何も」エイプリルは肩をすくめた。「向こうは次から次にラブレターを寄越《よこ》して、花やお菓子なんかも送ってきたけど、わたしはもうまったく興味がないって伝えた。かわいそうに。彼の心を傷つけちゃったかしら」

　彼女の話を信じていいものかわからなかった。エイプリルなら、面目を保つためだけに自分がふった側だと主張しかねない。一方で、マックから聞いたヴァンの詐欺の話もあった。今はだれを信じればいいのかわからない。町じゅうの人間がうそをついているのだろうか？

「ヘイリーは？」とわたしは尋ねた。「彼女もエディとつきあってたって聞いたけど」

「ええ、それは事実よ。わたしにふられた反動でしょうね。エディはわたしに嫉妬させようとしたのよ。もちろん、うまくいかなかったけど」

「ヘイリーと?」

「そう。ああいう若くて見た目のいい相手と町をうろうろすれば、わたしの気に障ると思ったんでしょう。けど、わたしは、どうぞ好きにしてって言ってやった。そして当然ながら、あなたも知ってのとおり、あの娘にとって関心があったのは、おたくの亭主だけだったってわけ」

自分の秘密の情事について話しているときに相手に嫌味を言えるのもエイプリルくらいのものだろう。

「その話は全部、マイヤーズ署長に伝えた?」

「あたりまえでしょ。エディのラブレターも渡したわ。警察署でひと笑い起きたんじゃないかしら。だって、あの男ときたら、ことばの使い方もろくに知らなかったんだもの」

タトゥーを入れたエディがエイプリルへの愛を紙に認《したた》めているところなど想像できなかった。それを言えば、エディとエイプリルが一緒にいるところもだけれど。正反対の者同士こそ引かれ合うという古い格言が、ふたりには当てはまったのかもしれない。

「まさか、エディの死にわたしがかかわってると思ってるわけじゃないでしょうね?」

「そういうわけじゃないわ。でも、知ってのとおり、今は全員が容疑者だから」

エイプリルは首を振った。「わたしはちがう。マイヤーズ署長もわたしのことは早い段階で容疑者リストからはずしてたわ。容疑者の話がしたいなら、こっちにも少し見当をつけてる人がいるけど」

「だれ?」

「ちょっとまえあなたの話に出てきたホップ農家とされてる人物がいるじゃない？　彼のこと、何か知ってる？」

「あまり多くは知らないわ。ホップ生産者で、ビールを自家醸造《じょうぞう》してるってことくらい。ほかは何も」マックから聞いた情報をエイプリルと共有するつもりはなかった。

エイプリルはこっちへ近づいてきて声を落とした。「信頼できる筋から聞いたんだけど、どうやら彼は自分が名乗ってるとおりの人間じゃないみたいよ。エディもそのことに気づいてたんだと思う」わたしは〈ニトロ〉のグランドオープンの日のことを思い出した。そういえば、エディはヴァンのホップの話が出た際、彼に突っかかっていた。どうして今の今まで気がつかなかったのだろう？　ヴァンはきっとブルーインの店からホップを盗んでいたのだ。だんだんわかってきた。ホップは手に入れるのがむずかしい商品だ。マックの言うとおりヴァンがホップ農場を持っていないのだとしたら、彼はブルーインの店からホップをくすねていたにちがいない。

エイプリルはほんとうのことを話しているように感じられたが、すぐにまたわざとらしい口調になった。「悲劇よね。そのせいで殺されたのよ」わたしも同感だった。たまにはエイプリルと意見が一致することもあるものだ。

「マイヤーズ署長にも話したわ。署長も普通、一般人には事件の詳細を明かせないんだけど、地域社会での地位の高さから、わたしだけは特別扱いしてくれたのね」

「どういうこと？」

「つまりね」エイプリルはことばを切り、だれかに話を聞かれていないか確かめるようにあたりを見まわした。「ヴァンの企《たくら》みには気づいてるって、はっきりほのめかしたの。わたしに言わせれば、もうじき逮捕者が出て、ヴァンが牢獄行きになると思うわ」

そのとき、レブンワースの地図を持ち、おそろいのドイツ風の帽子をかぶった観光客の集団が通りの向こうに現れた。「ごめんなさい、用事ができちゃった」エイプリルはスカートのしわを伸ばし、そっちへ走っていった。

旅行者たちのことが気の毒になった。けれども、わざわざエイプリルの魔の手から彼らを救おうとするほどではなかった。わたしは〈ニトロ〉に向かってまた歩きはじめた。ヴァンがエディを殺したのだと、これまで以上に確信しながら。

41

〈ニトロ〉に到着すると、ギャレットは驚いた顔をした。「スローン、今日は来なくてよかったのに」

「仕事から離れていられなくて。ビールが呼んでたの」わたしはそう言ってウィンクをした。

「ウルスラは大丈夫よ。今のところ、わたしにできることは何もない。あなたさえよければ、忙しくしてたほうがいいと思って」

「助かるよ」ギャレットは混み合った店内をあごでしゃくった。「ここ一時間ばかり、両手でビールを注いでる状態だから」

「手を貸すわ」わたしはエプロンをつかみ、腰でひもを結んだ。ウルスラは病院で手厚い看護を受けている。そのことがわかっているうえに、自分がいるべき場所に戻ってこられて安堵《あんど》した。

「ギャレット、ヴァンの契約書にはまだサインしてないわよね？」

彼は首を横に振った。「してないけど、どうして？」

わたしはマックとエイプリルから聞いた話をすべてギャレットに伝えた。彼はなんとも言えない表情でわたしの話を聞いていた。話が終わると、両手にあごをのせた。「初めて会ったときからどうもあの男は怪しいと思ってたんだ。だって、あんな金額の契約書をほこりまみれの紙一枚ですませるやつがどこにいる？　内容を確認したうえで、コピーをシアトルの同業者に送っておいたんだ。その同業者も、あれはでたらめだって言ってた。でもぼくが確信したのは、ヴァンが自家製のビールをきみに試飲させたときだ。あのビールときたら。あんなまずそうなビールを見たのは生まれて初めてだったよ」ギャレットは身震いした。「それが決め手だったんだ。ホップ農家全員にビールの醸造《じょうぞう》ができるわけじゃないにしても、ホップを育ててる人間なら、基本的な味と、ビールをつくるときにその味をどうやって引き出すかくらいは理解してるはずだからね」

「どうして何も言ってくれなかったの？」

「マイヤーズ署長に口止めされてたんだ」ギャレットは浮かない顔をしていた。

「なんですって？」

「すまない、スローン。マイヤーズ署長は少しまえからヴァンのことを調べてて、ぼくは捜査協力を依頼されてた。だれにも――きみも含めて――口外しないことがその条件だったんだ。きみに秘密にしておくのは気がとがめたよ」彼はそう言って、紙ナプキンをねじった。「ほんとに」

ギャレットの話を理解しようとすると、頭がずきずきした。わたしは言った。「どういうこと？　マイヤーズ署長と一緒に動いてたってこと？」

「ああ。この店を開くまえからね。マイヤーズ署長は大叔母のテスと親しくしてたから、そのつながりで頼まれたんだ。彼女はワナッチーの警察から連絡を受けたらしい。ヴァンがそっちで似たような詐欺を働こうとしてたとかで。そのときはちがう名前で動いてたようだけど。そういうわけで、彼女は彼を〝パクる〟絶好の機会だと思った。でも、捜査協力にはいろいろと制約があってね。この町の住民をひとりも知らないあいだはぼくもそれでよかったんだ。この町の新参者だから、それでも別に問題ないだろうって思ってた。だけど、それからきみと知り合って。きみはすごく力になってくれて、この店のためによく働いてくれたから」ギャレットは声を詰まらせた。「ヴァンの詐欺のせいで、きみや〈デア・ケラー〉のみんなが傷つくかもしれないとわかってるのに、何も言えないのはひどくつらかったよ」

〈キャリッジ・ハウス〉でのランチが思い出された。ギャレットはあのとき、妙にまどろこしい言い方をしていた。急に合点がいった――そういうことだったのか。「じゃあ、マックの投資のうわさなんて、初めからビール業界にはなかったのね。あなたはずっとわかってたってこと？」

ギャレットはぐっとつばを飲み、髪をかきあげた。「ああ。許してくれるかい？」

男はどうしてこうもわたしにうそをつくのだろう？　ギャレットのことは信頼していたのに。彼がうそをついた理由はマックの場合とちがうとはいえ、それでも、多くのことを秘密にされていたのには傷ついた。「でも、わたしもマイヤーズ署長には、あなたのことを根掘り葉掘り訊かれたわよ――そこのところがどうもよくわからないんだけど」

「たぶんぼくを試してたんじゃないかな。だれかに知られたら、計画が台無しになるって口を酸っぱくして言ってたから」

納得のいく話だ。わたしはそのことについてしばらく考えたあと、ヴァンとの今までのやりとりをすべて振り返った。どうしてもっと早くひとつひとつの手がかりをつなぎ合わせられなかったのだろう？　彼の話はすべてがうそだった。ホップ農場から、自家製のビールに至るまで。彼が殺人犯にちがいない。でも、動機は？　わたしはその疑問を口にした。「ということは、あなたとマイヤーズ署長はずっとヴァンを疑ってたのね？　けど、ヴァンはどうしてエディを殺したの？」

「ちがうよ、ちがう！」ギャレットは紙ナプキンをカウンターに放った。「それは知らないよ。署長とぼくが追ってたのはヴァンの詐欺だけだから」

「でも、頭に浮かびはしたはずよね」

ギャレットはまた紙ナプキンを手に取り、今度は四角く折った。「スローン、正直に言うよ。ぼくは最初、マックを疑ってた」

「それはわたしもだけど」わたしは顔をしかめた。

「ああ。でも、その件はもう心配要らない。犯人はヴァンに決まってる。動機に関してはまあ、警察が本人を見つけるまでは、特定がむずかしいだろうね」彼はナプキンの縁を人差し指でなぞった。「ぼくの推測ではたぶんお金だと思う。欲。エディはヴァンの詐欺行為に気づいたにちがいない。ホップを盗んでるところを見たとか。それで、ヴァンは一線を越えてしまった。きみもマイヤーズ署長に話したほうがいいよ。ひょっとしたら署長には別の仮説があるかもしれない」

訊きたいことはほかに山ほどあったが、カウンターの上にパイントグラスが勢いよく置かれる音がし、わたしはわれに返った。喉の乾いた客がウィンクをし、空《から》のグラスを指差していた。わたしは営業用の笑みを浮かべ、カウンターのうしろの定位置についた。

ギャレットはその後ずっと、わたしのほうをちらちら見ていた。目が合うと毎回、詫《わ》びるような視線を送ってきた。わたしも怒っているわけではなかった——というより、傷ついていたのだ。ギャレットと話をする準備はまだできていなかった。

店を閉めたあと、ギャレットはまた和解を試みてきた。ふたり分のビールをパイントグラスに注ぐ。「お詫びの印ということで。どう？」そう言って、彼は一方のグラスを持ちあげた。

そのとき、窓から中をのぞいている人影が見え、わたしははっとした。心臓が止まりそうになった。つなぎの作業服は見まちがえようがない。ヴァンだ。いや、そんなはずはない？　目が合った瞬間、男は窓のまえからさっと姿を消した。「ヴァンよ！」わたしは叫び、無意識のうちに、ギャレットの腕をつかんでドアに駆け出した。ギャレットが持っていたグラスが床に落ちて割れ、ビールが飛び散った。

「スローン、待って！」ギャレットはそう言いながらわたしについてきた。

ヴァンであれほかのだれかであれ、驚くほど彼によく似たその人物は、コマーシャル・ストリートをウォーターフロント・パークに向かって走っていった。うしろから呼びかけたが、男は足を止めなかった。高校時代、わたしは陸上部に所属していたので、足の速さにはまだ自信があった。全速力で彼を追いかけた。とくに何か計画が頭にあったわけではない。とにかく、彼を捕まえないといけない——その一心だった。ギャレットは息を切らしながらわたしについてきた。「スローン、ちょっと待ってくれ。マイヤーズ署長に連絡しよう」

男は坂道を下り、ワナッチー川に浮かぶ、草で覆われたブラックバード島の橋のほうに向かっていた。わたしは一瞬躊躇《ちゅうちょ》したあと、彼のあとを追った。肺が焼けるように熱かった。酸素を取り入れるために鼻から大きく呼吸しなければならなかった。

「どこでそんな走り方を覚えたんだ？」ギャレットはあえぎながら言った。彼のほうが体はひとまわり大きいが、ついてくるのに苦労していた。

「逃げられちゃう」

わたしたちは橋を渡った。じめじめした秋の気配がそこかしこに現れていた。橋の隅で落ち葉が朽ちている。木の幹にはぬるぬるしたコケが這い、空気はひんやりしていた。「スローン」ギャレットは肩で息をしていた。「止まってくれ。こんなの正気の沙汰じゃないよ」

彼の言うとおりだ。わたしはいったい何をしているのだろう？　ストレスのせいで急に頭がおかしくなったのかもしれない。こんなのはばかげている。ヴァンを追うのはやめて警察に通報するべきだ。そこでわたしは、ペースを落とし、古めかしい街灯の下で足を止めた。携帯電話を探そうと、ジーンズのポケットに手を入れる。ところが、慌ててヴァンを追ってきたせいで、携帯電話も何もかも〈ニトロ〉に置いてきてしまっていた。

もうまったく。

ギャレットがわたしに追いついて、足を止めた。両膝に手をつき、前かがみになっている。

「ああ、助かった。冗談抜きで、きみはマラソン選手か何かなのか？」

「携帯電話は持ってる？」わたしは彼の質問を無視して訊いた。夜気が体に沁みわたる。

「えっ？」彼は呼吸を整えようとしながら、わたしの質問の意味について少しのあいだ考えた。

「いや」

わたしはどうしようか悩んだ。ヴァンに襲われるのを覚悟で、このまま草木の生い茂った島に入って彼を追うか。それとも、彼に逃げられるのを覚悟で、町に戻って助けを呼ぶか。どちらもすばらしいアイディアには思えなかったが、町に戻って応援を呼ぶほうが賢明な選択肢に感じられた。きっとマイヤーズ署長なら警察官を総動員して島を取り囲んでくれるだろう。町の外へ出る道も封鎖してくれるにちがいない。

「行くわよ」わたしはギャレットを急き立て、きびすを返して坂道をのぼりはじめた。最寄りの店まではわずか四百メートルほどだ。このあたりには、遅くまで開いている店はそれほど多くないけれど。

滑りやすい歩道を引き返しはじめたそのとき、うしろから足音が聞こえたような気がした。わたしは足を止めて振り返った。「今の聞こえた?」

近くで何かが動く気配はまったくなく、音ももう聞こえなかった。

「いや」ギャレットはわたしの視線を追って、ぼんやりした街灯のほうを見た。

〝びくびくしすぎよ〟。わたしは自分でそう思いながらペースを上げた。また背後で足音がした。鼓動が速くなる。ここまで彼を追ってくるなんて浅はかだった。もしヴァンが武器を持っていたら? 彼は一度人を殺しているのだ。二度目のハードルはそう高くないだろう。

立ち込めた霧の向こうに、フロント・ストリートの明かりがぼんやりと見えてきた。坂道をのぼっているあいだ、全身の筋肉が悲鳴をあげていたが、わたしは、一番近い店に向かってとにかく走った。

ドアのまえに駆けつけると、ノブをぐいっと引っぱった。鍵がかかっている。

ああもう。ひんやりした空気と体内を流れるアドレナリンのせいで体が震えた。

「スローン、こっちだ!」とギャレットは叫び、安酒場の〈ブラート・ハウス〉を指差した。

わたしはそっちに向かって走り、ドアを押し開けた。その瞬間、よどんだ煙が顔に襲いかかった。ワシントン州は何年もまえから店内での喫煙を禁止しているが、パブの黒ずんだ壁には、たばこのにおいがしっかり染みついていた。店内に駆け込むと、数人が顔を上げたものの、たいていの客は、小さなステージでカラオケを歌うミニスカートとチューブトップ姿の女性に意識を集中していた。

「電話を貸して！」わたしは、調子はずれの歌声に負けないよう、バーテンダーに向かって声を張った。同時にギャレットも、オンザロックでお酒をちびちび飲んでいる男に電話を貸してくれるよう頼んでいた。バーテンダーがわたしに携帯電話を渡した。

わたしは九一一に電話をかけ、オペレーターが電話に出るや、逃亡者を追っていることを説明した。向こうは頭がおかしい人間からの電話だと思ったらしく、わたしは同じ話を三度繰り返し、マイヤーズ署長に変わってもらうよう頼まなければならなかった。そこでようやく、本人が電話に出た。

「署長のマイヤーズです」と彼女はつっけんどんに言った。

「マイヤーズ署長、スローン・クラウスよ。ヴァンの居場所がわかったの。ブラックバード島にいるわ。ギャレットとわたしで彼を追いかけてたの」

マイヤーズ署長はこの情報に興味を示し、最後に彼が走っていくのを見た方向や彼を見失った時間について、手短にいくつか質問をした。わたしは覚えているかぎり詳細を伝えた。しばらくすると、〈ブラート・ハウス〉の外でけたたましいサイレンが響き、パトカーの青と赤と白の光がカラオケのステージを照らした。

ほんとうはそのまま店に留まるべきだったのだろう。けれどもわたしは、ヴァンが捕まったかどうか、この目で確かめずにいられなかった。そこで、また坂道を下った。ギャレットを店に置き去りにしてきたことにもまったく気づかないまま。レブンワースじゅうの警察車両が現場に集結していた。坂の上と下の入口を封鎖している。橋には警官の姿もあった。懐中電灯が島の木々を照らしており、犬の吠え声が、人通りのない夜の町に響いていた。

安全な距離から警察の動向を見守っていると、急にだれかに横に立たれた。ギャレットだった。「スローン、きみは怖いもの知らずだね。無茶苦茶だけど、ほんとに豪胆な人だ」

「そう?」ギャレットの言うとおりだといいのにとわたしは思った。でも、傍《はた》からはそんなふうに見えるのだろうか?

ヘリコプターが到着し、ブラックバード島に光を当てる様子をふたりで眺めた。ヘリコプターの風が木々に激しく吹きつけており、そのうえ照明もまぶしかったので、地面の松ぼっくりひとつまではっきり見えそうだった。

「まだ怒ってる?」とギャレットは訊いてきた。わたしは胸のどきどきを嫌というほど感じた。

「信頼してくれればよかったのにと思って。もし最初から聞いてても、だれにも言わなかったわ」

「わかってる。ぼくも話したかったんだ。実は、このまえのランチのときに言おうとしたんだけど、状況が状況だったし……」彼はそう言ったあと黙り、ふさわしいことばを探した。「なんというか、きみが〈ニトロ〉で働きはじめてからというもの、いろいろあったからね」ギャレットの目は涙で潤《うる》んでいるようだった。それとも、光の加減でそう見えるのだろうか？

「悪くない言い訳ね。でも、何が皮肉だと思う？」

ギャレットは首を振り、わたしの近くへ寄った。肩が触れ合い、わたしは動揺した。

「波風を立てない人生が、わたしの自慢だったことよ」

「なんの話をしてるんだ？　別に今回の事件はどれもきみが引き起こしたことじゃないだろ」

「ありがとう。でも、この数週間のごたごたはそうとも言い切れないんじゃないかしら」

ギャレットの額には汗が光っていた。「けど、ヴァンが町に戻ってきたなんて信じられないな」

わたしたちは坂の下のほうの騒ぎに注意を戻した。ヴァンが見つかったのだろうか？　地上にいる警察部隊からけたたましい笛の音が聞こえた。上空のヘリコプターは、橋の近くを飛行し、川岸のほうを照らしている。案の定、橋の下にうずくまっている人影があった。ヴァンにちがいない。

警官たちが彼を取り囲むのをふたりで眺めた。マイヤーズ署長が拡声器を使って大声で警告している。両手を高く上げて出てこなければ、ヴァンはまもなく警察の突撃を受けるだろう。抵抗するか、しばらく時間稼ぎをするにちがいないと思っていたが、ヴァンは意外にも、マイヤーズ署長からもう二度ほど警告を受けたあと、ゴールポストのごとく両腕を上げて橋の下から出てきた。

警察は彼の身柄を拘束した。わたしは、安堵から無意識のうちにギャレットに抱きついていた。彼のほうは硬直したまま、抱擁を返してこなかった。

「ごめんなさい」とわたしはつぶやいた。「ようやく逮捕されたからつい安心しちゃって」

ギャレットは何か言おうとしたがやめ、自分の上着を差し出した。「寒そうだね。帰ろうか？」

わたしはうなずいた。もっと話し合うことがあるのはわかっていたが、とりあえず今は安全な〈ニトロ〉へ戻りたかった。

42

一時間前は人っ子ひとりいなかった町も、今ではお祭りのような騒ぎになっていた。騒音とサイレンのせいで、町じゅうの人が見物に繰り出していた。その混乱のさなかに、わたしはギャレットを見失ってしまった。

彼に貸してもらった上着のまえをきつくかき合わせ、どんどん増える群衆のあいだを縫って歩いた。途中、大丈夫か、何が起きたのかと、人々に呼び止められた。わたしも徐々に現実を理解しはじめていた。歯ががちがち鳴り、震えが止まらなかった。

「スローン！」群衆の中からいきなりマックの手が伸びてきて、わたしを抱きしめた。「聞いたよ。きみがかかわってるんだって?」

「別にそういうわけじゃないわ」わたしの声は弱く震えていた。

「具合が悪そうだな」マックはそう言って、あたりを見まわした。数時間前に閉店したはずの店やレストランがまたドアを開けていた。パン屋の店主がコーヒーとクッキーをのせたトレイを持って付近をうろうろしている。レストランのオーナーのひとりも、店のまえに水や炭酸水を置いたワゴンを出していた。軽食や温かい紅茶を用意した小さなテーブルを出している者もいる。涙が込みあげてきた。わたしの町ではいつもこうやって危機に対応する。

マックはパン屋の店主に合図を送ったあと、紙コップをわたしに手渡した。「飲んで。体を温めないと」

紙コップを受け取るわたしの手は震えていた。

「ヴァンに追いかけられたのか?」マックは怒ったように胸を突き出した。「もしそうならやつを殺してやる」

「マック、やめて。追いかけられてない。わたしが追いかけたの」

「なんだって?　どうしてそんなことを?」

わたしはコーヒーを一口飲んだ。ぬくもりと強い香りがありがたかった。「自分でもわからない」

「スローン、ひやひやさせないでくれよ」マックの声は心がこもっていて、もう少しで彼を許してもいいかもしれないと思いそうになった。

「わたしなら大丈夫だから」今すぐギャレットの姿を捜して、そのあとでひと休みしたかったが、今では人の数が倍に膨れあがっていた。フロント・ストリートに三百人くらい集まっていそうだ。通りをもう少し進んだ〈デア・ケラー〉の近くに、ヘイリーの姿があった。〈デア・ケラー〉のバーテンダーのひとりにしなだれかかっている。マックも彼女に気づいたようだった。が、何も言わず、肩をすくめるだけだった。しばらくすると、彼は言った。

「ベイビー、信じてもらえないのはわかってるけど、彼女とはいっときの遊びだったんだ――愚かな遊びさ。それだけだ」

マックはわたしを連れて近くの店の軒下に移動した。必死とも言える形相で訴えかけてくる。

「スローン、誓って言うよ――終わったんだ。彼女は並の女じゃない」

「そうでしょうね」わたしは笑い声をあげた。

「ちがう。普通じゃないっていう意味で言ったんだ。どうかしてるっていう意味さ――頭のおかしいストーカーみたいというか。うちの近くに彼女が来てるのを偶然見つけたんだよ」

「なんですって?」わたしは受け取ったコーヒーを飲みおえた。もっと飲みたい気分だった。

「ああ。おれをつけてたんだ」マックは足元の葉っぱを蹴った。

「もしかして、彼女が乗ってるのは黒のセダン?」

「いや、オートバイだけど」

なるほど。わたしをつけていたのは、今夜捕まったヴァンではなく、ヘイリーだったわけか。マックは話を続けた。「でも、彼女のお母さんは黒のセダンに乗ってる」

わたしは紙コップを握りつぶした。「わたしもつけられてたのよ、マック。わたしだけじゃなく、アレックスも」

マックはうなだれた。「すまない」強い風が吹き、落ち葉が渦を巻いた。わたしはまた身震いした。マックが体を寄せて腕をさすってきたので、わたしは身を引き、ギャレットの上着を体に巻きつけた。彼の上着は、ホップとホワイトボードのペンの香りがした。「彼女はたぶん家の中にも入ったんだと思う。ゆうべ、だれかがホテルのドアの下から結婚式の写真を滑り込ませてきたんだ。顔がふたりとも塗りつぶされてた」

「なんなの、マック」わたしはぞっとした。「どうかしてるわ」

「ああ」彼はわたしを慰めようとしたが、わたしは手をまえに出して断った。

「それにしても、やつがほんとうに殺《や》ったのか？　ヴァンが？」マックはわたしのジェスチャーの意味を理解し、わたしの横に立った。「彼がエディを殺した犯人だっていうもっぱらのうわさだけど」

わたしはうなずいた。「たぶんそうなんだと思う」そのとき、マックのライターのことが急に頭に浮かんだ。〈ニトロ〉の発酵槽《はっこうそう》のそばで彼のライターを見つけた日からずっと、ライターがどうしてそこにたどりついたのか気になっていた。「どうしてあなたのライターがあそこにあったの、マック？」

彼はヘイリーとバーテンダーが立っている通りのほうを指差した。ふたりは今、情熱的なキスを交わしている最中だった。「ヘイリーだよ。たばこを吸いたくなったとき勝手に持ち出してたライターを落としたんだ」

「どういうこと？　彼女は店の奥には入ってないでしょ」

「言いにくいんだけど」マックは高価な革靴で地面をこすっていた。緊張した様子でまたヘイリーのほうを見ている。「彼女がおれのために〈ニトロ〉に侵入してレシピを盗んだんだ」

「なんですって？」あまりに大きな声が出たせいで、近くにいた数人が会話を中断してわたしたちのほうを見た。「冗談でしょ、マック？」わたしは憤慨して言った。「あなたが彼女に盗ませたの？」

彼は降参するように両手を上げた。「ちがうよ！　まさかあの子がそんなことをするとはおれも思わなかったんだ。ギャレットのビールのことは、確かにちらっと話した。それは認める。嫉妬してたんだ。やつと一緒にいるきみを見てると、胸が張り裂けそうだったから」

マックは妙にメロドラマの主人公ぶりたがる傾向がある。

「たぶんおれの気を引きたかったんだと思う。だから、店に忍び込んでまでレシピを手に入れようとしたんだろう。とんでもない女だと気づいたのはそのときだ。彼女のことはもちろんクビにしたよ、スローン。彼女とはもうなんでもないし、〈デア・ケラー〉とも縁が切れてる」

二台の警察車両がフロント・ストリートを通った。それを合図に、群衆は散りはじめた。警察車両の回転灯はまだついたままだったが、サイレンはもう消えていた。これで騒ぎも徐々に落ち着くだろう。

「行かなきゃ」とわたしは言って、ギャレットの上着のポケットに紙コップを入れた。

マックはわたしを引き留め、優しい声で言った。「スローン、きみに証明しなくちゃいけないことがたくさんあるのはわかってるよ。でも、これから毎日ゆっくり時間をかけてアピールしていくつもりだ。おれもちがう人間になったんだってことを。おれたちには思い出がいっぱいあるじゃないか。簡単には捨てられない思い出が。おれたちはお似合いのカップルだ――それはきみもわかってると思う。でも、そんなことより何より、おれはきみがいないとだめなんだよ」

涙ながらのその訴えには、マックの後悔が色濃くにじんでいた。子犬のような女々《めめ》しい目はもう消えている。そこには、今までに見たことのない本物の悲しみが浮かんでいた。彼はまたわたしの腕に手を伸ばそうとしたが、その瞬間、わたしは別の方向に引っぱられた。

「ちょっと！　スローン、ここにいたのね」エイプリルが大きな声で言った。「来て。〈ニトロ〉で人が待ってるわ」彼女はマックのもとからわたしを連れ去り、角を曲がった。

「あとで感謝してよね」と彼女は小声で言った。

「何を？」

「あの裏切り者から救ってあげたこと」エイプリルは、人で混み合った通りをずんずん歩いた。〈ニトロ〉に着くと、わたしを店内に押しやった。「マイヤーズ署長が話したがってるわ。ねえ、スローン、わたしにはけちけちしないで教えてよ。話が終わったら、ゴシップを全部聞かせてもらうからね」彼女はそう言って両手を腰に当て、ドアのそばで待機した。

わたしはよろめきながら〈ニトロ〉に入った。ギャレットとマイヤーズ署長がカウンターに座っていた。コーヒーのにおいがする。急にふたりが黙り込むのがわかった。

「スローン」とギャレットが言い、スツールをうしろに押しやって立ちあがった。「どこに行ったのかと思ったよ」彼は何も訊かずにコーヒーを注ぎ、マイヤーズ署長のとなりの空いた席のまえにカップを置いた。

わたしはその合図の意味を理解し、椅子に座った。

「わたしたちの秘密の捜査についてギャレットから聞いたそうね」マイヤーズ署長は無線機をベルトからはずし、スイッチを切ってカウンターの上に置いた。

「ええ」わたしは陶器のカップを両手で包んだ。熱で手が温まった。

マイヤーズ署長は申し訳なさそうに説明を始めた。ヴァンは逮捕されて勾留されただけでなく、エディ殺しを自白しているという。「自分の企《たくら》みがエディにばれてると彼は気づいたみたい」彼女はそう言って、ショットグラスでウィスキーを飲むみたいに、やけどするほど熱いコーヒーをくいっと喉に流し込んだ。「エディはヴァンに殺された日、ギャレットと話をするためにここに来たようなの。もしかしたらギャレットもヴァンのことを怪しんでるんじゃないかと、なんとなく思ったんでしょうね。だけど、ヴァンはそんなこと、百も承知だった。ここまであとをつけてきて、彼を殴り殺した挙句、タンクの中に死体を沈めたってわけ」

死体を見つけたときの記憶がよみがえり、体が震えた。わたしは言った。「どうして彼は町に戻ってきたの?」

マイヤーズ署長の目がきらりと光った。「そこが容疑者の判断ミスね。彼はブラックバード島に現金を隠してた。それを取りに戻ったのよ。どうしてこの店の周りをうろついてたのか、その理由については定かじゃないけど、もしかしたらここの裏に何か隠してたのかもしれない」そう言って、彼女はギャレットを見た。「あとでしっかり調べさせるわ。現金を一部隠してるとすれば、わたしたちが必ず見つけ出すから」

ギャレットはかすかに笑みを浮かべた。「ありがとうございます、署長」

マイヤーズ署長は音を立ててスツールをずらしながら立ちあがった。「さてと、行かなくちゃ。大量の事務仕事が待ってるわ。ふたりとも、よくやった。ヴァンが捕まったとわかって、これでレブンワースの住人も今夜はぐっすり眠れるわね」そう言ってポケットに手を突っ込み、警官のバッジのステッカーを二枚取り出してカウンターに置いた。「いつもならこれは、オクトーバーフェストに備えて子供たちのために取っておくんだけど、今日は特別にふたりにあげる。わたしに権限があったら、ふたりとも保安官助手に任命してるところよ。でもほんと、今回の件はとくにあなたの協力なしにはうまくいかなかった」とマイヤーズ署長はギャレットに言った。

ギャレットは笑い声をあげた。「ぼくはビールの仕事に専念しときますよ」

マイヤーズ署長はわたしのほうを向いた。「おたくの上司は切れ者ね、スローン」

「ええ」とわたしは返したが、マイヤーズ署長がどうしてわたしも一緒に褒めてくれたのか理解できなかった。わたしは何もしていないというのに。それどころか、一番明白な事実を見落としていた——ギャレットと彼女が組んでいたという事実を。

マイヤーズ署長はわたしの肩をぽんと叩いた。「明日、警察署に寄って。いくつか訊きたいことがあるから。まあ、急がないけど」

ギャレットは、署長がゆっくりと店から出ていくのを見送ったあと、騒動の見物にきていた野次馬とエイプリルをすばやく追い払った。小さな奇跡に感謝しなくちゃ、とわたしは思った。

「車で送ろうか?」ギャレットはコーヒーカップを片づけながらわたしに訊いた。

「大丈夫よ」わたしは首を振り、彼の上着を脱いだ。「これ、ありがとう」

「気にしないでくれ。でも、ほんとうにひとりで大丈夫なのか?」

「ええ」わたしはうなずいた。「アレックスの様子を見に帰りたいの。彼も今夜の騒動のことはまだ何も知らないと思うけど、やっぱり……」だんだん声が小さくなった。

ギャレットはカウンターの向こうからこっちにまわってきた。「聞いてくれ、スローン。秘密にしてたことはほんとうにすまなかった」

「いいのよ。事情はわかるもの」今夜は人に謝られてばかりだ。頭がずきずきした。これ以上何も考えられない。とにかく家に帰って息子を抱きしめたかった。「それじゃあ、また明日」できるだけ軽い調子でそう言って、わたしはドアに向かった。家まで運転しているあいだに、ヴァンとヘイリー、エディ、マックのことはすべて頭から消えた。わたしの身は無事で、レブンワースの町も安全だ。将来についての不安は尽きなかったが、わたしは今、心安らぐ自宅へと向かっている。力のかぎりアレックスを抱きしめるために。今必要なのはそれだけだ。

43

あれから数日経ち、また日常生活が戻ってきた。ヴァンが逮捕されたおかげで、ほかのことに集中できた。退院したウルスラを迎えたり、これからどうやって二個所のパブを掛け持ちしていくか考えたり。ギャレットはそんなわたしに協力的で、柔軟に対応してくれた。解決策がはっきり決まるか、オットーとウルスラが仕事に復帰できるようになるまでは、とりあえず午前中は〈デア・ケラー〉で働くことで話がまとまった。ウルスラのけががきっかけでクラウス夫妻が完全に引退してしまうのではないかとわたしは危惧していたのだが、どうにか丸く収まりそうだった。

マックとハンスとわたしは、履歴書での選考を始めた。人を雇う必要があったのだ——ひとり抜けたウェイトレスはとりわけ早急に。わたしは〈デア・ケラー〉でビールの醸造《じょうぞう》監督として働くことになったが、〈ニトロ〉での仕事も続けたかった。ハンスは、だれかを雇うまで夜は自分が手伝うと約束してくれた。マックの担当は日常業務だ。ただし、金銭の管理に関しては、彼はいわば軟禁下に置かれた。三人で契約を交わし、五百ドルを超える出費については、ハンスとわたし両方の承認がないと決定できないことになったのだ。この新しい取り決めに、マックは渋い顔をしたものの、存在すらしないヴァンのホップ農場に投資して大失敗したあととあっては、彼も文句を言える立場ではなかった。

　幸い、マイヤーズ署長はヴァンが〈デア・ケラー〉のお金に手をつけるまえに彼を逮捕していた。約束はできないが、マックは自分が投資したお金を一部取り戻せる可能性があるという。けれども、ヴァンもほかのお金はすでに使ってしまっていたので、今回のことは損失としてきっぱり忘れ、まえに進むのが賢明だとのことだった。ヴァンはおそらく刑務所からなかなか出てこられないだろう。彼から一銭でもお金を取り戻せる確率はあまり高くない。

　ちょうどオクトーバーフェストが近づいていたので、ギャレットとわたしはそれに合わせて〈ニトロ〉で提供するビールの種類を増やした。わたしはチェリー・ヴァイツェンを完成させ、ギャレットはパンプキン・スタウトとフレッシュホップを使ったペールエールを試作した。新しいビールはどれもヒット作になったが、ヴァンがホップをどこで手に入れていたのかがまだはっきりしないため、今回は残念ながら短命の成功に終わりそうだった。

　ヴァンの逮捕から約一週間後のある晩、最後の客が帰ったあと、わたしはカウンターを拭いていた。入口の看板を裏返して〝閉店〟に変えたところだった。

「スローン、ちょっといいかい？」とギャレットに呼ばれた。両腕で靴の箱のようなものを抱えている。「見せたいものがあるんだ」

「わかった」わたしは流しに布巾を放り、脚の長いテーブルにいる彼のところに行った。

　彼が箱の蓋を開けると、中には古い写真がたくさん入っていた。「ゆうべまた昔の写真を見つけたんだ。それで、店に飾れる写真がほかにもないかと調べててね」

わたしは縁が黄色くなった写真を一枚手に取った。若いギャレット――おそらく十代の終わり頃だろう――が、古いビニールのボックス席で大叔母のテスと向かい合っている。二十年前の姿も今とあまり変わらなかった。今のほうが肉づきがよくなり、髪も昔よりほんの少し色が濃くなっているものの、それ以外は、言われなくてもすぐに彼だとわかった。

わたしが写真をぱらぱらめくるのをギャレットはじっと見ていた。急に表情を曇らせて言う。

「最初に会ったとき、どこかで会ったような気がするってぼくが言ったのは覚えてる？」

「ええ」わたしは顔を上げて彼を見た。

ギャレットはテーブルの向こうから、裏返した一枚の写真を差し出した。「これを見てくれ」

わたしは写真を表向きにした。こっちを見返していたのは、おなじみのメイポールのまえで、オリーブ色の肌をした黒髪の女の子が乗ったブランコを揺らす、わたしにそっくりの女性だった。

「だれ？」

ギャレットは首を横に振った。「わからない。昨日は大叔母の部屋にいたんだけど、化粧台の上に額縁に入れて飾られてるのを偶然見つけたんだ。きみに見覚えがあると思ったのはそのせいだよ。今まで何百回と目にしてるはずなのに、一度も注意を払ったことがなかった」

わたしはその写真をじっくり眺めた。その女性と自分が似ていることは否定できなかった。まるで鏡を見ているようだ。それに、この女の子。幼い女の子。息が止まりそうだった。

「スローン、それはきみとお母さんだと思う？」

わたしはびっくりして写真を手から落としてしまった。両親のことは、今までどんな人だろうかと何度も想像してきた。十代の後半から二十代の前半にかけては、実の両親を捜そうと何度か試みたことさえある。だが、マックと出会ってクラウス家の一員になってからは、自分のルーツを探ることにそれほどこだわらなくなっていた。クラウス家がわたしを身内として受け入れてくれていたから。彼らの家族の物語がわたしの物語になった。

「大丈夫かい？」ギャレットは心配顔でわたしを見た。

わたしはどうやら口をぽかんと開けていたらしい。「双子といってもおかしくないくらい似てるわよね？」

彼は写真を持ちあげ、わたしとその女性とを見比べた。「ああ」わたしに写真を渡し、同じ質問を繰り返す。「ほんとに大丈夫かい？」

「ええ。でも、わからないわ。クラウス家の人たちに出会うまで、わたしはレブンワースには一度も来たことがないと思ってたのに」以前ケースワーカーから聞いたことがある。危機的状況にある子供は記憶を遮断する傾向があるそうだ。一種の自衛本能らしい。でも——とわたしは思った——この町に引っ越してきた時点でなんらかの記憶がよみがえりそうなものでは？このメイポールのまえなら何千回と通っているはずだ。それなのに、幼い頃その周りで遊んだ記憶はない。

手の中の写真が重く感じられた。それが何を意味するのか、心配で怖くなったせいではない。そうではなく、わたしの過去を裏づけるものだからだ。そもそも、自分がどこから来たのかも知らずに、これからどうやって新しい未来を描けばいい？　マックとのあいだで何があろうと、クラウス家はずっとわたしの家族だが、それでもわたしには、見つけなければならないもうひとつの物語がある——自分自身の物語だ。ギャレットは今、希望を与えてくれた。おかげで、自分の中に存在するとさえ知らなかった興奮が高まってくるのを感じた。これはわたしの人生だ。この写真を自分がどうするかはもうわかっていた。自分のルーツを探るために使うのだ。その旅がどこへたどりつこうと、長いこと心にぽっかり開いたままだった穴が塞《ふさ》がるにちがいない。そして、そこから何か新しいことが始まるだろう。

訳者あとがき

シアトルから車で二、三時間の距離に実在する小さな町、レブンワース。ここは、ドイツのバイエルン地方に似た町並みが広がる、ビールで有名な観光地だ。そこで夫とその両親とともに町一番のビール醸造所《じょうぞうじょ》兼パブを切り盛りするスローン・クラウス。里親のもとを転々として育った身寄りのない彼女だが、十五年前に夫と結婚して以来、家族仲良く暮らしてきた。ところがある日、夫の浮気が発覚する。そこで、お世話になった義理の両親の店を離れ、心機一転、町に新しくできた小さなビール醸造所兼パブで働きはじめることに。ビールを使ったおいしい料理を提案したり、新しいクラフトビールを開発したりと、経験を積んだビール職人として腕を振るうことで、スローンは夫のことを考えまいとしていた。しかし、大成功に終わった店のグランドオープン翌日、醸造所で死体が発見されて……

クラフトビールの醸造所を舞台にしたミステリの新しいシリーズをお届けします。本書には、ＩＰＡやエール、スタウトなど、さまざまなビールが登場しますが、それに加えて、ビールの醸造所ならではの専門的な設備も出てきますので、まずは一般的なビールのつくり方から簡単にご紹介したいと思います。

ビールの主な原料は、麦芽、ホップ、水です。まず、大麦を発芽させて麦芽をつくります。次に、その麦芽を粉砕し、温水とともに仕込槽で煮ます。これを濾過《ろか》して透き通った麦汁《ばくじゅう》をつくったあと、ホップを加えて煮沸《しゃふつ》。それが終わったら、今度は麦汁を冷やし、酵母とともに発《はっ》酵槽《こうそう》に移して、発酵の工程に入ります。ここで、麦汁中の糖がアルコールと炭酸ガスに分解され、ビールのもととなるわけです。そのあと、ビールのもとを貯酒槽に移し、低温で数十日間熟成させます。それを缶や瓶、樽に詰めたら完成です。

いかがでしょう? 意外にシンプルではありませんか? そのせいか、日本よりクラフトビールづくりが盛んなアメリカには、自家醸造者《ホーム・ブルワー》なる、ビール好きが高じて自宅でビールをつくるようになった醸造者も多く、百万人を超えるとのこと。ちなみに、本書の主人公、スローン・クラウスの新たな勤務先である〈ニトロ〉の経営者もそんなホーム・ブルワー出身です。

本書の魅力は、なんといってもビールでしょう。ビールについての知識が惜しみなく紹介されているうえに、おいしそうなビールが次々に登場します。何を隠そう、訳者はドイツのミュンヘンで開かれるビールのお祭り、本家本元のオクトーバーフェストにも参加したことがあるほどのビール好きなのですが、そんな人間にとって、本書はまさに夢のような本でした。おかげで、翻訳作業は終始、ビールを飲みたくなる衝動との闘いでしたが。

とはいえ、訳者のようなビール好きでないと作品を楽しめないというわけではありません。作中には、グルメ垂涎《すいぜん》のめずらしい料理やデザートが登場します。さらに、新しい店を一からつくる面白さを主人公と一緒に味わえるところも本書の魅力です。スローンは、新たに働くようになった小さな店で積極的にアイディアを出し、店の立ち上げに大きく貢献します。

そして、そのスローンがまた応援したくなる人物なのです。冒頭で記したとおり、里親のもとで育った天涯孤独な女性なのですが、幼い頃に苦労したせいか、スローンには浮ついたところが一切ありません。ひとり息子を育てる母親として堅実でしっかりしており、好感が持てます。

著者のエリー・アレグザンダー（別名義にケイト・ダイアー・シーリーがあります）は、本書の舞台と同じアメリカ太平洋岸北西部の出身です。お菓子づくりが趣味で、このシリーズのほかに〈ベイクショップ・ミステリ・シリーズ〉という、焼き菓子店を舞台にしたコージー・ミステリも執筆していて、現在九作目まで出版されています。

一方、ビール職人スローン・クラウスが活躍する本シリーズは、二作目 *The Pint of No Return* が本国で出版されており、今度は、オクトーバーフェスト開催中のレブンワースを舞台に物語が繰り広げられます。地元のサクランボを使ったビールの新作がお披露目される中、ドキュメンタリー映画の撮影のためにレブンワースを訪れていた撮影チームのひとりが殺される事件が発生して……という流れなのですが、日本でもご紹介できればと期待しております。

ビール好きな方はどうぞビールを片手に、そうでない方はコーヒーを片手に、南ドイツのような町並みが広がるレブンワースの物語をぜひお楽しみください。

訳者紹介　東京外国語大学外国語学部ロシア語学科卒。英米文学翻訳家。訳書にブランドン『書店猫ハムレットの跳躍』、エルヴァとストレンジャーの共著『7200秒からの解放』、ブルーム『モリーズ・ゲーム』などがある。

検印
廃止

ビール職人の醸造《じょうぞう》と推理

2019年3月22日　初版

著　者　エリー・
　　　　アレグザンダー

訳　者　越《お》　智《ち》　睦《むつみ》

発行所　（株）東京創元社
代表者　長谷川晋一

162-0814/東京都新宿区新小川町1-5
電　話　03・3268・8231-営業部
　　　　03・3268・8204-編集部
URL　http://www.tsogen.co.jp
DTP　フォレスト
旭印刷・本間製本

乱丁・落丁本は、ご面倒ですが小社までご送付ください。送料小社負担にてお取替えいたします。

ISBN978-4-488-11707-8　C0197

永遠の名探偵、第一の事件簿

THE ADVENTURES OF SHERLOCK HOLMES◆Sir Arthur Conan Doyle

シャーロック・ホームズの冒険

新訳決定版

アーサー・コナン・ドイル
深町眞理子 訳　創元推理文庫

◆

ミステリ史上最大にして最高の名探偵シャーロック・ホームズの推理と活躍を、忠実なるワトスンが綴るシリーズ第１短編集。ホームズの緻密な計画がひとりの女性に破られる「ボヘミアの醜聞」、赤毛の男を求める奇妙な団体の意図が鮮やかに解明される「赤毛組合」、閉ざされた部屋での怪死事件に秘められたおそるべき真相「まだらの紐」など、いずれも忘れ難き12の名品を収録する。

収録作品＝ボヘミアの醜聞，赤毛組合，花婿の正体，
ボスコム谷の惨劇，五つのオレンジの種，
くちびるのねじれた男，青い柘榴石《ざくろいし》，まだらの紐，
技師の親指，独身の貴族，緑柱石の宝冠，
橅《ぶな》の木屋敷の怪

ミステリを愛するすべての人々に――

MAGPIE MURDERS◆Anthony Horowitz

カササギ殺人事件 上・下

アンソニー・ホロヴィッツ

山田 蘭 訳 創元推理文庫

◆

1955年７月、イギリスのサマセット州の小さな村で、

パイ屋敷の家政婦の葬儀がしめやかに執りおこなわれた。

鍵のかかった屋敷の階段の下で倒れていた彼女は、

掃除機のコードに足を引っかけたのか、あるいは……。

彼女の死は、村の人間関係に少しずつひびを入れていく。

余命わずかな名探偵アティカス・ピュントの推理は――。

アガサ・クリスティへの愛に満ちた

完璧なオマージュ作と、

英国出版業界ミステリが交錯し、

とてつもない仕掛けが炸裂する！

ミステリ界のトップランナーによる圧倒的な傑作。